JN325119

# 谷崎潤一郎と芥川龍之介

## 「表現」の時代

田鎖数馬
Tagusari Kazuma

翰林書房

谷崎潤一郎と芥川龍之介——「表現」の時代——◎目次

はじめに……5
第1章　谷崎と芥川の芸術観──「小説の筋」論争の底流──……9
第2章　谷崎「刺青」の世界……57
第3章　谷崎「愛すればこそ」の構造……95
第4章　芥川「奉教人の死」の方法……123

第５章　芥川文学の変容 …… 151
第６章　芥川と「詩的精神」 …… 181
第７章　芥川の死と谷崎 …… 223
補　論　谷崎と孝子説話 …… 265
初出一覧 …… 301
あとがき …… 302

※本書の谷崎作品からの引用は『谷崎潤一郎全集』（昭47・11〜昭50・1、中央公論社）に、芥川作品からの引用は『芥川龍之介全集』（平7・11〜10・3、岩波書店）による。その他、文献の引用に際し適宜ルビ等を略し旧字を新字に改めた。また、引用内の／は改行を示し、傍線は全て筆者によるものである。

# はじめに

谷崎潤一郎と芥川龍之介は、明治末期から大正初期にかけての文壇で勢力を保っていた自然主義文学に不満を持ち、優れた「表現」の力によって虚構の物語世界を形成していくことを目指して出発した作家である。芥川は、谷崎の文章に関して、「良工苦心――谷崎潤一郎氏の文章――」（大7・1『文章倶楽部』）の中で、「非常に細心に、彫琢に彫琢を重ねて仕上げてある」と、「谷崎潤一郎論」（大8・4『雄弁』）の中で、「君が文章道に於ける雕龍《てうりよう》の技は天下皆これを知る」と書き記して賞賛しているが、こうした賞賛は、芥川自身にも当て嵌まるものであると考えてよい。谷崎と芥川は、「表現」を創作活動の根幹に据えているという点で、共通の創作姿勢を有しているのである。ただし、このように述べるだけでは、実際には十分ではない。というのも、同じように「表現」を追求していく中で、谷崎と芥川の創作姿勢の相違が、少しずつ浮き彫りになってくるからである。その結果、谷崎と芥川は、昭和二年に「小説の筋」論争と呼ばれる論争を行うこととなる。その意味で、優れた「表現」を求める共通の立場にいた谷崎と芥川は、そのために、やがて、お互いの相違を意識するようになる、と述べた方が正確である。このことは、「表現」をめぐるより密接な関係が両者には存在していたということを示している。

もともと、谷崎が「芥川君と私」（昭2・9『改造』）というエッセーにおいて、「芥川君と私とはいろ〳〵な点でずゐぶん因縁が深いのである」と述べている通り、谷崎と芥川は、不思議な縁で繋がっていると思えるところがある。「芥川君と私」では、その縁について、次の六点が挙げられている。すなわち、第一に、谷崎と芥川はともに「同じく東京の下町の生れである」という点、第二に、谷崎の「出身中学は府立第一中学」であるが、芥川の「母校たる第三中学は元来初めは第一中学の分校であ」ったので、「中学からして同じやうなものであ」り、しかも、「それ以来高等学校も大学も同じであつた」という点、第三に、「第二次『新思潮』に拠つて文壇に出た」谷崎の「処女作は平安朝を題材にした戯曲『誕生』で」、「文壇への出かたは可なり花々しいものだつた」のであるが、「第三次『新思潮』」によって文壇に出た芥川の「出世作」は、「矢張り平安朝を扱つた小説『羅生門[1]』」で、芥川が「文壇に出た時の花々しさも」谷崎と実に「相似てゐた」という点、第四に、「当時は西洋文学熱が旺盛で、少くとも青年作家の間には日本や支那の古典を顧る者は稀であつた」にもかかわらず、谷崎と芥川は「早くからその風潮に逆行し、東洋の古典を愛する点で頗る趣味を同じうし」ていたという点、第五に、谷崎一家の寺は「もと深川の猿江にあつて、今は染井に移転してゐる日蓮宗の慈眼寺であるが、芥川家もまた此の寺の檀越である」という点、第六に、「芥川君の亡くなつた七月二十四日と云ふ日は」、谷崎の「誕生日」であったという点が挙げられている。これだけを見ても、谷崎と芥川との間には、浅からぬ縁が存在していたことを知ることができる。それに加えて、先に触れた「表現」をめぐる谷崎と芥川の密接な関係もまた、両者の縁の深さを示すものであった。本書は、この「表現」をめぐる両者の密接な関係を解き明かすことを主として目指すものである。

本書は7章と補論から成り立っている。第1章では、芥川が「芸術は表現である」という説を盛んに主張していたということ、谷崎が芥川のその説に刺激を受け、その説を摂取していたということを明らかにする。その上で、谷崎と芥川は、このように、「芸術は表現である」という説を共有し得る共通の立場にいたにもかかわらず、芥川が自らに固有のイメージを詩的に「表現」することを以前にもまして痛切に希求するようになってきたために、筋の面白さばかりに囚われた「表現」に安住していると見える谷崎の文学を批判するようになったということ、その結果として、「小説の筋」論争が行われるようになったということを論じていく。第2章と第3章では、谷崎の作品の読解を試みる。具体的にいえば、論争の直後に自殺した芥川が、論争の際に、「『刺青』の谷崎氏は詩人だつた。

が、『愛すればこそ』の谷崎氏は不幸にも詩人には遠いものである。／『大いなる友よ、汝は汝の道にかへれ。』」という言葉を残していたことを踏まえて、その言葉の意味を探るべく、第2章では「刺青」の考察を、第3章では「愛すればこそ」の考察を行う。第4章から第6章では、芥川の作品及び芸術観についての考察を行う。具体的には、第4章では、芥川の「奉教人の死」を取り上げ、筋の面白さを念頭に置いた「表現」に対して、拒絶の姿勢を強めていった芥川の変化の過程を明らかにする。第5章では、大正九年以降の芥川が、世間一般の興味や思考に囚われてしまいやすい人間の恐るべき一面を、自らの創作に関わる切実な問題として受け止めていたことを、当時の芥川が影響を受けていた書物にも言及しながら明らかにしていく。自らに固有のイメージを詩的に「表現」することを求めながらも、その困難に直面して無力感に苛まれていくことの多かった芥川の状況を、そこから窺い知ることができる。第6章では、晩年の芥川の芸術観を支えていた「詩的精神」という言葉の意味を明らかにすることによって、既存の枠組みに囚われず、自らに固有の現実感を把握・「表現」していくことを求める点に、晩年の芥川の芸術観の核があることを指摘していく。それに加えて、谷崎に残した先述の芥川の言葉に立ち戻り、その言葉の意味するところを、第2章と第3章の考察も踏まえて読み解いていく。第7章では、芥川の自殺に大きなショックを受けた谷崎が、芥川の死後、芥川を苦しめてきた問題を自らの創作に活かそうと努めていたことを明らかにする。谷崎に残した先述の芥川の言葉は、谷崎に受け入れられたわけではなかったけれど、しかし、「表現」をめぐって密接な関係にあった芥川の死は、それとは別のところで谷崎を動かす力となっていたことを指摘したい。なお、「谷崎と孝子説話」だけは、「表現」をめぐる谷崎と芥川の密接な関係を解き明かすという本書の目的からはやや逸脱した内容となっている。とはいえ、本書のその目的と完全に合致しないわけではない。この論では、谷崎が、孝の思想に圧迫を受けていたということ、しかし、そのことを足掛りにして自らの文学世界を切り開いていたということを論じている。そのため、この論によって、公的な規範や既存の枠組みによる圧迫からさらりと身をかわす、しなやかで逞しい創作活動を続けることのできた谷崎の、芥川に比べてより顕著であると筆者には感じられる特質を窺い知ることができるのではないかと考えられる。そこで、補論としての役割を期待して本書に収録した。

「表現」は、現在では、日常語として完全に定着している。しかし、第1章で示す通り、谷崎と芥川とが文壇にデビューした明治末期から大正期においてはまだ一般に定着し始めたばかりの新語であった。その意味で、「表現」は、この時代を映し出す言葉である。「表現」をそれぞれの方法で真摯に追い求めた谷崎と芥川の文学活動には、この時代の思潮が深く刻み込まれているのである。

**注**

（1） ただし、関口安義『芥川龍之介とその時代』（平11・3、筑摩書房）の第三章で、「一大学生芥川龍之介の『羅生門』は、発表当初はまったく注目されなかった」と記されている通り、実際には、「羅生門」（大4・11『帝国文学』）が芥川の「出世作」であったわけではない。芥川の「出世作」と呼ぶべきは、夏目漱石が激賞したことでも知られる「鼻」（大5・2『新思潮』）である。

# 第1章

## 谷崎と芥川の芸術観
### ——「小説の筋」論争の底流——

## 第1節

昭和二年、晩年の芥川は、谷崎が、小説における「筋の面白さ」ばかりに固執する傾向の強いことを鋭く批判した。芥川は、芸術の価値は「詩的精神」の有無によって決められるべきであること、「話」の有無は芸術の価値とは関わらないこと、そのため、「『話』らしい話のない小説」の意義も認められて然るべきであることを主張した。その上で、「筋の面白さ」に囚われる谷崎には「詩的精神」が欠如していると非難した。それに対して、谷崎は、「筋の面白さ」や「話」の「組み立て」の巧みさにも芸術としての価値は存在するとして、芥川の主張を退けた。こうして、「小説の筋」論争と呼ばれるこの論争の中で、谷崎と芥川の芸術観の対立は明確になった。

この論争についての研究は、既に多く存在している。しかし、論争に行き着く谷崎と芥川の双方の芸術上の立場や関係、両者の芸術観の背景や形成過程に着目した分析は十分になされてこなかった。そのため、この論争の背後に、両者の「表現」をめぐる共鳴と対立の密接な関係が存在しているという事実が指摘されてこなかった。そこで、以下では、その事実を明らかにすることによって、この論争を分析するための一つの視点を提示していきたい。

## 第2節

「小説の筋」論争から遡って、大正中期の芥川の芸術観に言及するとともに、その芸術観の背後に存在していた同時代の思潮の一端に触れておきたい。まず、芥川の芸術観についていえば、この頃の芥川は、芸術の本質は「表現」にあると考え、「芸術は表現である」という説を盛んに唱えていた。そのことは、以下の記述に窺うことができる。

①私の頭の中に何か混沌たるものがあつて、それがはつきりした形をとりたがるのです。（中略）あなたがもう一歩進めて、その渾沌たるものとは何だと質問するなら、又私は窮さなければなりません。思想とも情緒ともつかない。――やつぱりまあ渾沌たるものだからです。唯その特色は、それがはつきりした形をとる迄は、それ自身になり切らないと云ふ点でせう。でせうではない。正にさうです。この点だけは、外の精神活動に見られません。だから（少し横道にはいれば）私は、芸術が表現だと云ふ事はほんとうだと思つてゐます。

（「はつきりした形をとる為めに」大6・11『新潮』）

②よく人が云ふやうに、芸術は正に表現である。表現されてゐない限りに於て、作者がどんな思想を持つてゐやうが、どんな情緒を蓄へてゐやうが、それは作品の評価に於ては無いのと全く選ぶ所はない。作者の見た所、感じた所は、すべてそこに表現された上で、始めて、批判に上り得るのである。

（「或悪傾向を排す」大7・11『中外』）

③芸術は表現に始まつて表現に終る。絵を描かない画家、詩を作らない詩人、などと云ふ言葉は、比喩として以外に何等の意味もない言葉だ。それは白くない白墨と云ふよりも、もつと愚な言葉と思はなければならぬ。

（「芸術その他」大8・11『新潮』、大8・10・8記）

芥川は、芸術家がどのような「思想」や「情緒」等を胸中に抱えていたとしても、それは、芸術にとって何の意味も持たないと考えている。というのも、そうした「思想」や「情緒」等は、「表現」されて初めて、「はっきりした形」を取るのであって、それまでは、実は、芸術家自身にも把握できない「渾沌」としたものであるに過ぎないと考えているからだ。つまり、「思想」や「情緒」等は、「表現」によって初めてその存在が保証される、という考え方である。芥川のこうした考え方の意味は、芥川の次のような言葉によって、さらによく理解することができる。

④尤も世間には往々作品の出来上る順序を、先内容があつて、次にそれを或技巧によつて表現する如く考へてゐるものがある。が、これは創作の消息に通じないものか、或は通じてゐても、その間の省察の明を欠いた手合たるに過ぎない。簡単な例をとつて見ても、単に「赤い」と云ふのと、「柿のやうに赤い」と云ふのとは、そこに加はつた小手先の問題ではなくて、始めからある感じ方の相違である。技巧の有無ではなくて、内容の相違である。いや、技巧と内容とが一つになつた、表現そのものゝ問題である。

（前掲の「或悪傾向を排す」）

⑤内容が本で形式が末だ。――さう云ふ説が流行してゐる。が、それはほんたうらしい嘘だ。作品の内容とは、必然に形式と一つになつた内容だ。まづ内容があつて、形式は後から拵へるものだと思ふものがあつたら、それは創作の真諦に盲目なものの言なのだ。（中略）内容を手際よく拵へ上げたものが形式ではない。形式は内容

の中にあるのだ。或はそのヴァイス・ヴァサだ。この微妙な関係をのみこまない人には、永久に芸術は閉された本にすぎないだらう。
（前掲の「芸術その他」）

「内容」が前提として先に存在するのではなく、「内容」は「形式と一つ」にならなければ、真に存在したことにはならない、ということである。

ただし、このように指摘するだけでは、ともすれば、頭の中にある「渾沌」としたものに形を与えてしまえばそれでよいと芥川が考えていたとも受け取られかねないのであるが、そういうわけでは決してない。そのことは、前掲の「或悪傾向を排す」の傍線部や次の記述を手掛かりにして知ることができる。

「幽霊」の中のオスワルドが「太陽が欲しい」と云ふ事は、誰でも大抵知つてゐるに違ひない。あの「太陽が欲しい」と云ふ言葉の内容は何だ。嘗て坪内博士が「幽霊」の解説の中に、あれを「暗い」と訳した事がある。勿論「太陽が欲しい」と「暗い」とは、理屈の上では同じかも知れぬ。がその言葉の内容の上では、真に相隔つ事白雲万里だ。
（前掲の「芸術その他」）

ここでは、「赤い」と「柿のやうに赤い」とを、あるいは、「暗い」と「太陽が欲しい」とを区別している。もともと、単におおよその意味を伝達することを目的とするのであれば、これらの言葉はほぼ同じ意味内容を有しているので、区別する必要は全くもってない。しかし、芥川は意味が伝わりさえすればそれでよいとは決して考えていない。それは、頭の中に思い浮かべるイメージの真の姿をより生き生きと「表現」することに芸術上の意義を見出しているからに他ならない。各々の人間のイメージは、たとえよく似た内容を備えていたとしても、厳密にいえば、それぞれで微妙な相違を示すはずである。そのため、ある人間があるイメージを思い浮かべる時、そのイメージに真に迫ろうとするならば、他者と共通する単純な言葉や意味を当てはめるだけではしばしば事足りなくなる。芥川がそのイメージを「渾沌」としたものと述べるのは、そのイメージの真の姿は、そうした単純な言葉や意味に安易に置き換えられないと見ているからである。作家が考え抜いた言葉によって初めてその正体を摑み得るほどの、「渾沌」としたイメージの実相に着目していくことにこそ、芥川の「表現」の本質があったといえるのである。

このような考え方を内包させた「芸術は表現である」という説を、芥川は、この時期に繰り返し唱えていた。では、芥川がこうした説を唱えるようになった背景には、何があるのだろうか。それは、既に大正三年に、芥川が次のような考えを持っていたということと関連しているのではないだろうか。

> 自己を主張すと云ふ　しかも軽々しく主張すと云ふ／自分は引込思案のせいかしらねどまづ主張せんとする自己を観たしと思ふ／顧みて空虚なる自己をみるは不快なり　自ら眼をおゝひたき位いやなり　されどせん方なし　樽の空しきか否かを見し上ならでは之に酒をみたす事は難かるべし　兎に角いやなり苦しいものなり／みにくき自己を主張してやまざるものをみるときには嫌悪と共に圧迫を感ず　少しなれど圧迫を感ず
>
> （大正三年一月二十一日付井川恭宛書）

> 世の中にはいやな奴がうぢやゐる　そいつが皆自己を主張してるんだからたまらない一体自己の表現と云ふ事には自己の価値は問題にならないものかしら
>
> （大正三年十一月三十日付井川恭宛書簡）

芥川は、「自己」の価値を問わずして、安易に「自己の表現」を主張する同時代の風潮に嫌悪を感じている。「自己の表現」や「自己」告白という時、その「自己」をどれほど深く凝視しているのか、その「表現」や告白にどれほど痛切な要求があるのか、ということが問題となるだろう。芥川には、「自己の表現」を主張する同時代の風潮に対して、そうした深さや痛切さを認めることができなかった。

実際、同時代には、芥川と同じように、軽薄に「自己の表現」や「自己」告白を叫ぶ当時の風潮に対して違和感を覚える者も多かった。例えば、安倍能成「軽易なる懺悔」（明42・10・23『国民新聞』）は、「軽易」な告白の隆盛に対する不満を次のように述べている。

近頃文壇によく懺悔とか告白とかいふ詞をきく。しかし自分は世間が懺悔といふことを容易なこと、考へて居るのを、非常に物足らなく思ふ。自分は「懺悔」といふ言葉が、「真面目」とか「考へさせる」とかいふ言葉と同じく、又軽々に使用せられはすまいと思ふ。

そして、こうした不満から芸術のあり方を見直す時、やがて、高村光太郎「西洋画所見」（大1・11・13『読売新聞』）の次のような主張へと発展していくことになるだろう。

この頃よく人から芸術は自己の表現に始まつて自己の表現に終るといふ陳腐な言をきく。此は夏目漱石氏が此の展覧会について近頃書かれた感想文に流行の源を有してゐるのだといふ事である。（中略）制作時に自己の表現を思ふ者は不純の芸術を作出する事、模倣を思ふ者、芸術上の事務的技巧を思ふ者と何の差異もない。（中略）私は此の故に、芸術は自己の表現に始まるとは思はないで、芸術はたゞの表現に起ると思つてゐる。

「夏目漱石氏が此の展覧会について近頃書かれた感想文」とは、漱石の「文展と芸術」（大1・10・15～28『東京朝日新聞』、ただし、十八日、二十一日は休載日）を指している。ただし、高村の批判は、直接的に漱石に向けられているようにも見えるが、実際のところは、必ずしもそういうわけではない。というのも、高村は、漱石の「文展と芸術」を読んでいないと述べているからである。むしろ、高村は、「芸術は自己の表現」であるという「陳腐な」言葉の「流行」自体に抵抗を感じている。「表現」以前の過剰な「自己」が前面に出る時、芸術は「不純の芸術」にしかならない。「自己」の顕示は、芸術への希求とは異質な、利己的な要求に基づく場合が多い。高村はそう感じて、「芸術はたゞの表現」と見るべきであると指摘している。

同様の主張は、阿部次郎の『三太郎の日記』（大3・4、東雲堂）の十六の次のような記述にも見られる。

芸術は自己内生の表現であると云ふ。（中略）併しその表現される内生とは何ぞ。その湧上る心の内容は何ぞ。（中略）唯芸術家の中からおし上げて来る内生が、姿であり色であり形であればこそ、その直接なる表現が芸術となるのである。芸術家の制作に当つて、直接にその意識に上つて来るものは、哲学や自己や個性であつてはいけない。

「制作に当つて」、「哲学や自己や個性」を最初に意識してしまえば、自ずからそこに「作為と強制と誇張と打算」を伴うものである。それ故、「直接なる表現」にこそ芸術の本質があると論じている。

安価な「自己の表現」は、洗練されない「表現」による、空虚な「自己」陶酔ばかりを目立たせる。そこには、「不純」な動機、「作為と強制と誇張と打算」が付きまとう。このような認識から、「自己の表現」、「自己」告白の隆盛する時代の中で、「芸術は表現である」と考える芸術家が現れていた。芥川の認識も、彼らと等しいものであると見てよい。彼らと同じく、芥川にも、「自己の表現」、「自己」告白が際限なく蔓延する時代の風潮に対する抵抗感があった。そのために、「芸術は表現である」という主張を繰り返していたのである。芥川は、「表現」そのものの価値に目を向け始めたこの時代の空気に触れていた。「芸術は表現である」という芥川の主張の背後には、正にこうした時代の空気が存在していたといえるだろう。

## 第3節

ここで、芥川の「芸術は表現である」という主張の意味を時代的な文脈の中で理解するために、「表現」という言葉が、明治末期から大正期にかけての時期に一般に少しずつ定着するようになったという事実を、本論の補足として指摘しておきたい。

「表現」という言葉が誰の造語であり、最初に用いられたのがいつであるのかは定かではない。ただ、この言葉が一般に用いられるようになった時期については、明治期の辞書に、この言葉がいつ頃から収録されるようになったのかということを調査することによって、おおよその見当を付けることができる。『国立国会図書館蔵書目録明治期』（平6・6〜7・1）「日本語」の「語彙・辞書」には、明治期の九百四十六冊の日本語に関する辞書が掲載されており、(1) 明治期の辞書は、ここに掲載されたもので全てとはいえないにせよ、明治期の辞書の傾向を知る上で十分な量を備えていると考えてよいであろう。そこで、国語辞典の見出し語と、漢和辞典の「表」という親文字の項に掲載されている熟語とを中心にして、そこに掲載されている辞書の全てに目を通して調査したところ、以下の辞書に「表現」という言葉が収録されていた。すなわち、『漢和中辞典　熟語註解』（明38・12、文海堂）、『漢和大辞林』（明39・5、郁文舎）、『辞林』（明40・4、三省堂）、『学生必携明治辞典』（明40・5、金港堂）、『新漢和辞典』（明42・

5、宝文館）、『辞林』（明43・1、三省堂）、『漢和大辞林』（明43・1、郁文舎、増訂版）、『熟語集成漢和大辞典』（明43・3、六盟館）、『漢和大辞典　線音双引』（明44・3、東雲堂、集文館）、『辞林』（明44・4、三省堂、改訂4版）、『大辞典』（明45・5、嵩山堂）である。この結果は、明治三十八年刊行の『漢和中辞典　熟語註解』を皮切りに、少しずつ、「表現」という言葉が、辞書に収録されるようになったということを示している。実際、明治三十一年から三十二年にかけて初めて刊行された、明治期の代表的な大型国語辞典である『ことばの泉』には、大増訂版『ことはの泉』（明41・11、大倉書店）が存在するのであるが[2]、「表現」という言葉は、この大増訂版『ことはの泉』の「補遺」に収録されている。『ことばの泉』において、明治四十一年刊行の大増訂版の「補遺」に初めて収録されたのであるから、この言葉が、この頃よりようやく、一般に定着し始めたということが分かる。

そのことを確認するために、『国立国会図書館蔵書目録　明治期』「日本語」の「語彙・辞書」に掲載されている明治期の代表的な大型の国語辞典において、「表現」が収録されているのか否かを念のために示しておくと、次の通りである。すなわち、『言海』（明22・5〜明24・4、印刷局）→×、『言海』（明24・4、再版）→×、『日本大辞書』（明26・9、日本大辞書発行所）→×、『日本大辞林』（明27・6、宮内省）→×、『帝国大字典』（明29・10、三省堂）→×、『日本新辞林』（明30・10、三省堂）→×、『ことばの泉』（明31・6、大倉書店）→×、『ことばの泉』（明37・1、大倉書店、21版）→×、『辞林』（明40・4、三省堂）→○である。明治三十八年より前には、『言海』から『ことばの泉』に至る大型の国語辞典にも収録されていなかったのであるから、「表現」という言葉が、その頃にはまだ一般に定着していなかったということを知ることができる。

こうした傾向は、大正期の「表現」という言葉の定着の状況を知ることによってさらに確かめることができる。そのため、『国立国会図書館蔵書目録　大正期』（平10・12〜11・4）「日本語」の「辞書」「語彙論」に掲載されている大正期の百六十八冊の辞書のうち[3]、閲覧することのできた百六十冊に[4]「表現」がどれほど収録されているのかを続いて調査したところ、四十八冊に収録されていた。[5] これにより、大正期には「表現」という言葉が定着の度合いを強めているということを知ることができる。

とはいえ、大正期に入ってからであっても、「表現」は決してごくありふれた日常語であったわけではない。むしろ、新しい響きを未だに持つ言葉であった。そのことは、『外来語辞典　附・新語及神話小解』（大3・2、二松堂書店）、『新しい語のポケット辞典』（大8・12、博多成象堂）、『新しきことばの泉』（大10・12、博進館）、『新らしい外来語の字引』（大13・11、実業之日本社）、『新らしい言葉の字引』（大14・3、実業之日本社）、『新らしい言葉は何でもわかる』（大15・7、ヤナセ書院）、『外語から生れた新語辞典』（大15・11、内外出版協会）という、大正期によく刊行された新語辞典に、「表現」や「エキスプレッション」が見出し語として採用されていることから確かめることができる。「表現」は、明治三十八年頃より少しずつ一般に着目され始めた言葉であったので、そこからさして時間の経過していない大正期においてもまだ、当時の新語としての輝きを失っていなかったといえる。[6] 芥川は、このような、未だに新しい響きを持っていた、この時代の思潮をよく表しているように見える「表現」という言葉に惹かれ、自らの芸術観の中心に据えていたのである。後述する通り、この点は、谷崎も同様であった。

## 第4節

続いて、谷崎の「芸術一家言」（大9・4～5、7、10『改造』）という随筆を取り上げ、谷崎の芸術観を紹介するとともに、その谷崎の芸術観と先述の芥川の芸術観との関係についても指摘しておきたい。この「芸術一家言」は、夏目漱石の「明暗」に対して手厳しい批判を加えたものである。ただし、「芸術一家言」において、谷崎は、必ずしも漱石の「明暗」批判だけを行おうとしていたわけではない。谷崎の意図には、「明暗」の批判を通して自らの芸術観を示す、という考えも含まれていた。そのことは、「芸術一家言」の「その二」の次の記述から知ることができる。

「明暗」が一個の通俗小説として読まれて居るなら問題にならないが、高級な芸術品として汎く真面目に読まれて居るのだとすれば、それに就いての批評をする事は、多くの人に私の芸術観を訴へるのに此の上もない機縁となる訳である。

この一文を受けて、直後の「その三」では、自らの芸術観を示そうとする意図が最も強く託されている。「その三」の冒頭近くの記述を引用してみる。

茲に忘れてならないのは芸術は一つの表現であると云ふ事実である。（中略）表現することが即ち芸術であつて表現を離れて芸術は有り得ない。だから絵を画かない画家、詩を作らない詩人などと云ふ言葉は、形容詞としては受け取れるが実際そんなものがある訳はない。いくら芸術的素質があつても、それを表現しなければ決して其の人は芸術家ではないのである。（中略）芸術家は常にその憧れの対象たる美の幻影を脳裏に描いて居るが、それを生み出すところに芸術家の真の生命があり、生み出す時に始めて、彼はその美をハッキリと感じ、正しく視、完全に自分の物とすることが出来る。生み出す迄はまだ其の美をほんたうに摑んでは居ない。

芸術は「表現」を離れては存在しない、「表現」し得ないものは芸術家ではないということが強調されている。谷崎のいう「私の芸術観」は、この記述に示されている。

日本近代文学大系30の『谷崎潤一郎集』（昭46・7、角川書店）の注釈は、「芸術一家言」のこの引用部に対して、夏目漱石「草枕」の冒頭近くの「この故に無声の詩人に一句なく、無色の画家に尺縑なきも…」という一節を引いて、両者の関連性を示唆している。しかし、この引用部は、傍線部の言い回しが類似していることから、第2節の③で触れた芥川の「芸術その他」の記述に着想を得て書かれていると考えて間違いはない。その点については、従来の研究では全くもって取り上げられてこなかったのであるが、谷崎や芥川と同時代に生きた批評家である井汲清治の「プロムナアド」（大14・1『新小説』）という評論で指摘されている。[7] そこで、井汲のこの評論に簡単に触れておきたい。井汲は、まず、谷崎が「早春雑感」（大8・4『雄弁』）という随筆の中で、「芸術的空想と云つても、それが直ちに一篇の物語を形成し得るような整然とした、一貫した連絡のある空想が湧くのではない。支離滅裂な、滅多矢鱈な空想がごつちやごつちやと雲のむらがるように発生するのである」と述べていたことに着目し、その部分を引用している。それから、その引用を踏まえて、「しかしこれだけのものは未だ作品ではない」と指摘している。その上で、「茲に忘れてならないのは芸術は一つの表現である」から始まり、「生み出す時に初めて、彼はその美をハツキリ感じ、正しく視、完全に自分の物とすることが出来る」に至る、谷崎の「芸術一家言」の先述の引用部分を載せている。そして、「芸術一家言」のその引用部分を踏まえた上で、「芥川龍之介も、『芸術は表現に始り、表現に終る』と説き、同じく描かざる画家の存在せざるこ（ママ）を明にしてゐた。その議論は『点心』の中に収められてゐた」と指摘して、谷崎と芥川の芸術観の共通性を指摘している。ここで、井汲が取り上げている芥川の『点心』とは、大正十一年五月に金星堂より刊行された単行本の『点心』のことであり、この『点心』には確かに前掲の「芸術その他」が収められ、先述の「芸術は表現に始まつて表現に終る」という主張が、その中で記されている。このように、井汲の「プロムナアド」の指摘を見れば、井汲が、谷崎と芥川の「表現」の主張の共通性を鋭く見抜いていたということを知ることができるのである。ただし、井汲は、谷崎と芥川の主張の共通性を指摘しているのみであったが、谷崎の「芸術一家言」の先述の傍線部が、第2節の③で触れた芥川の「芸術その他」の記述によく似ていることは疑いようがないので、谷崎の「芸術一家言」は、芥川の「芸術その他」の影響のもとで書かれたと断定してもよいだろう。安価な告白小説を嫌い、甘美な物語世界の構築を求めていた谷崎にとって、「芸術は表現である」という芥川の言葉には、自らの文学に対する要求に叶うものがあると感じられたに違いない。(8) 谷崎は、芥川の言葉に示唆を得て、自らの芸術のあり方を確認し、その意味を改めて考えようとしていたといえるのである。

実際、谷崎の「芸術一家言」の右の引用の波線部には、芥川の「芸術は表現である」という主張の核となる思想と共通するものが存在する。というのも、先述の通り、芥川は、「表現」によって初めて「思想」や「情緒」等を把握することができると論じていたのであるが、波線部を見れば、谷崎もまた「表現」によって初めて「美の幻影」を把握することができると述べているからだ。谷崎の「芸術は表現である」という主張の意味するところは、芥川のそれと重なっている。

谷崎が、芥川の「芸術その他」に影響を受け、後年までその芸術観を覚えていたことは、「饒舌録」(昭2・2〜12『改造』、昭2・10『大調和』)という随筆の中で、「芸術その他」等の芥川作品を念頭に置いているだろう、次のような文章を記していることからも分かる。

> 君は新進作家時代にしば〲形式の完成と云ふことを主張されたが、そんなことは君の作品に於いては実はどうでもい〻ことである。(十月号所載)

ここで、谷崎は、芥川が「新進作家時代」に「形式の完成」ということを主張していたと述べている。ただし、この「形式の完成」という言葉は正確ではない。実際には、芥川が「形式の完成」という言葉を用いたことはない。

そのため、谷崎がここで「形式の完成」と述べていたのは、芥川の「芸術その他」で記されている、第2節の④と⑤で述べた「形式」と「内容」の一致についての主張や、以下に記すような芸術の「完成」についての主張を指していたと考えられる。

芸術家は何よりも作品の完成を期せねばならぬ。さもなければ、芸術に奉仕する事が無意味になつてしまふだらう。（前掲の「芸術その他」）

完成とは読んでそつのない作品を拵へる事ではない。分化発達した芸術上の理想のそれぞれを完全に実現させる事だ。それがいつも出来なければ、その芸術家は恥ぢなければならぬ。従つて又偉大な芸術家とは、この完成の領域が最も大規模な芸術家なのだ。（前掲の「芸術その他」）

もっとも、谷崎が「形式の完成」と述べる時、「芸術その他」の主張のみを思い浮かべていたわけでは必ずしもないだろう。「芸術その他」以前の作品に目を向けると、芥川は既に、「形式」と「内容」の一致についての主張を前掲の「或悪傾向を排す」と「あの頃の自分の事」（大8・1『中央公論』）においても、また、右の芸術の「完成」についての主張を「校正後に」（大5・9『新潮』）においても記している。そのため、谷崎は、これらの作品も念頭に置いていたと考えるべきであろう。ところで、谷崎は、芥川が「形式の完成」という主張をしばしば行っていた時期を「新進作家時代」としていた。では、大正五年から大正八年にかけて発表された、右の「或悪傾向を排す」、「あの頃の自分の事」、「校正後に」、「芸術その他」を、芥川の「新進作家時代」の作品と見なしてよいのだろうか。その点についていえば、芥川は、大正三年頃より、主として「柳川隆之介」という筆名で作品を発表していたのであるから、大正七八年の時期までも「新進作家時代」に含めることはできないのではないかと反論されることが予想される。とはいえ、芥川が文壇に華々しく迎え入れられたのは、「鼻」（大5・2『新思潮』）以降のことである。実際、谷崎も「口の辺の子供らしさ」（大6・10『新潮』）の中で「芥川君の名前を知つたのは、新思潮に出た『酒虫』といふ小説を誰かに注意されて読んでからであつた。それを大変面白いと思つたので、それから同君の書いた物を気をつけて読むやうになり、どんな人だか会つて見たいと思つてゐた」と述べていて、芥川のことを知ったのは「酒虫」（大5・6『新思潮』）の頃からとしている。そのため、谷崎が、大正五年から大正八年頃くらいまでを芥川の「新進作家時代」と位置付けていたとしても決して不自然ではない。芥川は「新進作家時代」に「形式の完成」を主張していたと回想する時、やはり、右に列挙した作品が思い浮かべられていたと考えられるのである。さらにいえば、「形式」と「内容」の一致に関する主張と芸術の「完成」に関する主張とが併記されているのは「芸術その他」のみであり、「形式の完成」という谷崎の言葉を最も導きやすかったのは「芸術その他」であるということも考慮すれば、右に列挙した作品の中でも、特に「芸術その他」が、「饒舌録」執筆当時の谷崎に意識されていた可能性は高いといえるだろう。先述の通り、大正九年の谷崎は、「芸術その他」に刺激されて「芸術一家言」を書いていた。そうした経験があったからこそ、昭和二年の「饒舌録」執筆当時においても、「芸術その他」の芸術観を記憶に留めていたのではないだろうか。谷崎が「芸術その他」に影響を受けたことは、このように「饒舌録」を踏まえることによっても確認することができるのである。

さて、「芸術一家言」の「その三」では、先述の引用部分に続けて、谷崎の芸術観がより具体的に示されていく。「芸術は表現である」と定義した上で、小説における「表現」のあるべき形の一例を次のように記している。

凡そ完全なる組み立てと云へば、一部分の糸を引けばそれが全体へさし響くやうな、脈絡あり照応あるものでなければならない。一局部を壊せば全体が壊れてしまふほど密接な関係で、部分々々がシツカリと抱き合つて居なければならない。

谷崎は、小説を「建築材料」に喩えた後、「明暗」の「組み立て」が「うその組み立て」であると指摘し、本来あるべき「組み立て」は、部分と部分の「密接な」関係によって全体が構築されるべきものであると論じている。この章では、「技巧」、「形式」、「文体」、「組み立て」という一連の概念は、「表現する方法」ではなく、寧ろ「表現その物」であると位置付けられており、小説における「表現」の具体的なイメージは、右の記述の中に窺うことができる。

芥川の「芸術その他」では、第7節で触れる通り、作家の「意識的」な努力によって、部分の全体に及ぼす効果を計算しながら、完成品を仕上げていくことが大切であるという考え方が記されている。この考え方は、谷崎の「芸術一家言」における右の「組み立て」論と幾分か重なるところがある。そのため、谷崎の「芸術一家言」の「組み立て」論は、芥川の「芸術その他」の考え方にやはり近いものがあったといえる。もっとも、芥川の「芸術その他」では、直接に「組み立て」論に言及する記述が存在していたわけではないので、谷崎の「組み立て」論は、芥川の「芸術その他」に触発された谷崎が、そこから、「表現」の意味を自分なりに考えて導いた言説であったと理解することができる。ただし、このような言説が、谷崎の全くの独創であったと見なすこともできない。小説を建築物に喩えた上で、緻密な「組み立て」の意義を求めようとする発想は、あるいは、谷崎が接した可能性の高い、以下のような文章からの影響であるのかも知れない。

しかし、いかに事件を入り組ませてみても、プロットにはならない。本来のプロットとは、全体を傷つけることなしには、いかなる部分をも移し変えることが出来ぬものの謂である。煉瓦一枚の位置を変えるだけで、一切が潰え去ってしまうほどに、緊密に組み立てられた建物に喩えることも出来よう。

（ブルワ・リットン『夜と朝』に対するエドガー・アラン・ポオの書評）

そこで左様いふ小説はどんな性質を帯びて居るだらうかと考へて見ると、つまりは組立論をやらなければ始末が付かなくなる。その組立が煉瓦を積んだ様に緊密で、たとひ一枚たりとも勝手に引抜くと、総体がすぐ瓦解すると云つた具合に出来て居れば、幾許長くとも読者は成程と合点しなければならない、尤もだと思つて読まざるを得ない。

（夏目漱石『文学評論』第六編、明42・3、春陽堂）

前者については、便宜上、『ポオ全集』3（昭61・12、東京創元社）の邦訳による引用を行ったが、The Complete Works of Edgar Allan Poe Volume X, edited by James A. Harrison, T. Y. Crowell & company, 1902にも、この文章は載せられている。[9] 後者は、漱石の、ダニエル・デフォーに対する批評中の文章である。漱石とポオの文章が近似しており、ポオの文章が漱石に影響を与えたということもここで指摘し得るのであるが、その点はともあれ、谷崎とポオ・漱石との関係の深さ[10]を考慮すると、これらの文章が、谷崎の「組み立て」論に影響を与えていた可能性も十分に考えられる。いずれにせよ、芥川の「芸術は表現である」という主張に刺激を受けた谷崎が、その主張を取り込む中で、「表現」の具体的な姿として、小説における「建築」的な「組み立て」の意義に目を向け始めた、という点は注目されなければならない。そのことは、第9節で述べる通り、「小説の筋」論争を論じる時に、特別な意味を持つことになる。

## 第5節

「芸術は表現である」という説は、一見すると、ごく素朴な考え方を表明しただけの説であるようにも思える。ただ、第3節で論じた通り、「表現」は、大正期にはまだ新語としての輝きを保っていた言葉であったので、微細な感覚の洗練を必要とする芸術の本質を端的に言い表す、新鮮な響きを持つ説として当時の多くの人々を惹き付けていったのである。実際、この説は、当時の批評家や芸術家によって盛んに唱えられていた。芥川は、こうした同時代の動向の中で、「芸術は表現である」という説を唱えるようになった。そのことは、芥川が前掲の「或悪傾向を排す」で「よく人が云ふやうに、芸術は正に表現である」と述べ、また、「文芸雑感」（大12・7『輔仁会雑誌』）で「今日の文壇では、相当の作家なり、批評家なりが芸術は表現であると申すやうになりました」と述べていることから分かる。そこで、続いて、芥川の芸術観の背景をさらに深く知るために、その同時代の動向の一例として、里見弴と菊池寛との間で戦わされた「内容的価値」論争にも触れておきたい。

この論争の経緯は、菊池が「文芸作品の内容的価値」（大11・7『新潮』）で述べた主張を、里見が「菊池寛氏の『文芸作品の内容的価値』を駁す」（大11・8『改造』）で痛烈に批判し、さらに、それを、菊池が「再論『文芸作品の内容的価値』――里見弴氏の反駁に答ふ――」（大11・9『新潮』）で反論した、というものである。菊池の「文芸作品の内容的価値」の主張の要旨を紹介すると次の通りである。――「ある作品を読んで、うまい〳〵と思ひながら、心を打たれない。他の作品を読んで、まづい〳〵と思ひながら、心を打たれる」。このことをどのように考えればよいのだろうか。「私は今のところ、クローツエやスピンガーンが唱へた、芸術は表現なりと云ふ説を信じてゐる。いろ〳〵考へた末に、芸術表現説が、真実に近いことを信じてゐる」。しかしながら、同時に、「例へば、ロマンローランの小説の中にある、一つの挿話、『仏蘭西の兵士が戦線で、独逸の若い、十六七の兵士を刺し殺さうとすると、その少年が手を差し上げて、母《ムツテル》！ 母《ムツテル》！と、叫んだ』と云ふ話、かうした話は、小説にか丶れるとか丶れないとに拘はらず、人を動かす力を持つてゐる」とも感じられる。確かに、「芸術は、芸術的価値さへあれば立派な芸術だ。よく描けてゐさへすれば、立派な芸術だ。（中略）芸術の能事は、表現に尽きる」。「『交番の前に、巡査が立番をしてゐる。其処へ通行人が来て道を訊く。』さうしたことでも、それが立派に完全に描けてゐれば、私はそれを芸術としては立派だと云ひたいのである」。しかし、例えば、ロマンローランの右の例に示されている通り、「文芸の作品には芸術的価値以外の価値が、厳存する」はずである。それは「我々を感動させる力」であり、「内容的価値」と呼ぶべきものではないだろうか。――

これを受けて、里見は「菊池寛氏の『文芸作品の内容的価値』を駁す」の中で、菊池を批判しながら、あるべき芸術論を以下のように定義している。

芸術には表現とか内容とかの区別はない、とも云へるし、表現がすなはち内容で、内容が直に表現だ、と、そんな風にも云へるのだが、兎も角私にとつては、「うまい」と云ふ言葉は、もうその一元の境地を蓋ふ賛辞となつてゐるのだ。「うまい〳〵」と思ひながら、心を打たれない」と云ふやうな半面づ丶の感銘は、うけようとしてもうけられないのだ。

ここでは、この論争の検討に深入りする必要はない。ただ、ここで確認しておきたいのは、菊池と里見の両者が、立場を異にしながらも、「芸術は表現である」という共通の基盤に立っているという点である。このことは、「芸術は表現である」という説がいかに深く文壇に浸透していたのか、ということをよく示している。

それにしても、菊池は、この「芸術は表現である」という説だけでは割り切ることのできない、文芸作品の「内容的価値」にも留意せずにはおれないと考えていた。菊池が真に求めていたものはこの「内容的価値」であったはずで、「芸術は表現である」という説それ自体を、実はそれほど信奉していたわけではないと見える。実際、菊池は嘗て「ある批評の立場——『芸術は表現なり』との説——」(大9・3『文章世界』)の中で、「自分は、芸術の能事は表現に尽きて居るとは、思つて居ないので、『芸術は表現なり』と云ふ命題は可なり大きい疑問を持つて居る」と述べていて、「文芸作品の内容的価値」での見解と異なる感想を持っていた。にもかかわらず、菊池は、「文芸作品の内容的価値」に至って、「芸術の能事は、表現に尽きる」という説を受け入れていた。この説を前提とした上で、「内容的価値」という新たな枠組みを設けて、そこに着目しようとしたのである。ということは、菊池の中では、「文芸作品の内容的価値」の段階で「芸術は表現である」という説が、否定し難い芸術論として理解し直されていた、ということである。菊池のこうした変化を見ても、この説がいかに当時の芸術家に働きかける力を持っていたのか、ということを知ることができる。

## 第6節

ところで、先の菊池の主張の傍線部に留意すれば、「芸術は表現である」という説は、「クローツエやスピンガーン」も唱えていたということが分かる。従って、当時の文壇でこの説が流行した一因として、「クローツエやスピンガーン」の影響があると推定することができる。このうち、当時の芥川の芸術観との関わりから、大正中期頃までの文壇の動向に限定して見てみると、この時期にクローチェの説の紹介が、スピンガーンに比べても非常に多いということに気付く。そのため、クローチェの説、もしくは、クローチェの説を紹介する同時代の言説を、芥川が摂取していた可能性も考えられるので、クローチェの説の概略を述べつつ、その説を盛んに紹介していた当時の文壇の状況をここでさらに示しておくことにする。

ベネデット・クローチェ（Benedetto Croce, 1866～1952）はイタリアの哲学者・歴史学者である。クローチェの「表現」の美学の功績は、一般に次のように指摘されている。

表現の概念も芸術においては新しいものではない。それは〝パトス〟としての芸術観に遡るものであって、アリストテレスやラテンの修辞学者たちからは低位に置かれていたが、ロンギノスによって重視されるところとなり、近代に至って、G・ヴィーコやロマン派の美学者たちによって継承発展されたのである。かれらは、それぞれの精神状態、心の内容が人をしてそれを顕現し表現させるものと考えていた。カントにおいても、芸術的表現とは、予め把握された概念を実現することである。／ところがクローチェは〝表現なくして心の状態はない〟というようにコペルニクス的転回を行い、これまでの考え方を逆転させてしまったのだ。

（谷口勇「ベネデット・クローチェの表現学（1）」昭53・3『表現研究』）

これまでの美学者は、「予め把握された概念を実現する」ことを「表現」と理解していた。それに対して、クローチェは「表現なくして心の状態はない」という発想をもたらした。ここにクローチェの説の新しさがあるとされている。では、クローチェのこうした説は、どういう理論体系から導き出されてきたのか。クローチェの美学の詳細に立ち入ることは省略するが、右の谷口論文に従ってその概要をごく簡略に述べると、次の通りである。クローチェは、精神を「理論的活動」と「実践的活動」とに大別し、前者をさらに「直観的認識」と「概念的認識」に区分する。そして、芸術活動は「直観的認識」に基づくものであると規定している。その上で、「直観」とは、

「精神による物質についての最初の情報」の場所で、概念や論理とは区別されるべき自立した領域であると捉えている。さらに、「表現に客観化されないものは直観ではない」と定義している。ここから、「直観」即ち「表現」即ち「芸術」という図式が提起されることとなる。クローチェは、「芸術は表現である」という説、「表現」と「内容」を一元的に捉える説をこうした精神体系の規定をもとにして築いていったのである。

クローチェのこうした説は、先述の同時代の文芸思潮とほぼ等しい。同時代の文芸思潮に与えたクローチェの影響を十分に予想することができる。実際、クローチェの説は、大正期には実に多くの批評家や芸術家によって盛んに紹介されている。例えば、その動向の一端は、以下の記述から窺うことができる。

> 即ち一切の「印象《インプレッション》」は――必ずしも感覚的のものに限らず――直観されることによつて「形式《フォーム》」を得るのであつて、直観によつて印象に形式を与へることをクローチエは特に表現《エキスプレッション》と呼ぶのであります。一切の芸術は要するに此意味の表現に外ならない。芸術即表現、表現即芸術であつて、表現のある処には常に芸術あり、芸術は表現以外の他には何処にも存在し得ないのであります。
>
> （阿部次郎「出鱈目」大1・11『帝国文学』）

> 私は此の形式即ち表現と内容とを大胆に同一のものであると断定する説を発表する人を、伊太利の現代の哲学者クロオチェに見るのである。（中略）即ち『直観することは表現することである。表現すること以外の何物でもない。両つの作用は全き意味に於いて同一である。』而して彼の所謂直観とは芸術の内容であり、表現とは形式即ち詩歌にあつては言語である。クロオチェにあつては、その直観と表現とは同時に行はれる同一の過程であつて、両者を引離して考えることは不可能なのである。
>
> （西宮藤朝『新詩歌論講話』の「詩と言葉」の二、大7・12、新潮社）

有島生馬「美術の秋に」（大6・9・26『東京日日新聞』）の中にも「君はクロオチエのこの言葉を記憶してゐますか、『表現と芸術とは一つである』、と。忌憚なく云へば、君のあの作品にはまだ君全部の表現が足りなかつた」という記述がある。大正文壇のクローチェ受容の文献的な調査は、これまで殆どなされてこなかったが、決して等閑にすることはできないものである。中沢臨川・島村抱月述『最近科学発達史講話　近代美学講話』（大4・6、文学普及会）「近代美学講話補遺」の四「クローチエの表現説」には、「クローチエ氏は伊太利の美学者且つ哲学者で、その名が我が読書界に知られたのは極めて最近のことである」と記されている。クローチェの「芸術は表現である」という説は、最新の芸術論として徐々に大正文壇に浸透してきていたということが分かる。煩雑になるので、文献の紹介だけに留めるが、この他にも管見の範囲では以下のような作品で、クローチェの説が伝えられている。すなわち、石坂養平「鑑賞と創造と表現」（大2・11『帝国文学』）、小林澄兄「クローチエから」（大3・2『三田文学』）、阿部次郎「形式と内容」（大5・7『潮音』）、石田三治「杜翁の音楽論」（大6・7『トルストイ研究』）、石田三治「文芸批評家としてのトルストイ」（大6・11『トルストイ研究』）、石田三治「文壇諸主義の批判」（大7・1『六合雑誌』）、徳田秋声『小説入門』（大7・4、春陽堂）「表現を離れて芸術なし」、西宮藤朝『人及び芸術家としての正岡子規』（大7・6、新潮社）第六章「正岡子規の俳論」の「俳句の種類と季題」、吹田順助「再び芸術と宗教とに就いて」（大7・8『帝国文学』）、中井宗太郎「近代芸術概説」（大8・4『制作』）である。

以上のことから、大正期に「芸術は表現である」という説が流行するようになった一つの要因として、クローチェの説が大正文壇に影響を与えたという側面が存在していたと分かる。先述の通り、安価な「自己の表現」、「自己」告白を重んじる風潮に対する抵抗感が、当時の文壇に広く萌し始めていた。そうした抵抗感が要因となって、「芸術は表現である」という説が、一つの文芸思潮として文壇に定着し始めたに違いない。そして、その動向を側面から支えていたのが、クローチェの説であった。空虚な「自己の表現」、「自己」告白への嫌悪感を抱いていた芥川が、「芸術は表現である」と主張するようになった背景には、こうしたクローチェの説の紹介も含めた同時代文壇の動向があったと見ることができる。

## 第7節

芥川の「芸術は表現である」という主張は、「表現なくして心の状態はない」という意味を有している。それは、作家である芥川の立場からすれば、言葉による「表現」によって「渾沌」としていた「思想」や「情緒」等の正体を摑んでいくことである。それ故、言葉による「表現」こそが、作品を支える根源的な要素となる。となると、ここから、言葉を取捨選択したり、作品全体の構成を熟考したりするような、芸術家の意識的な努力を重視する考え方が導き出されてくるのは、自然の成り行きである。実際、「芸術その他」において、「芸術は表現である」という主張と関わって、次のような考え方が示されている。

芸術活動はどんな天才でも、意識的なものなのだ。と云ふ意味は、倪雲林は石上の松を描く時に、その松の枝を悉途方もなく一方へ伸したとする。その時その松の枝を伸した事が、どうして或効果を画面に与へるか、それは雲林も知つてゐたかどうか分からない。が、伸した為に或効果が生ずる事は、百も承知してゐたのだ。もし承知してゐなかつたとしたら、雲林は、天才でも何でもない。唯、一種の自動偶人なのだ。

無意識的芸術活動とは、燕の子安貝の異名に過ぎぬ。(11)だからロダンはアンスピラシオン(12)を軽蔑したのだ。

芥川は「霊魂で書く。生命で書く。――さう云ふ金箔ばかりけばけばしい言葉は、中学生にのみ向つて説教するが好い」と考えている。芸術は、超自然的な力や偶然の力によって生み出されるものではなく、芸術家の「意識的」な「表現」の力によって初めて形成されるものであると主張している。換言すれば、作家の「意識的」な努力によって、洗練された言葉を用いたり、部分の作品全体に及ぼす効果を計算したりしながら、完成品として仕上げることを求めている。芥川は、「芸術は表現である」という主張に付随して、芸術に対するこうした考え方を持つようになっていたのである。

ところで、先述の通り、同時代文壇の中で、クローチェの「芸術は表現である」という説が盛んに紹介されている状況があった。具体的には、阿部次郎が前掲の「出鱈目」の中で、クローチェの *Aesthetic* を読んだと述べているのであるが、そのことに示されている通り、クローチェの「芸術は表現である」という説に関しては、*Aesthetic* という作品が最もよく知られている。この時期の批評家や芸術家もこの *Aesthetic* をもとにして、クローチェの説を紹介していたと推測される。そして、芥川も実は、この時期にクローチェの *Aesthetic* を読んでいた。当時の日記である「我鬼窟日録」の大正八年九月十日の記述には「夜眠られず。起きてクロオチエがエステティクを読む」と記されている。「エステティク」とは、正確にいうと *Aesthetic As Science of Expression and General Linguistic*, tr. from the Italian by Douglas Ainslie, London, Macmillan, 1909 である。日本近代文学館の芥川龍之介文庫には芥川の旧蔵書が所蔵されているが、その中に本書が残されているから、芥川はこれで読んでいたことになる。しかも、「芸術その他」の執筆が大正八年十月八日であるので、少なくとも、「芸術その他」執筆の直前には読んでいたということが分かる。(13)

「芸術活動」は、「意識的」なものであるという芥川の芸術観は、クローチェの「エステティク」に拠るものであると考えられる。芥川旧蔵本の“Intuition and Art”の章の“Artistic Genius”の該当箇所を、鵜沼直『美の哲学』

然るに茲に注意すべきは、無意識をば芸術的天才の主要なる質として要求する人は、それが為めに芸術的天才を人間以上の遥かなる高所より遥かなる低所へと突き落すものであるといふことである。直観的若しくは芸術的天才は、人間の活動のあらゆる形式の如く、常に意識的のものであり、若しさうでないとすればそれは全然盲目なる機械作用に過ぎないではないか。

（第二章第二節）

（大10・3、中央出版社）の訳によって示しておく。(14)

「芸術活動」における「無意識」を否定し、どのような天才の「芸術活動」も必ず「意識的」なものであるとする考え方は、芥川とクローチェで一致している。さらに細かい点についていうと、「エステティク」には、「盲目なる機械作用」（＝"blind mechanism"）という言葉がある。この言葉は、「無意識的」な芸術家に対して、もしくは「無意識的」な「芸術活動」に対して用いられているのであるが、同様の意味で、「芸術その他」において、「自動偶人」という言葉が用いられている。別の箇所には、「芸術家が退歩する時、常に一種の自動作用が始まる」という記述も見られる。"blind mechanism"という言葉が、これらの「自動偶人」や「自動作用」という言葉の源になっている可能性が考えられる。

「芸術は表現である」という説を盛んに唱える同時代の文壇の状況を知っていた芥川は、その中でクローチェの説がよく紹介されていたことにも気付いていただろう。芥川はクローチェの説に目を留める機会は多かったに違いない。そうした中で、芥川はクローチェの「エステティク」を読み始めたのではないかと推測される。その結果、「芸術活動」は全て「意識的」なものであるというクローチェの説に惹かれるようになった。言葉による「表現」を大切にしていた芥川にとって、言葉を「意識的」に取捨選択したり、作品全体の構成を熟考したりすることは不可欠であった。右のクローチェの説は、そうした芥川の創作姿勢をよく代弁してくれるものとして芥川に取り込まれたと考えられる。

## 第8節

「小説の筋」論争から遡って、大正中期における谷崎と芥川の芸術観の背景や関係について論じてきた。「芸術は表現である」という説がこの時期に盛んに唱えられていたということ、特に、その中でも「表現」に重きを置くクローチェの説が同時代の文壇で多く受容されていたということ、芥川の芸術観の形成を促す背後の要因として、クローチェの説の受容も含めたこうした同時代の思潮が存在していたということを指摘してきた。それと同時に、そのようにして形成された芥川の芸術観に谷崎が影響を受けて、それを自らの主張に取り入れていたということも論じてきた。谷崎と芥川は、「芸術は表現である」という説を、自らの芸術観の核にしているという点で、等しい位置にいたということがここから見えてくるのである。ということは、両者がこのような関係で留まっていれば、「小説の筋」論争は決して起こらなかった、ということである。にもかかわらず、昭和二年に論争が行われた。それは、「芸術その他」以降、芥川が徐々に自らの芸術観を変化させていったからである。続いて、「小説の筋」論争において、谷崎を批判するに至る芥川の芸術に対する考え方を、芥川の変化の様相を確認しながら明らかにする。その上で、芥川が谷崎を批判するに至った要因についても考察してみたい。

「小説の筋」論争は、新潮合評会（八）[15]（昭2・2『新潮』）において、芥川が谷崎を批判したことがきっかけとなって起こった。合評会では、谷崎作品に見られる「筋の面白さ」が果たして芸術的であるといえるのかという芥川からの問題提起があり、それに続いて、堀木克三と芥川と中村武羅夫との間で次のような会話が交わされている。

**堀木**　筆力が豊富なんぢやありませんか。
**芥川**　それは十分以上に認めてゐます。
**中村**　面白い筋を芸術的に現す、筋だけの面白さでなしに、面白い筋が芸術的な表現になつてゐれば、筋の面白いと云ふことも差し支えないぢやないか。
**芥川**　さうかも知れない。しかし筋の面白さと云つても、奇怪な小説だの、探偵小説だの、講談にしても面白いと云ふやうな筋を書いて、其の面白さが作品其物の芸術的価値を強めると云ふことはないと思ふ。

芥川の谷崎への批判は、「豊富な」「筆力」に対してではなく、通俗的な「筋の面白さ」に対して向けられている。谷崎には「表現」の力があり、そこに「芸術的」な要素があることを認めつつも、「奇怪な小説」、「探偵小説」、「講談」といった通俗的な「面白さ」の追求に谷崎が囚われてしまっているために、「芸術的価値」がそれ以上高まっていかないと批判しているのである。

こうした芥川による谷崎批判は、さらに、「小説の筋」論争の舞台となった芥川の「文芸的な、余りに文芸的な」（昭2・4〜6、8『改造』）（以後「文芸的な」と略称する）においても、次のように展開されていく。

僕が僕自身を鞭《むち》つと共に谷崎潤一郎氏をも鞭ちたいのは（僕の鞭に棘のないことは勿論谷崎氏も知つてゐるであらう。）その材料を生かす為の詩的精神の如何である。或は又詩的精神の深浅である。谷崎氏の文章はスタンダアルの文章よりも名文であらう。（中略）殊に絵画的効果を与へることはその点では無力に近かつたスタンダアルなど匹儔《ひつちう》ではない。（中略）しかしスタンダアルの諸作の中に張り渡つた詩的精神はスタンダアルにして始めて得られるものである。（中略）僕が谷崎潤一郎氏に望みたいものは畢竟唯この問題だけである。

ここでいう「詩的精神」[16]は、詳しくは第6章で論じるが、少なくとも、「奇怪な小説」、「探偵小説」、「講談」といった通俗的な「筋の面白さ」を求める精神と対極の位置にあるものであるということは明白である。芥川は、谷崎の文章が優れていることを賞賛しながらも、一方で、それとは別に、こうした「詩的精神」の欠如を批判しているのである。

ここで念のため断っておけば、芥川がこのような批判を行ったからといって、「表現」に重きを置く姿勢を喪失したわけではない、ということである。「小説作法十則」（昭2・9『新潮』）の七において「文芸は文章に表現を托する芸術なり。従つて文章を鍛錬するは勿論小説家は怠るべからず」と書き記している通り、この時の芥川も「表現」の意義を痛切に感じていた。ただ、この時の芥川は、「表現」の本質は、「詩的精神」が表出されることにあるのであって、「筋の面白さ」や「話」の「組み立て」の巧みさを示すことにあるわけではないと考えるようになっている。ここに、先述した、芥川の芸術観の「変化」を見て取ることができる。つまり、芥川は「表現」に重きを置く姿勢を一貫して持っていたのであるが、同時に、第4章で論じる通り、「表現」の要素として嘗てはさしたる拒絶意識を持っていなかった「筋の面白さ」や「話」の「組み立て」の巧みさを、この時には、「表現」の本質的な要素として認め難いと考えるようになっている。その上で、「詩的精神」のある「表現」を強く求めようとしているのである。この点が、以前の「表現」に対する考え方とは相違している。その意味で、この時の芥川にとって、「芸術は表現」であったのではなく、「芸術」は「詩的精神」の託された「表現」であった。芥川は、「芸術は表現である」という骨格のみの大きな主張では捉えきれない、「表現」の質の問題に立ち入ろうとしているのである。

芥川はこの時、「表現」の本質は「詩的精神」の表出にあると考え、「詩的精神」の意義を主張しようとしていた。

「文芸的な」の五「志賀直哉氏」では、志賀直哉の作品に「詩的精神」があることを認めて、次のように賞賛している。

しかし描写上のリアリズムは必しも志賀直哉氏に限つたことではない。同氏はこのリアリズムに東洋的伝統の上に立つた詩的精神を流しこんでゐる。同氏のエピゴオネンの及ばないのはこの一点にあると言つても差し支へない。これこそ僕等に、――少くとも僕に最も及び難い特色である。僕は志賀直哉氏自身もこの一点を意識してゐるかどうか、は必しもはつきりとは保証出来ない。（あらゆる芸術的活動を意識の閾《しきゐ》の中に置いたのは十年前の僕である。）

芥川は、志賀の作品には、志賀自身にも必ずしも意識されてはいない「詩的精神」が自ずから流れ込んでいると感じて、志賀に惹かれている。芥川の求める「詩的精神」は、必ずしも芸術家の「意識的」な「表現」によって得られるものではない、ということを知ることができる。このような、作家の「意識」し得ない精神の表出を求める芥川の姿勢は、クローチェに触発され、芸術は芸術家の「意識的」な「表現」によって形成されるものであると考えていた嘗ての立場から大きく隔たっているといえる。同時に、こうした姿勢を持つ芥川であってみれば、一般読者の興味を引き付けるであろう「面白い」筋を、巧みに「組み立て」ていく作業に対して否定的になるのは必然的である、ということもまたここから窺うことができる。

「詩的精神」が、作家の「意識」とは別に、自ずから作品に流れ込むものである時、芥川は「技巧の妙」よりも、作家の「性情の雅俗高下」[17]を問題にしていたといえる。「文芸的な」二十「再び谷崎潤一郎氏に答ふ」では「しかし僕は谷崎氏も引用したやうに『純粋であるか否かの一点に依つて芸術家の価値は極まる』と言つたのである。

（中略）僕は小説や戯曲の中にどの位純粋な芸術家の面目のあるかを見ようとするのである。（中略）『詩的精神云々の意味がよく分らない』と言つた谷崎氏に対する答はこの数行に足りてゐる筈である」と記されている。芥川の関心は、「表現」の根底に潜む、芸術家自身にも十分に意識し得ない「純粋な」精神に向けられていくのである。

「タイチの女」と「フランスの女」の「差別」に言及する「文芸的な」の三十「野性の呼び声」には次のような記述もある。

僕は前に光風会に出たゴオガンの「タイチの女」（?）を見た時、何か僕を反発するものを感じた。装飾的な背景の前にどつしりと立つてゐる橙色の女は視覚的に野蛮人の皮膚の匂を放つてゐた。それだけでも多少辟易した上、装飾的な背景と調和しないことにも不快を感じずにはゐられなかつた。美術院の展覧会に出た二枚のルノアルはいづれもゴオガンに勝つてゐる。殊に小さい裸女の画などはどの位シヤルマンに出来上つてゐたであらう。――僕はその時はかう思つてゐた。が、年月の流れるのにつれ、あのゴオガンの橙色の女はだんだん僕を威圧し出した。それは実際タイチの女に見こまれたのに近い威力である。しかもやはりフランスの女も僕には魅力を失つたのではない。若し画面の美しさを云々するとすれば、僕は未にタイチの女よりもフランスの女を採りたいと思つてゐる。…／僕はかう云ふ矛盾に似たものを文芸の中にも感じてゐる。（中略）両者の差別はこの地上に生じた、あらゆる差別のやうに朦朧としてゐる。が、暫く両端を挙げれば、両者の差別のあることだけは兎に角一応は認めなければならぬ。／所謂ゲエテ・クロオチエ・スピンガアン商会の美学によれば、この差別も「表現」の一語に霧のやうに消えてしまふであらう。（中略）けれども橙色の人間獣の牝は何か僕を引き寄せようとしてゐる。かう云ふ「野性の呼び声」を僕等の中に感ずるものは僕一人に限つてゐるのであらうか？

芥川が、嘗て「視覚的に」「不快」を感じた「タイチの女」に、「野性の呼び声」という魅力を見出し始めたこと、それ故、「タイチの女」と「フランスの女」との間にある「差別」を認識し始めたことが記されている。「表現」という観点のみから芸術を定義する「ゲエテ・クロオチエ・スピンガアン」の芸術論は、この「差別」に考慮を払わない。しかし、この「差別」は、決して「表現」の一語で曖昧にすることのできない問題であると訴えている。それは、芥川が、「表現」の一語では片付けられない芸術の領域に目を向けるようになったからである。芸術活動における「意識的」な「表現」の意義を主張する「クロオチエ」に触発されていた嘗ての芥川の立場から、今や異なる位置にいるということを、ここからも知ることができる。

この引用部の直後では、「野性の呼び声」の、「何か切迫したもの」、「何か僕等の魂の底から必死に表現を求めてゐるもの」に刺激されるとも述べている。「野性の呼び声」という語には、「表現」に至るまでの作者の混沌とした「切迫した」衝迫という意味合いが含まれていたといえる。芥川は、この「野性の呼び声」に対して、

僕の作品を作つてゐるのは僕自身の人格を完成する為に作つてゐるのではない。(中略)唯僕の中の詩人を完成する為に作つてゐるのである。或は詩人兼ジアナリストを完成する為に作つてゐるのである。従つて「野性の呼び声」も僕には等閑に附することは出来ない。

と述べている。「詩人」としての自己を完成するために、「表現」の一語で曖昧にすることのできない「野性の呼び声」を感じようとする。「詩人」であること、「詩的精神」を持つことを求める芥川には、「芸術は表現である」と単純に片付けることはできなくなっていたのである。

このように、芥川は、「詩的精神」の意義に目を向けるようになっていた。そうであるからこそ、「筋の面白さ」

や「話」の「組み立て」の巧みさばかりに囚われていると思えてならない近年の谷崎に批判の矛先を向けていくのである。それにしても、芥川が批判の対象として谷崎を選んだ要因、さらには、論争にまで乗り出していった要因は、それだけに留まるのだろうか。もともと、論争相手であった当の谷崎が芥川を「四方八方へ気がねをするたちであつたから、エッセイストになつたとしても、果して自己の信ずるところを無遠慮にズバズバと云ひ切れたかどうか。森鷗外氏のことをほんのちよつと悪く云つてさへ、あんなに気にしてゐた程だから（以下略）」（前掲の「饒舌録」十月号所載）と評していた通り、他者を「無遠慮」に批判し得るほどの剛胆な気質を芥川は持っていなかった。その芥川にしては珍しく、親交のあった先輩である谷崎を正面から批判したのであるから、そこには、何らかの別の要因が存在していたのではないかと推定される。

では、その別の要因として何が考えられるのか。それは、谷崎が芥川の「芸術は表現である」という説を摂取して自らの芸術観を形成していたという、第4節で論じた事実を、芥川もまた把握していたということであったのではなかろうか。芥川がその事実を把握していたとする根拠は、前掲の井汲清治「プロムナアド」を芥川がまず間違いなく読んでいたという点にある。芥川が「プロムナアド」を読んでいたことは、大正十四年二月一日付水木京太宛書簡で芥川が「小島も新小説の作品を見ると、『画の具のやうな青い空』などを出してすましてゐますから」と記していることから分かる。ここでいう、小島の「新小説の作品」とは、小島政二郎の「金一千円也」のことを指しているが、この作品は、大正十四年一月号の『新小説』に掲載されている。ということは、右の書簡が、大正十四年二月一日のものであることにも留意すれば、芥川は、大正十四年一月号の『新小説』が刊行されて間もなく、それに目を通したということである。となると、同じ大正十四年一月号の『新小説』に掲載され、しかも、谷崎の芸術観との関わりの中で芥川の芸術観にも言及している、井汲の「プロムナアド」に目を向けなかったはずはないといえるだろう。つまり、大正十四年の芥川は、「芸術は表現である」と主張している点で谷崎と芥川とに共通性

張を谷崎が摂取していたことを、少なくとも大正十四年の時期には確実に知っていたということになる。[18] となると、谷崎が自らの主張を摂取していたという目で、谷崎作品の近年の傾向を眺めるようになるはずである。その時、谷崎が「表現」を重視するという名のもとに、「筋の面白さ」ばかりを追求していると思えてならなくなり、そこから、谷崎に苦言を呈しておきたいという思いが生まれてきたのではないだろうか。嘗ての芸術観を変容させ、「詩的精神」の意義に着目し始めた芥川にしてみれば、「芸術は表現である」という自らの説を取り込みつつ、「筋の面白さ」の追求に囚われていく谷崎の状況を放置することはできなかった。そこで、谷崎に対して、「表現」の本質は「筋の面白さ」にはないことを訴えたかったと考えられるのである。芥川が批判の対象として谷崎を選び、論争にまで乗り出していった副次的な要因をこの点に見出すことは十分にできる。「小説の筋」論争の背後には、「表現」をめぐる谷崎と芥川との密接な関係が紛れもなく存在していたとやはり指摘し得るのである。

## 第9節

芥川は、第8節で言及したように、芸術観を変化させていた。その芥川と、この論争において、「芸術一家言」当時の芸術観をほぼそのまま引き継ぐ形で論を展開する谷崎とが、共鳴し合うはずはない。小説における「筋の面白さ」には芸術上の大きな価値があるとして、芥川の新潮合評会（八）の見解を批判する谷崎の主張は、前掲の「饒舌録」三月号に、次のように記されている。

芥川君の説に依ると、私は何か奇抜な筋と云ふことに囚はれ過ぎる、変てこなもの、奇想天外的なもの、大向うをアツと云はせるやうなものばかりを書きたがる。それがよくない。小説はさう云ふものではない。筋の面白さに芸術的価値はない。と、大体そんな趣旨かと思ふ。しかし私は不幸にして意見を異にするものである。筋の面白さは、云ひ換へれば物の組み立て方、構造の面白さ、建築的の美しさである。此れに芸術的価値がないとは云へない。（中略）勿論此ればかりが唯一の価値ではないけれども、凡そ文学に於て構造的美観を最も多量に持ち得るものは小説であると私は信じる。

小説における「筋の面白さ」とは、「建築的な美しさ」や「構造的美観」と定義することができるということ、そのような「美しさ」にも「芸術的価値がないとは云へない」はずであるということが記されている。この「建築的な美しさ」や「構造的美観」に対する要求は、小説における「組み立て」の価値に言及した「芸術一家言」の先述の主張を受け継いだものである。[19] そうであるが故に、「芸術その他」の頃の芸術観を変容させた芥川の主張との間で、自ずから対立が生まれてくるのである。

谷崎は「饒舌録」五月号で、「私には芥川君の詩的精神云々の意味がよく分からない」と述べ、芥川の論を「左顧右眄」と一蹴している。谷崎には、この時の芥川がいう「詩的精神」の意味、あるいは、「『話』らしい話のない小説」の主張と向き合う意識はない。むしろ、自らの芸術上の立場に自信を持ち、芥川の主張を堂々と跳ね返している。「饒舌録」三月号では、自らの立場と「反対のことを芥川君が云つてゐる」と記しているが、谷崎は、芥川の「芸術は表現である」という主張に刺激を受けていたことを念頭に置きながら、芥川が今や異なる主張を展開し始めているということを実感していたのではないだろうか。新たに「詩的精神」の意味を求めていた芥川にとって、奇抜な着想を緻密な筋立てで「表現」し、構築していくことばかりに専念しているように見える谷崎の姿勢は許容できなかったわけであろうし、逆に、嘗てと同じように、小説における「組み立て」や「構造的美観」の価値を重視する谷崎にとっては、芥川の「詩的精神」や「『話』らしい話のない小説」の主張は、単に「安価なる告白小説」（「饒舌録」）に類するものへの傾斜としか映らなかったに違いない。

もともと、谷崎は「饒舌録」を掲載するにあたり、次のように「予防線を張」っていた。

先達正宗白鳥氏に会つたら、「君は来年から改造へ時評を書くのかね、時評を書くといろ〳〵の人から議論を吹つ掛けられる、すると黙つてゐる訳にも行かないので、つい応酬する、いや〳〵ながら自然文壇に活躍する形になつて、うるさいもんだよ」と云つて居られたが、成る程さうなつたら大変だ。私なんかにはとても遣り切れたものではない。私は成るべく當り障りがないやうにして行くが、万一誰かが喰つてかかつても相手になることは御免を蒙る。先輩であらうが後輩であらうが、此方の都合で一切黙殺することにするから、それは予め御諒承を願ひたい。

（二月号所載）

こうした約束を即座に反故にして論争に挑んだのは、論争の相手が芥川であったからではないだろうか。谷崎が、後年「余程語るに足ると思ふ相手でない限り、めつたに文学論や芸術論などを闘はすこともしなかつた」（「客ぎらひ」（昭23・10『文学の世界』））と発言をしていることからも、そのことは分かる。もともと、谷崎にとって、反自然主義という共通の旗印の下にいた芥川とは、多少の方向性の違いはあるにせよ、芸術観を共有することのできる関係であった。芥川の「芸術は表現である」という説を谷崎が受容したことは、その端的な現れである。そうした関係にあった芥川が、今や、「話」や「筋の面白さ」を否定し、自分に批判の刃を向けてきた。谷崎にとって、そのことは、やはり看過することのできない問題であった。こうして、論争をすることになっては、「とても遣り切れたものではない」と考えていた谷崎は、結局、論争に乗り出すことになったのである。

## 第10節

以上、「小説の筋」論争の背後に、谷崎と芥川の「表現」をめぐる共鳴と対立の密接な関係が存在していた、ということを論じてきた。この論争は、「表現」の価値を重視し、それを各々に追求してきた二人であるが故に戦わされたものであったと結論付けることができる。ただし、この論争それ自体は、昭和二年七月二十四日に芥川が自殺をしたこともあり、あっけなく幕を閉じることになる。さらなる論戦によって、当時の両者の芸術観をより深く知ることができたであろうことを考えれば、このような形で論争が終焉を迎えるのは甚だ残念なことではある。とはいえ、そうであるにせよ、芥川が論争のすぐ後に自殺をしたという事実は、論争に際しての芥川の秘めた思いを示しているようで、論争の背後にあるドラマをそこから読み取ることもできる。

では、その思いとは何であるのか。もともと、芥川は、大正十五年頃より自殺を考え始めたとされており[20]、谷崎を批判し、論争に乗り出すに至った昭和二年の時期には、既に自殺の決意を固めていた。そのことを踏まえれば、その思いとは、芥川が、「表現」をめぐって密接な関係にあった谷崎に、あるべき文学の方向性を最後に訴えておきたいというものであったと考えられる。このことは、換言すれば、谷崎にそのように訴えることができた時、芥川は既に決意していた自殺を実行に移すことができた、ということでもある。芥川の自殺の要因は種々に存在するだろうが、直接的な要因ではないにせよ、この点も、芥川の自殺の実行を後押しする要因となっていたと解することはできるだろう。谷崎ほどの作家であるからには、あるべき「表現」の道を目指して欲しいという、友人谷崎に対する真摯な思いが、谷崎に対する批判には託されていたのであり、その思いをある程度伝えることができれば、芥川はそれで満足であったのではないだろうか。思えば、芥川は、「文芸的な」の二において、次のように述べていた。

「刺青」の谷崎氏は詩人だつた。が、「愛すればこそ」の谷崎氏は不幸にも詩人には遠いものである。／「大いなる友よ、汝は汝の道にかへれ。」

「大いなる友よ、汝は汝の道にかへれ。」という言葉は、『芥川龍之介全集』第十五巻（平9・1、岩波書店）の注解によれば、「メレジュコフスキー『トルストイとドストエフスキー』（一九〇二年）に見えることば」であるとされている。具体的にいえば、ツルゲーネフが臨終に際して、親友であるトルストイに向けて次の言葉を伝えたということが、メレジュコフスキー『トルストイとドストエフスキー』には記されているのであるが、その「ことば」を芥川が踏まえていると、注解では指摘されているだろう。芥川が参照したテキストは不明であるため、ひとまず、以下の英訳本と和訳本によって該当箇所を順に掲げる。(21)

My friend, return to literary work.

（*Tolstoi As Man and Artist : With an Essay on Dostoïevski*, Archibald Constable, 1902 の CHAPTER V より引用）

わが友よ、君は再び文学的活動に帰つて呉れ！

（昇曙夢訳『トルストイとドストエーフスキイ』の第五章、大13・10、東京堂）

周知の通り、トルストイは、大雑把にいえば、前半生の「文学的活動」から後半生の宗教的な啓蒙活動へと、活動の軸足を移してしまったのであるが、死に瀕したツルゲーネフは、最後の言葉として、友人であるトルストイに、嘗ての姿を取り戻し、「文学的活動」に帰るように訴えていた。「大いなる友よ、汝は汝の道にかへれ」と述べる芥川に想起されていたのは、正しく、このツルゲーネフの姿であったと考えてよいだろう。死を決意していた芥川は、ツルゲーネフに自らを準えながら、友人である谷崎に、「詩人」であった嘗ての姿を取り戻すよう、最後の言葉として訴えようとしていたのである。同時に、ツルゲーネフと同じように、そのように訴えた後に死ぬつもりであった。つまり、芥川にしてみれば、そのように訴えることができたので、自殺することができたのである。

それにしても、芥川は、「刺青」のどこに谷崎の「詩人」としての姿を、「愛すればこそ」のどこに「詩人には遠い」姿を見出したのだろうか。谷崎と芥川の文学を強く結び付けた「表現」の問題をさらに解き明かしていくためにも、この問いに対する答えを求めていかなければならないだろう。そのためには、第一に、「刺青」と「愛すればこそ」の両作品を、芥川の評価に囚われたこじつけの読解にならないように意識しながら、丹念に考察していくこと、第二に、芥川の芸術観の根幹にある「表現」に対する考え方が嘗てと比べてどのように変化し、また、何故に変化したのかということを考察すること、第三に、「刺青」と「愛すればこそ」に対する晩年の芥川の評価の意味を探るべく、第二の考察も踏まえて、芥川にとって「詩人」や「詩的精神」が何を意味していたのかということを考察することが必要となる。第一については、第2章と第3章で、第二については、第4章と第5章で、第三については、第6章で論じることになるだろう。ただし、予め断っておかなければならないが、こうした第一から第三の考察によっても、右の問いに対する明確な答えを得ることができるわけではない。というのも、後述する通り、芥川の「詩的精神」の定義の仕方には、客観的な分析を拒むところがあるからである。とはいえ、そうであるからといって、右の問いに目を背けることは、谷崎と芥川の「表現」をめぐる密接な関係の解明を始めから放棄してしまうことを意味している。右の問いに対する明確な答えを得ることが仮にできなくとも、第一から第三の考察を通して、一つのあり得る答えを導くことはできるだろう。そこで、以下では、先に示した手続きに従って、その考察を進めていくことにする。

## 注

（1）『国立国会図書館蔵書目録　明治期』の「日本語」の「語彙・辞書」の記載内容に誤りがあったので、訂正しておく。『国立国会図書館蔵書目録　明治期』の三〇一頁の『漢詰日本辞典　按画分部』は『漢詰日本新辞典　按画分部』の、三〇二頁の『簡字篇』は『簡辞篇』の、三一一頁の『新撰活用五書大辞典』は『新撰活用五書大字典』の誤りである。

（2）ただし、この大増訂版『ことはの泉』は『国立国会図書館蔵書目録　明治期』「日本語」の「語彙・辞書」には掲載されていない。

（3）『国立国会図書館蔵書目録　大正期』「日本語」の「辞書」「語彙論」の記載内容に誤りがあったので、訂正しておく。『国立国会図書館蔵書目録　大正期』の一八四頁の『大正字類宝典』は『大正類字宝典』の誤りである。また、一八五頁には、『大言海』が大正三年刊行の書物として記載されているが、『大言海』は昭和七年から刊行されたものであるので、大正期の刊行物として『大言海』を記載するのも間違いであるだろう。そのため、百六十八冊の中に『大言海』は含めていない。

（4）『国立国会図書館蔵書目録　大正期』「日本語」の「辞書」「語彙論」に記載されているにもかかわらず、閲覧することができなかったのは、以下の八冊である。『漢和故事成語大辞林』（大2、積善館）、『新言海』（大9、中央タイムス社）、『国語漢文熟語詳解』（大10、尚文堂）、『大字典』（大13、啓成社、補160版）、『漢和新辞典　熟語類聚』（大14、田中宋栄堂）、『掌中新辞典』（大14、藤谷崇文館）、『掌中新辞林　国語漢語新語俗語』（大15、教文社）、『大正漢和字典』（大

15、育英書院)。何故に閲覧することができなかったのかというと、国立国会図書館において、平成二十七年三月現在、この八冊の所在が不明になっているからである。国立国会図書館からは「ご指定の文献は全て、かつては当館で所蔵していたものの行方不明となっており、所在の調査中です」というメールでの回答があった。右の八冊の国語辞典・漢和辞典については、他の大学図書館や公共図書館でも所蔵を確認することができなかったので、やむを得ず、調査対象から除外した。

(5) ただし、後掲の新語辞典の中で、「エキスプレッション」という見出し語を立てていて、そこでの説明に「表現」という言葉を使用しているものがあれば、それも冊数の中に含めている。なお、本来ならば、「表現」もしくは「エキスプレッション」という言葉を見出し語としている、大正期の四十八冊の辞書名を列挙する必要があるのかも知れないが、冊数が多く、相当の紙幅を費やすため、また、大正期に関してはおおよその傾向さえ示すことができれば、本論の論旨に影響することはないため、省略する。

(6) 勿論、そのことは、明治末期までに、「表現」という言葉が全く用いられなかった、ということを意味するわけではない。青柳達雄「表現——語誌ノート——」(昭53・2『解釈』)では、森鷗外「審美論」(明25・10〜26・6『柵草紙』)、国木田独歩「欺かざるの記」(明26・7執筆の日記)、島村抱月「審美的意識の性質を論ず」(明27・9〜12『早稲田文学』)、高山樗牛「宗教と美術」(明29・7『世界之日本』)、森鷗外「審美新説」(明31〜32『めさまし草』)、森鷗外『審美綱領』(明32・6、春陽堂)、高山樗牛「美学上の理想説に就いて」(明33・3『哲学雑誌』)などで「表現」という言葉が用いられていることを既に指摘している。ただ、『国立国会図書館蔵書目録 明治期』の「日本語」の「語彙・辞書」に関する筆者の調査では、明治三十八年より前の辞書に「表現」という言葉が載せられていなかったのであるから、「表現」は、明治末期頃までは、専門的学術用語として一部の知識人たちによって用いられることはあったにせよ、まだ、一般には定着していなかったということもまた確かである。「表現」は、明治末期から大正期にかけての時期に一般に定着し始めた言葉であったと理解し得るのである。

（7）谷崎の「芸術一家言」が芥川の「芸術その他」から影響を受けて書かれたことは、旧稿の京都大学大学院文学研究科修士論文「谷崎文学における〈漂泊者〉――昭和初期の変貌の底流――」（平14・1、京都大学文学部図書館蔵）と「芥川と谷崎の芸術観――『小説の筋』論争の底流――」（平15・10『国語国文』）で筆者が指摘した。また、「小説の筋」論争との関わりについては言及されていないが、同じ時期に、菊地弘「谷崎潤一郎論――その小説の方法」（平14・7『文学年誌』）にも同様の指摘がなされていることを後に知った。ただ、これらの三つの論文はいずれも、井汲「プロムナアド」が早くその指摘をしていたことを見落としていた。井汲「プロムナアド」を視野に入れることによって、「小説の筋」論争の背後にあった谷崎と芥川の関係性を、さらに異なる角度からより深く理解することができると思われる。

（8）勿論、ここでは、谷崎が、芥川の作品の傾向と完全に一致していると考えていた、と述べているわけではない。谷崎の「早春雑感」（大8・4『雄弁』）の初出稿では、以後削除されることになるが、次のような記述もある。

ついでに云つて置くが、芥川君は始めからロマンティケルではあるまい。アナトール、フランスや芥川君のやうな作家を、浪漫主義芸術家の仲間に入れるのは批評家の誤りだと思ふ。そんなら私は何であるのか、――自分の事は云ひたくないからまあ止めにして置かう。

「自分の事は云ひたくないからまあ止めにして置かう」と述べてはいるが、谷崎が、自分は「浪漫主義芸術家の仲間」であると考えていただろうことは、ここでの文脈から読み取ることができる。谷崎は、自分の作品には「浪漫」性が濃厚であるが、芥川の作品には「浪漫」性がそれほど濃厚ではないと感じて、そこに違いを見出していたといえるだろう。その意味で、谷崎は、自らの作品には、芥川の作品の傾向と異なるものが含まれていると感じながらも、「表現」を磨き上げることこそが芸術の本質であるとする芥川の主張、実際に、緻密な筋立てで物語を「表現」し、構築していく芥川の技量には惹かれる部分があったと考えられる。

（9） *The Complete Works of Edgar Allan Poe Volume X* により原文を示すと、以下の通りである
But the greatest involution of incident will not result in plot; which, properly defined, is that in which no part can be displaced without ruin to the whole. It may be described as a building so dependently constructed, that to change the position of a single brick is to overthrow the entire fabric.

（10） 例えば、佐藤春夫は、『ポオ全集』２（平３・９、東京創元社）月報で、「谷崎潤一郎も芥川龍之介もポオの愛読者だつた」と述べている。また、饒舌子こと瀧田樗陰は、「初対面録」（明44・11『中央公論』）で、谷崎が「日本の作家では夏目さんと正宗さん。西洋の作家ではアンドレーフとワイルドが好きだなど、も話された」と述べている。

（11） 「燕の子安貝」に対して、『芥川龍之介全集』第五巻（平８・３、岩波書店）の注解は、「『竹取物語』の中で、かぐや姫が求婚者の一人である中納言石上麻呂に持ってくるように難題を課した実在しないもの」と記している。

（12） 霊感、という意味。

（13） ただし、芥川がいつから「エステティク」を読み始めたのか、という点は定かではない。日記の記述からは、芥川が、大正八年九月十日に初めて「エステティク」を読んだのか、あるいは、それよりも以前から既に読んでいたのか、ということがよく分からない。もし、大正八年九月十日以前にも読んでいたのであれば、芥川の「芸術は表現である」という説の形成に「エステティク」が与えた影響を、より大きなものとして見ることができる。具体的にいえば、「芸術その他」において「芸術は表現である」と主張する時に「エステティク」から影響を受けていたというだけではなく、「はつきりした形をとる為めに」と「或悪傾向を排す」において「芸術は表現である」と主張する時にも「エステティク」から影響を受けていたという可能性がある。実際、「エステティック」では、多くの人がしばしば口にする「自分の心の中に色々重要な思想を懐いてゐるも、どうしてもこれを表現することが出来ない」という言い方が

間違いであることを指摘しつつ、「若し其等の思想が表現の際に消失したり、若しくは稀薄となり貧弱なものとなつたとすれば其等の思想は始めからなかつたか、さもなくば極めて貧弱なる稀薄なる情態に於て存在してゐたのだと言はねばならない」（「エステティック」の訳書である後掲の鵜沼直の『美の哲学』第一章第九節より引用）などと論じているのであるが、こうした論じ方は、第2節で引用した、「はつきりした形をとる為めに」の①の論じ方や、「或悪傾向を排す」の②の論じ方と重なっていて、「はつきりした形をとる為めに」や「或悪傾向を排す」執筆当時から「エステティク」を読み、影響を受けていたという可能性も十分に考えられる。しかし、もし、大正八年九月十日に初めて読んだというのであれば、「芸術その他」に対する、「エステティク」からの影響を認めることはできても、「はつきりした形をとる為めに」と「或悪傾向を排す」に対する、「エステティク」からの影響は認められないことになる。

(14) 芥川旧蔵本より該当箇所の原文を引用すると、次の通りである。

But it is well to note here, that those who claim unconsciousness as the chief quality of an artistic genius, hurl him from an eminence far above humanity to a position far below it. Intuitive or artistic genius, like every form of human activity, is always conscious; otherwise it would be blind mechanism.

なお、本文で引用した鵜沼直の『美の哲学』の訳が、イタリア語による原文からの直訳であるのか、英訳本からの重訳であるのかについては、『美の哲学』のどこにもそのことを示す記載がなかったので不明である。ただ、筆者が、芥川旧蔵本の英訳本と鵜沼直の邦訳とを比較してみる限りでは、両者に大きな齟齬はないと判断したので、鵜沼直の邦訳を引用した。

(15) 徳田秋声、近松秋江、久保田万太郎、広津和郎、宇野浩二、芥川龍之介、堀木克三、藤森淳三、中村武羅夫による座談会である。

(16) 第6章で論じるが、「詩的精神」という言葉は、芥川の「滝井君の作品に就いて」（大15・6・4執筆、未定稿）において初めて登場し、以後、芥川の作品の中で頻出する。それ故、この頃以降、「詩的精神」がより本格的な芥川の問題意識になり始めたと分かる。

(17) 未定稿「小説作法(仮)」の次の記述から、「技巧の妙」と「性情の雅俗高下」という言葉を引用した。

「人事を尽して天命を待つ」とは小説作法の上にも通用することである。如何に技巧の妙を極めたとしても、気韻の高い作品を作ることだけは人力の及ぶ所ではない。作者の性情の雅俗高下のおのづから作品に露はれるのは(以下不明)

『芥川龍之介全集』第二十二巻(平9・10、岩波書店)の後記によれば、「小説作法(仮)」は、大正十四年・十五年頃に書かれたとされている。

(18) 勿論、谷崎の「芸術一家言」が『改造』に発表された大正九年の時期に、芥川が「芸術一家言」を読んでいたという可能性、つまり、谷崎が「芸術は表現である」という自らの説を摂取していたということに、大正九年の段階で既に芥川が気付いていていたという可能性も存在する。ただし、仮にそうであったとしても、大正十四年の井汲の「プロムナアド」によって、谷崎が自らの説を摂取していたことを芥川が再認識したということは指摘し得るので、そのことの意味は決して小さくはないと考えられる。というのも、嘗ての芸術観を変化させていた大正十四年の芥川は、大正九年当時に比べて、谷崎との隔たりの大きさを強く感じていたはずであるからだ。そのため、仮に、大正九年の芥川に、谷崎が自らの説を摂取していたという認識があったとしても、その時には、谷崎に苦言を呈しておきたいという気持ちは生まれなかったはずであるのに対して、大正十四年の芥川に、谷崎が自らの説を摂取していたという認識が改めて生まれたならば、その時には、谷崎に苦言を呈しておきたいという気持ちは自ずから湧き起こっただろうと推察されるのである。従って、大正十四年の芥川が、井汲の「プロムナアド」を読んだことの意味を軽視することはできない。

（19）「饒舌録」二月号では、「近年の私の趣味が、素直なものよりもヒネクレたもの、無邪気なものよりも有邪気なもの、出来るだけ細工のかゝつた入り組んだものを好くやうになつた」と記されている。この記述は、「近年の私の趣味」が、以前の「趣味」から大きく変化したということを意味しているようにも読める。しかし、実際のところは、そういうわけではない。というのも、「饒舌録」三月号では、「いろ〳〵入り組んだ話の筋を幾何学的に組み立てる」ことが「構造的美観」の意味であると記されているからである。つまり、「近年」の谷崎の「細工のかゝつた入り組んだものを好くやうになつた」という「趣味」は、「構造的美観」に価値を見出す姿勢に根差したものであり、それは、「芸術一家言」で記された、小説の「組み立て」論を受け継ぎつつ、その論をより発展させたものであるに過ぎないといえるのである。

（20）前掲の関口安義『芥川龍之介とその時代』第十一章において、「小穴隆一の『二つの絵　芥川龍之介の回想』（中央公論社、一九五六・一・三〇）によると、芥川がこの年（筆者注——大正十五年）の四月十五日（初出「二つの絵　芥川龍之介の自殺の真相」〈『中央公論』一九三二・一二〜一九三三・一〉では、四月十一日となっていた）に小穴を訪ね、自殺することを告げたという」と記されている。

（21）なお、内田魯庵が訳した、トルストイ『復活　前編』（大9・5、金尾文淵堂）には、魯庵が執筆した「トルストイ及『復活』著述始末」が載せられていて、その（三）で、死に瀕したツルゲーネフがトルストイに向けて最後の言葉を残したという逸話を、「翁の親友ツルゲーネフの没するや死に臨みて翁に遺言すらく、我が大いなる友よ、願くは再び其本来に復せよと」と紹介している。これなども芥川が参考にしていた可能性がある。

# 第2章

# 谷崎「刺青」の世界

## 第1節

谷崎が、永井荷風の激賞によって文壇に華やかに登場したことはよく知られているが、それ以前の作家としての活動は、意外にも苦悩に満ちたものであった。谷崎の「青春物語」（昭7・9〜8・3『中央公論』）によれば、第一作として「『栄華物語』から材料を取つた純国文趣味の『誕生』を書いて、『帝国文学』へ送つたが、これは見事没書になつた。それで悲観して今度はいくらか自然主義に妥協した『一日』と云ふ短篇」を書いて、当時の自然主義文学の牙城であった『早稲田文学』に送るものの、掲載を断られた。加えて、親友である大貫晶川や恒川陽一郎は、早く、歌人または詩人として文壇に認められ始めていた。才能を強く自負する谷崎は、神経を苛立たせ、焦燥に駆られていた。時流は正に自然主義文学の絶頂である。そこに自分の居場所を見出せない谷崎は前途の希望を持てずにいた。弟である谷崎精二は『明治の日本橋・潤一郎の手紙』（昭42・3、新樹社）の中で、明治四十三年春に神田南神保町の家に転居していたその当時の谷崎の様子を、「失意やら、貧苦やらで兄は神経衰弱になって毎夜眠られず、夜中にそっと台所へ行ってさかしお（料理に使う最下級の酒）をがぶがぶ飲んだ」と記している。この神経衰弱は、「死や狂」に対する「理由のない恐怖が漠然と襲つて来て」、「或る時は発狂するかと思ひ、或る時は脳溢血、心臓麻痺を起こすかと思ひ、そして、さう思ひ出すと、必ず一定の時間内にさうなるに違ひない気がして来る」という症状をもたらすものであったと、前掲の「青春物語」では述べられている。

谷崎の「刺青」（明43・11『新思潮』）は、正にこうした状況の中で発表された。勿論、この作品には、その状況の暗い影が直接に入り込んではいない。しかし、当時の谷崎が「死や狂」を身近に感じていなかったならば、つまり、精神や肉体の痛みを実感していなかったならば、刺青の激しい痛みの果てに「ほんたうの美しい女」に成長する「娘」の姿や、「自分の心が刺され」ていると感じるほどに、精魂が尽きるまで、自らの魂を刺青として「娘」に彫り込む清吉の姿を、これほどまでに生々しく表現することはできなかったであろう。

谷崎が『新思潮』という同人雑誌に最初に発表した作品は、「帝国文学で没書になつた戯曲」（前掲の「青春物語」）の「誕生」（明43・9『新思潮』）である。それ故、「誕生」こそが谷崎の処女作である。しかし、その一方で、「刺青」は、「誕生」発表の前には「もう書けてゐた」（前掲の「青春物語」）と谷崎は述べている。以後の谷崎が一貫して追求する耽美的な世界を初めて完成させた作品が「刺青」であったという意味においても、「刺青」は、谷崎の実質的な処女作であると理解してよいだろう。さて、「刺青」のあらすじを念のため確認しておくと次の通りである。

――「其れはまだ人々が『愚』と云ふ貴い徳を持つて居て、世の中が今のやうに激しく軋み合はない時分であつた」。刺青師の清吉という男がいて、彼には、人知れぬ快楽と宿願が潜んでいた。清吉の快楽とは、彼が人々の肌を針で突き刺す時、人々が悶え苦しめば苦しむほど、不思議といい難い愉快を感じるというものであった。清吉の宿願とは、男の生血に肥え太り、男のむくろを踏みつけるような素質を持った美女の肌に、自分の魂を彫り込むことであった。清吉は、ある日、そうした素質を持っていると思える娘を見出し、彼女に二枚の絵を見せた。一枚目は、古の暴君紂王の寵妃を描いたものであった。この絵の中の寵妃は、庭前に刑せられんとしている犠牲の男を冷然と眺めていた。二枚目は、「肥料」と題される絵で、累々と倒れている多くの男の死骸と、その上に誇らしげに佇む若い女とを描いたものであった。清吉は、娘に、一枚目の絵にお前の心が映っている、二枚目の絵はお前の未来を予告している。と述べた。そして、恐れる娘を麻酔剤で眠らせ、その娘の背中に自らの魂の証というべき女郎蜘蛛の刺青を彫った。刺青が完成した時、娘は以前のような臆病な心を捨て去り、「ほんたうの美しい女」に変わっていた。己の魂を注ぎ込んだ清吉の心は空虚になっていた。「女」は、清吉に「お前さんは真先に私の肥料になつたんだねえ」と語った。――以上が、あらすじである。臆病であった「娘」は、清吉の刺青の力によって、美と悪を備えた「ほんたうの美しい女」へと変貌していく。それと同時に、女がそのように徐々に美しく生まれ変わっていくのに対応する形で、刺青を彫る清吉の生命は衰弱していき、最後には、一枚目の絵が予告するように、「女」の「肥料」となっていく。こうした対照性は見事であり、華麗な文体と相まって、絵画のように洗練された世界を作り上げている。

この「刺青」を取り上げるにあたっては、この作品の世界をどう読解すればよいのかという点が、やはり第一に問題となる。特に、清吉の「宿願」の意味するところを的確に解釈し得るかどうかが、この作品の読解の鍵となるだろう。そこで、清吉の「宿願」について言及した、先行研究の次の解釈を挙げておく。

〈一〉『刺青』のプロットは主人公の男女が、男の屍骸とそれを見下して笑う女という画面の構図に同一化するところにある。すなわち清吉の隠された被殺害願望の実現にある。

（野口武彦『谷崎潤一郎論』第一章、昭48・8、中央公論社）

〈二〉清吉の理想が、みずから「肥料」となって画中の「屍骸」と同化し、女の足下に斃れるというマゾヒズム的幻想、被殺害願望の中にあることは疑いない。ここに谷崎文学全体を貫くマゾヒズムの主題が呈示される。

（千葉俊二編『鑑賞日本現代文学　第八巻　谷崎潤一郎』「本文および作品鑑賞」、昭57・12、角川書店）

清吉が「画面の構図」の通りに女の「肥料」になるという「マゾヒズムの主題」が、作品に描かれているとしている点で、両者の解釈は共通している。ただし、清吉の「被殺害願望」に関する両者の解釈には、曖昧であると思える点、疑問に思える点が存在する。まず、〈一〉では、「隠された被殺害願望」という言葉が使われているのであるが、これ以上の説明がないために、「隠された」の意味を、次の二つのどちらで理解すればよいのかが曖昧になっている。つまり、清吉は自らの「被殺害願望」をもともと明確に意識していたのであるが、その願望は清吉の心の中だけに「隠され」ていたという意味であるのか、清吉は自らの「被殺害願望」をもともと意識していなかったという意味であるのかが曖昧である。また、〈二〉では、清吉には始めから「被殺害願望」が意識されていたと論じつつ、その上で、その願望を清吉が自らの意図の通りに実現したと解釈しているると考えられるのであるが、「刺青」本文を精読すると、果たして、その解釈が妥当であるといえるのかやや疑問も残る。このように、曖昧であると思える点、疑問に思える点があるので、清吉が、もともと「被殺害願望」を意識していたのか否かという問題を、さらに掘り下げて考えてみる余地があるといえるだろう。

この問題を、「刺青」本文の読解を通して考察するという試みは、これまで行われてこなかった。例えば、前掲の日本近代文学大系30『谷崎潤一郎集』「解説」の次のような説明は、「刺青」を論じたごく一般的で、穏当な解釈であると思われるが、こうした説明によっても、右の問題に対する解答を得ることはできない。

（前略）清吉には、サディスティックな一面と同時に、「すべて美しいものは強者」という信念があった。そういう「美しい女」を作ることに生き甲斐を見いだしたのが清吉であった。すでに眼前した「美しい女」の「肥料になる」ことは、そういう清吉にとって最終の快楽であった。総じてこの刺青師の生を貫くものは、美しきものの力の賛仰にほかならなかった。それは明らかにマゾヒスティックであった。サディスティックとマゾヒスティックとの融合したところに、清吉のファナティックな美への跪拝が生まれたのであった。

しかしながら、清吉が「被殺害願望」をもともと意識していなかったと解釈する場合と、意識していたと解釈する場合とでは、次の二点で作品の意味は異なってくる。まず、第一に、「ほんたうの美しい女」を形成しようとする清吉の「宿願」の意味が異なってくる。前者の場合、「ほんたうの美しい女」を形成しようとする清吉の「宿願」の中には、「被殺害願望」を満たそうとする欲求は、少なくとも清吉の意識の表層には含まれていなかったことになるので、その「宿願」は、専ら芸術的なものとして意識されていたということになる。それに対して、後者の場合、「ほんたうの美しい女」を形成しようとする清吉の「宿願」の中には、女の「肥料」になりたいという欲求も含まれていると明確に意識されていたことになるので、女の「肥料」になりたいが故に、「ほんたうの美しい女」を形成しようとしていたという側面がより強調されることになる。また、第二に、清吉が女の「肥料」になった最後の場面の意味も異なってくる。前者の場合、今まで意識されてこなかった自らの内面、すなわち、意識の奥底に「被殺害願望」を潜ませていたという事実と、清吉はここから初めて向き合うことになる。そのため、自己の未知なる性質に直面することになった驚きとともに、予想もしていなかった快楽が、以後の清吉には意識されてくるはずである。それに対して、後者の場合、予てより持っていた自らの「被殺害願望」を、清吉はここで完全に達成し得たということになる。そのため、芸術的な感激とは別に、長年の念願ともいうべきマゾヒスティックな快楽を得ることのできた歓喜が、この時の清吉を包んでいたはずである。

このような相違が生じてくるので、清吉がもともと「被殺害願望」を意識していたのか否かという問題を考えておくことがやはり必要になる。そこで、以下では、まず、この作品の文脈からは、少なくとも、清吉がもともと「被殺害願望」を意識していたと断定することはできないと解釈し得ること、さらにいえば、そのように解釈する方が、この作品の独特の世界により相応しいことを論じていく。その上で、その独特の世界を、谷崎は、いかにして作り上げたのかという点にも論及しつつ、「刺青」を読み解いていく。

## 第2節

「刺青」に対する右の解釈の妥当性を、「刺青」の本文を根拠にして確かめていく。そのために、まず「刺青」の清吉の「宿願」が示されている描写を作品の中から拾い上げてみる。

彼の年来の宿願は、光輝ある美女の肌を得て、それへ己の魂を刺り込む事であつた。

この足こそは、やがて男の生血に肥え太り、男のむくろを踏みつける足であつた。この足を持つ女こそは、彼が永年たづねあぐんだ、女の中の女であらうと思はれた。

己はお前をほんたうの美しい女にする為めに、刺青の中へ己の魂をうち込んだのだ、もう今からは日本国中に、お前に優る女は居ない。（中略）男と云ふ男は、皆なお前の肥料になるのだ。

これらの引用を見ると、清吉の「宿願」は、「やがて男の生血に肥え太」る「ほんたうの美しい女」を生み出すために、女の肌に刺青で「己の魂を刺り込む事」であった、ということが分かる。ただし、そこから、清吉自身がその女の「肥料」になりたいと考えていた、ということまで読み取ることができるのかというと、その点ははっきりとしない。確かに、「男と云ふ男は、皆なお前の肥料になるのだ」と清吉は述べているので、ここから、清吉は自らも「お前の肥料になる」ことを予測し、期待していたと、つまり、「被殺害願望」を意識していたと解釈することもできる。しかし、その一方で、その言葉は、あらゆる「男」を「肥料」にする「ほんたうの美しい女」を形成したいという、純粋に芸術的な願望のみに基づくものであったと解釈することも十分にできる。清吉の「宿願」の中に「被殺害願望」がどこまで入り込んでいたといえるのかは、これらの引用部分からは明瞭でない。

もっとも、清吉がもともと自らの「被殺害願望」を意識していたと推察できそうな描写は存在する。それは、人々に刺青を彫る時、人々が「苦しき呻き声を発」するのを見て「快楽」を覚える清吉の描写である。これは、清吉にサディズム的な「快楽」が感じられていたということを示している。こうした異常心理、変態性欲を持つと見られる清吉であれば、マゾヒスティックな「被殺害願望」も明瞭な形で始めから意識していたに違いない、と予想することもできる。実際、心理学的にいえば、サディズムとマゾヒズムは表裏一体の関係である。例えば、フロイトは次のように述べている。

サディストはいつでもまた同時にマゾヒストなのであって、ただ、そのパーヴァージオン（筆者注—性目標倒錯）のうちの能動的または受動的な面のいずれかが強く形成されて、その性的活動の優勢な面を現わすことができる、というだけのことである。（『フロイト著作集』第五巻「性欲論三篇」のⅠの2より引用、昭44・5、人文書院）(1)

しかしながら、その一方で、こうした心理学の説を直接に作品の読解に適用し得るわけでは必ずしもない、ということも事実である。

とはいえまた、この作品には、清吉と二枚の絵の密接な関係が描かれてもいる。先述の通り、清吉は、絵の中の女と同じような、悪の相貌を備えた「ほんたうの美しい女」を作り出そうと企図していた。その結果、実際に、「娘」は「ほんたうの美しい女」に変貌し、清吉は女の「肥料」になって、正しく絵の光景と同化することとなった。ここから、清吉は、絵に触発され、それに同化しようとする意図を最初から持っていたのではないか、つまり、清吉自身が、二枚目の絵に描かれている「屍骸」に同化して、女の「肥料」になりたいという願望を当初から持っていたのではないかとも考えられる。だが、その一方で、清吉にそうした意図や願望が自覚されていたことは、作品のどこにも示されていない。絵と同じような「ほんたうの美しい女」を作り出そうとした結果として、清吉は、はからずも、絵のように女の「肥料」になってしまったという展開も十分に考えられる。清吉に初めから絵と同化しようとする意識があったのか、結果として絵と同化することになっただけなのか、その点を判別するための根拠は作品には存在しない。

以上のことから、この作品では、清吉にもともと「被殺害願望」が意識されていたと断定することは難しいと分かる。その願望の存在を示唆する文脈を積み重ねながらも、清吉の内面の闇を鮮明に照らすことはない。そのことは、清吉のサディズム的な「快楽」が、次のように描かれていることと関わっているだろう。

彼が人々の肌を針で突き刺す時、真紅に血を含んで腫れ上る肉の疼きに堪へかねて、大抵の男は苦しき呻き声を発したが、其の呻きごえが激しければ激しい程、彼は不思議に云ひ難き愉快を感じるのであつた。

清吉の抱くサディズム的な「快楽」は、「不思議に云ひ難き愉快」、すなわち、自分にもよく了解できない、得も言われぬ「快楽」であるとされている。刺青師として日々、人々の肌に刺青を彫り込む清吉は、彼等の「苦しき呻き声」の中に、自らの「快楽」があることを自覚している。しかし、それが、何故に自分にとって「快楽」となるのか、どう表現すべき「快楽」であるのかということを、清吉ははっきりと摑んでいるわけではないとされている。つまり、清吉は、この種の「快楽」の意味に精通しているわけではない。とすると、「ほんたうの美しい女」を作り出すことが、清吉にとっては未知の体験であったことを考慮すればなおのこと、「ほんたうの美しい女」を作り出した結果、どのような「快楽」が得られるのかということを、清吉が最初から十分に理解していたとは考えにくい。その証拠に、「ほんたうの美しい女」の完成が近付きつつあった時の清吉の様子は、「娘は湯上りの体を拭ひもあへず、いたはる清吉の手をつきのけて、激しい苦痛に流しの板の間へ身を投げたま丶、魘される如くに呻いた。（中略）昨日とは打つて変つた女の態度に、清吉は一と方ならず驚いた」と描写されている。ここでの清吉は、決して自らの「被殺害願望」が満たされつつあることに酔いしれてはおらず、むしろ、女の自らに対する強い態度に戸惑っている。従って、「ほんたうの美しい女」を作り出したいという「年来の宿願」の中に、明確な「被殺害願望」が始めから存在していたと読み取ることはできない。

もとより、そうなると、この作品では、清吉の内面は曖昧なままであり、作品を形成する個々の要素も緊密には結び付きにくくなる。サディズム的な「云ひ難き」「快楽」に「不思議に」惹かれていく心理、「ほんたうの美しい女」を形成しようとする「宿願」だけが清吉に意識されていたということになるので、心理と行為との関係は、清吉にとっても未だ不確かであったということになるし、作品も、それを合理的に解き明かそうとはしていない。しかしながら、こうした、内面の曖昧さ、作品を形成する各々の要素を繫ぐ関係の不明確さ自体が、この作品の世界として意味を持っていたのではないだろうか。

そのことは、この作品が次の一文で始められていることから判断することができる。

其れはまだ人々が「愚」と云ふ貴い徳を持つて居て、世の中が今のやうに激しく軋み合はない時分であつた。

こうした設定であるために、この作品に関しては次の三点を指摘することができる。まず、第一に、多くの「人々が『愚』と云ふ貴い徳」を持っていたとされているので、人物の「愚」な行為は、一般に「世の中」で許容され、自然に共有される傾向にある。そのため、「愚」な行為を享楽しようとする者は、その際、他者とは異なる自らの特異なあり方を意識したり、そのあり方の意味を突き詰めて考えたりする必要がない。換言すれば、周囲との摩擦が生まれにくいので、「愚」な願望を持つ自らの内面の意味を深く考えることなく、曖昧なままにしておいてもよい環境にいた。[2]第二に、そもそも、前近代の世界が設定されているので、人物は「愚」な行為に惹かれる動機や意味を合理的に理解するという思考をとりにくい。[3]第三に、この作品では、「刺青」発表当時の近代の語り手が、「人々が『愚』と云ふ貴い徳」を持っていたとされる時代を取り上げて語っている。その場合、サディズムやマゾヒズムといった、異常性欲に関わる「快楽」についての知識を持っていたであろう近代の語り手であるだけに、清吉の内面や作品世界の意味を、合理的に説明しようと思えば、説明することもできたはずである。しかし、この語り手は、そのような説明を与えていない。それは、その方が、「人々が『愚』と云ふ貴い徳」を持っていたとされる時代と場所に相応しいと語り手が考えていたからであるだろう。この作品の語り手は、近代の知識や思考によって、この作品の異常な世界を相対化したり、意味付けたりすることを求めていないのである。以上の三点から、清吉が「愚」な行為に向かう自らの内面の意味を十分に理解することのできる存在ではなかったということ、語り手も「愚」な世界に対して合理的な説明を与えようとしていなかったということを知ることができる。異常な行為に惹かれる清吉の内面は、「愚」な行為を多くの人々が共有し得たという「のんびり」とした時代の雰囲気の中にあって、曖昧さを残したままである方がむしろよかったのである。

勿論、そのことは、清吉の無意識の中に「被殺害願望」が存在しなかったということを意味するわけではない。清吉が、人々の肌に針を突き刺す時、サディスティックな、「不思議に云ひ難き愉快」を感じていたという点、美しい女の犠牲になる男たちの姿を描いた二枚の絵を所持していたという点を踏まえれば、清吉は、サディズム的・マゾヒズム的な異常な快楽を求める心理を潜ませていたと理解すべきであろう。ただ、サディズム的な快楽の意味についてはよく了解することができない状態に、マゾヒズム的な「被殺害願望」については十分に意識されていない状態にもともとあった。「刺青」では、こうした状態にあった清吉が、「ほんたうの美しい女」を作り出そうとする「芸術」的な願望を満たした結果として、思いがけず、これまで意識されていなかった、しかし、確実に意識の深層には存在していた「被殺害願望」が満たされていくという過程、つまり、最後に、予想もしていなかった快楽と向き合うことになるという過程が描かれていたと解釈し得るのである。[4]

## 第3節

では、こうした「刺青」の独特の世界を、谷崎はいかにして作り上げたのか。その点については、「谷崎文学の底流」（昭33・1『中央公論』）という座談会における次のような発言が参考になる。

**谷崎**　（略）「刺青」はやつぱり草双紙の影響でしょうね。

**編集部**　ひところ「悪魔」[5]（明治四十五年発表）にも書いていらつしやいますけど、講談本をお読みになつた時代がありますね。

**谷崎**　読みましたね。それから沢村源之助というあいう役者がいましたからね。あれは久保田万太郎君なんかずいぶん見に行つたほうだけど。宮戸座ね。ああいう芝居の影響はずいぶんあるでしようね。

もともと、「刺青」では、冒頭近くに「女定九郎、女自雷也、女鳴神、――当時の芝居でも草双紙でも、すべて美しい者は強者であり、醜い者は弱者であつた」と書かれているので、「刺青」に、草双紙や芝居の毒婦物からの影響があることは容易に見て取ることができる。このうち、芝居からの影響についていえば、「四季」(昭37・5〜6、昭38・2〜3、9『朝日新聞』PR版)というエッセーの次の記述からも確かめることができる。

私はやゝ成長して、一人で芝居見物に出かけるやうになつてから、しばしば浅草の宮戸座へ四代目澤村源之助が得意としてゐた毒婦物を見に出かけたが、彼が扮する「切られお富」や「女定九郎」の妖艶さは長く記憶にとゞまつてゐて忘れることができない。

これを読めば、「刺青」において、「美しい者」の代表として「女定九郎」が取り上げられているのは、「沢村源之助」の芝居からの影響があったということが分かる。また、草双紙からの影響については、「谷崎文学の神髄」(昭31・3『文芸』臨時増刊号『谷崎潤一郎読本』)という座談会で、先の「谷崎文学の底流」での発言と同じく、「刺青」は草双紙に影響を受けたものであると述べていることからも確かめることができる。「刺青」は、草双紙や芝居の毒婦物を母胎として作り上げられていたといえるのである。

それに加えて、「谷崎文学の底流」でのやりとりを見れば、「刺青」には、講談本からの影響も及んでいる可能性が高いということを指摘し得る。勿論、その座談会のやりとりからは、その影響が「刺青」に間違いなく及んでいたとまでは言い切れないのかも知れない。ただ、「刺青」に草双紙の影響があると述べたところから、講談本を読んでいたことを認めつつ、「それから」、「刺青」に「芝居の影響はずいぶんある」と語っている。この「それから」という言葉は、それに加えてというニュアンスであるので、講談本を読んでいたことに加えて、「刺青」に「芝居の影響はずいぶんある」と語っていたと理解し得る。そのため、講談本が、草双紙や芝居と同系統のものとして「刺青」に影響を与えていた可能性が高いことをここから読み取ることができる。実際、「刺青」発表に至るまでの生活を書いたとされ、唯一の自叙伝小説と谷崎自身が述べている「異端者の悲しみ」（大6・7『中央公論』）には、「終日二階で講釈本を読み暮ら」す、谷崎をモデルにした主人公の章三郎の姿が描かれている。勿論、この章三郎の姿が、直ちに当時の谷崎の姿であると断定することはできないけれど、「谷崎文学の底流」の発言と併せて考えれば、「刺青」発表当時の谷崎が、講談本を読み、影響を受けていた可能性は高いといえる。「刺青」は、草双紙や芝居の毒婦物だけではなく、講談本の毒婦物の中にも色濃く存在しているところの、官能的であくどい刺激に富んだ、「愚」な世界を吸収することで、花開いた作品であったと理解し得るのである。

ただし、草双紙や講談本や芝居の毒婦物が「刺青」に影響を与えたといっても、その影響は、毒婦物で用いられている言葉を直接に借用したり、その設定をそのまま踏襲したりといった、具体的・直接的な影響を意味しているわけでは必ずしもない。実際、「刺青」の冒頭近くで取り上げられている先述の「女定九郎、女自雷也、女鳴神」に関する作品でさえも、それらの作品による、そうした具体的・直接的な影響の形跡は、「刺青」に殆ど残されていない。そのため、毒婦物の影響という時、それは、表面上の模倣ということではなく、むしろ、美と悪を備えた毒婦が活躍する、理性や合理性の乏しい前近代的な世界と、それ故にもたらされる官能的であくどい刺激とが、もっと深いところで「刺青」を創作する際のエネルギーになったということであったと考えられる。となると、毒婦物が「刺青」に与えた影響を実証的に明らかにしていくことは実際にはなかなか困難なことであるといえる。とはいえ、先述の谷崎の言葉を踏まえれば、「刺青」の世界の根底に種々の毒婦物が流れ込んでいることもまた確かである。そこで、種々の毒婦物が「刺青」を創作する際のエネルギーとなったということを裏付けていくためには、初期の谷崎が関心を持っており、かつ、「刺青」との間にある程度の類似性が存在する種々の毒婦物を、「刺青」に影響を与えた可能性が高いものとして列挙していくより他にないだろう。こうした観点から、ここでは、そのような毒婦物の一つとして、「妲妃のお百」に関する講談本に着目してみたい。

「妲妃のお百」に関する講談本に着目する理由は、次の二点である。第一は、後述する通り、「妲妃のお百」に関する講談本と「刺青」との間には、ある程度の類似性が認められるという点である。第二は、谷崎の「続悪魔」（大2・1『中央公論』、原題「悪魔続編」）において、「妲妃のお百」に関する講談本に多くの紙幅が費やされており、その講談本に対する初期谷崎の関心の高さを窺うことができるという点である。前掲の「谷崎文学の底流」において、谷崎は、初期の頃、講談本を多く読んでいたことを認めつつ、その講談本が「刺青」に影響を及ぼしていたことも否定していなかったのであるが、その際、講談本を読んでいたことを示す根拠として挙げられていた「続悪魔」の中で、「妲妃のお百」に関する講談本に深く言及されている。ということは、「妲妃のお百」に関する講談本が、「刺青」の形成に何らかの力を与えた可能性があるということを示している。この二点が、「妲妃のお百」に関する講談本に着目する理由である。

もっとも、先述の通り、「妲妃のお百」に関する講談本が間違いなく「刺青」に影響を与えたと断定するところに以下の目的があるわけではない。実際、後述する通り、両者の間には、そのように断定することができるほど、明確な対応関係が存在しているわけではない。ただ、「妲妃のお百」に関する講談本は「刺青」に影響を与えた可能性も十分にあると言い得るほどには、両者は近い関係にあるので、そのことを明らかすることができればそれでよい。何故なら、両者が近い関係にあることを明らかにすることは、草双紙や講談本や芝居の種々の毒婦物が、「刺青」を創作する際のエネルギーになったという先述の理解の妥当性をより高める役割を果たしてくれると考えられるからだ。そこで、以下では、やや話を遠回りさせることになるが、その理解の妥当性を確かめていくことを目指して、谷崎が講談本を多く読んでいたことを示す根拠として挙げられていた、前掲の「続悪魔」をまずは取り上げていきたい。

## 第4節

「続悪魔」は、「悪魔」（明45・2『中央公論』）の続編として書かれた作品で、嘗ての放蕩のために神経を病んでいた主人公の佐伯が、同居していた、叔母の娘である照子の肉体の魅力を前にして、ますます常軌を逸した状態になっていくところに焦点が当てられている。さて、この作品には、次のように、「佐竹騒動妲妃のお百」という講談本に惹き込まれていく佐伯の様子を、詳細に描写した場面がある。

彼は又臂の下から「高橋お伝」を取り出したが、直に其れを読んで了つて、今は「佐竹騒動妲妃のお百」と云ふのを、本箱の底から引き抜いた。／此れも「高橋お伝」と同じやうな講釈本である。表紙には、妲妃のお百が髪を振り乱し、短刀を口に啣へて、白い脛、紅い蹴出しを露はに、舷から海中へさんぶと飛び込まうとして居る石版画が刷つてある。芸術として三文の価値もないか知れぬが、此の頃の佐伯は、かう云う絵に一番興味を惹かれる。毒々しい程青い波の色に取り巻かれて、今や将に水面へ触れんとする女の足の裏の曲線、妖婦らしい眼の表情、手頸襟頸など、大した不自然もなく描かれて居る。其れを見て居ると、此の本の内容――さま〴〵の込み入つた、残酷な話の筋が想像されて、自然と魂をそゝられる。巻を開いて、読むに随つて、だんだんと面白くなつて来る。／①これより小さんのお百がおひ〴〵毒婦の本性を現はし、無残にも桑名屋徳兵衛を十万坪に於いて殺害しますると云ふ條りは次回になどゝ云ふ調子に釣られ、彼は好奇心を煽られながら、愚鈍な眸をして、一気に読み続ける。十万坪の徳兵衛殺しの場は、なか〴〵名文である。／……②名にし負ふ其の頃の十万坪の事でございますから、まこと淋しいもの、あたりは人ッ子一人居りません。折柄ポツーリポツーリと雨さへ降り出して参つた様子。時分はよしとお百は徳兵衛の隙を見すまし、兼ねて帯の間に隠し持つたる短刀を抜くより早く、男の脇差しへグサとばかりに突き徹しました。「アツ」と云つて、徳兵衛が逃げやうと致しましたが、重い荷物を背負はされて居りますので、身動きもなりません。「う、う、うぬ、さては己を殺すのだな。」「徳兵衛さん、お前の生きて居るうちは、わたくしの出世の妨げ故、お気の毒だが殺してやる。此れと云ふのもみんなお前が馬鹿だからさ。グヅグヅ云はずに早く往生しておしまひよ。」と、襟髪取つて引き廻し、所嫌はず滅多斬り、……プツーリ喉笛を掻き切つて、止めを刺し、死骸は河へ投げ込んでしまひました。……／佐伯はふと、自分の喉笛のところへ手をあて丶、軽く押して見た。恰度古い椅子のスプリングのやうに、皮の下からぽツこりと突起して居るグリグリした骨を、薄い、冷たい、ピカピカした刃物で抉られた時は、どんなだろう。

佐伯の「魂をそ丶」るお百の妖艶で残酷な姿が活写されている。ところで、ここでいう「佐竹騒動妲妃のお百」は、谷崎の想像力が生み出した虚構の作品であるのか、それとも、何かしらの実在の書物を参考にした作品であるのか。この点については、現在までのところ、まだ明らかにされていない。勿論、谷崎の「続悪魔」は創作であるので、「佐竹騒動妲妃のお百」が虚構の作品であったとしても一向に差し支えない。ただ、表紙絵や本文の具体的で実在感のある描写は、何かしらの参考にした書物が存在していることを感じさせる。

結論からいえば、参考にした書物は存在する。それは、次の図1の表紙絵の図柄が、「続悪魔」の「佐竹騒動妲妃のお百」に関する波線部の描写と合致していることから、図1の表紙を持つ、一流斎文雅口演、高畠夢香速記『討敵妲妃のお百』（明39・6、春江堂）（筆者注――内題には、「討敵妲妃のお百」という書名の右肩に「佐竹騒動」と付されている）

という講談本であるといえる。ここで、図1の表紙絵と、「続悪魔」の「佐竹騒動姐妃のお百」に関する波線部の描写とを見比べてみると、「続悪魔」では、「佐竹騒動姐妃のお百」の表紙絵が「石版画」とされているのに対して、図1の表紙絵が「石版画」ではないという相違点[6]、「続悪魔」では、「姐妃のお百が髪を振り乱し」と記されているのに対して、図1の表紙絵では、お百の髪が束ねられているという相違点[7]が存在するものの、それ以外は全て一致している[8]。「続悪魔」の「佐竹騒動姐妃のお百」という書名も、『敵討姐妃のお百』の内題が『佐竹騒動敵討姐妃のお百』となっていることを踏まえれば、そこから容易に導き出すことができるだろう。そのため、「続悪魔」の「佐竹騒動姐妃のお百」が、『敵討姐妃のお百』を原拠としていることはまず間違いないと考えられるのである。

「姐妃のお百」に関する講談本は数多く存在するが、『敵討姐妃のお百』の存在は殆ど知られていないといってよい。それは、中込重明「講談本の研究について　付講談登場人物索引、講談小題・異名索引」（平12・10『参考書誌研究』）において「公共・大学図書館での講談本、ならびに講談本研究の文献の収集は遅延を極め、近代文学の研究者をしてもあまり講談本に興味を示さない」と記すような、講談本に対する収集と研究の遅れに原因があるだろう。中込論文によれば、講談本の多くは古本屋にすらなかなか見出し難いという。実際、筆者も、「公共・大学図書」や古本屋の蔵書検索サイトで『敵討姐妃のお百』を探してみたが、見付けることはできなかった。ただ、筆者は、在野の講談研究者である吉沢英明氏がご自身の浩瀚な蔵書を目録として纏められた『講談明治期速記本集覧　付落語・浪花節』（平7・4）を読む中で、『敵討姐妃のお百』の存在を知った。そこで、吉沢氏にお願いをして、この講談本を閲覧させていただいた。それにより、初

図1　一流斎文雅口演、高畠夢香速記『敵討姐妃のお百』の表紙

めて、『討敵妲妃のお百』が「佐竹騒動妲妃のお百」の原拠たり得ることを確かめることができた。
　もっとも、『討敵妲妃のお百』を、直ちに「佐竹騒動妲妃のお百」の原拠とするのは不適切であるという批判が出ることも予想される。先述の通り、講談本の発掘・整備は不十分である。しかも、中込論文において、

　周知のように、江戸時代から書物が改題され出版されることは何ら珍しくはない。講談本も版元の意向により、版権譲渡の際など盛んに改題を行うのだが、その杜撰さにかけては他の出版物に類がないとも思える。以前は角書きだったものが外題に、改題本が恰も新本のように、あるいは当初原作者名が付されていたのに、改題にあたりそれを外す、もしくはそのところに別人の名を記す。さらには、以前の奥付のままで改題して出版。果ては速記者の原稿の二重売りも横行。これでは、講談本の正確な書誌をとるには細心の注意が要求される。

と記されている通り、講談本では改題がよく行われ、しかも、しばしばそのやり方は極めて杜撰であった。それ故、『討敵妲妃のお百』と全く同じ表紙絵を使用しつつ、表題が異なる講談本がどこに存在するという可能性も考えておかなければならないのかも知れない。しかし、その可能性はやはり低いと考えられる。一般論からいって、表題を変更するということは、実際のところはどうあれ、少なくとも体裁の上では、旧作とは別作品であることを示そうとする意図がそこにあるはずなので、その際、表題だけ変更して、最も目に付く表紙絵をそのまま踏襲するということは普通では考えにくいだろう[9]。そのため、やはり、『討敵妲妃のお百』こそが「佐竹騒動妲妃のお百」の原拠であったと理解してよいのではないだろうか。勿論、講談本の発掘・整備が不十分である現状において、明確なことを述べるのは難しく、右の可能性を完全に否定することはできない。しかし、『討敵妲妃のお百』と異なる表題で同じ表紙絵を持つ講談本がどこかに存在すると仮定したにしても、表紙絵まで踏襲するようないい加減な編集方針であるな

らば、本文の内容や字句に手を加えるなどという面倒なことをするとも考えにくい。とすれば、右のように仮定したとしても、その講談本は、表題こそ異なるものであれ、『討敵姐妃のお百』とほぼ同一の内容のものであったと考えてよいことになる。つまり、「佐竹騒動姐妃のお百」の原拠は、『討敵姐妃のお百』であるか、もしくは、『討敵姐妃のお百』とほぼ同一の内容を持ち、かつ、異なる表題を持つ講談本であるかということになる。そのため、『討敵姐妃のお百』とほぼ同一の内容を持つ別の講談本がどこに存在するかも知れないという留保を付けつつ、「佐竹騒動姐妃のお百」の原拠は『討敵姐妃のお百』であると理解しておいてよいだろう。以下では、その理解に基づいて論を進めていくことになるが、それで全く問題はないのである。

## 第5節

ただし、「続悪魔」の「佐竹騒動姐妃のお百」に関する先の引用描写は、実際のところは、『討敵姐妃のお百』の描写だけに依拠しているわけでない。そのことは、『討敵姐妃のお百』には、語り手が徳兵衛殺しを予告する「続悪魔」の傍線部①に該当する描写が見られないという点、また、お百による徳兵衛殺しの様子を描いた「続悪魔」の傍線部②に該当する場面も、『討敵姐妃のお百』では次のように描かれていて、両者にはかなりの隔たりがあるという点から判断することができる。

（略）空は一面掻曇りまして一寸先もわからぬ闇の夜小燈灯をたよりに次第に人家をかけ放れ既に六万坪にきかゝり最早こゝぞと思ひましてお百は態と石につまづきて燈灯を振消たるに前後左右の分ちなく一足なりとも進みえず二人はほとんど当惑したがお百は闇きを幸ひに隠し持ら《（ママ）》ました懐剣を抜くよりはやく徳兵衛が肩先ふ

かく切付たアット一声徳兵衛は肩を確乎と押へたま丶後ろへ堂と倒れながら、さてはこれまで欺むきだし我を殺す心であつたか己れそのま丶に置くべきかと立上らんと悶けども葛籠の重みにじゆうならず況て痛手を負ひたれば心は矢竹にはやれども取付く隙だになきくやしさお百はえたりと懐剣もツて身体手足きらゐなく突きつけ切付なぶりぎり働く徳兵衛を足下に蹴りなし　百「あ丶愚かなり徳兵衛さんおまゑが側にゐる時はこれなるお百が出世の妨げ苦しからふが未来の土産によくマアお聞きあそばせこのお百は佐竹の御家で一二といはれる那川様それは〳〵立派なかたと二世も三世も替らじとかたく契りしその上に疾より望む二人が大望口からそとへは出されぬが最早未来へゆかれるおまへ聞て往生しなせへと沢庵こうこの押石をいれた葛籠をしよつてから遠路の処ろごくらうさまシカシこれまで添寝したお百が手にて死ぬならばこの世に惜いことはあるまゐねエ、徳兵衛さんさうでせうと飽までお百は罵りまして又もや血に染みました懐剣を胸元めがけて刹貫くその手にすがツた徳兵衛がア丶無念やと取りつく腕をバッサリと斬落し、（略）

（第六席）

『討敵妲妃のお百』では、この後、その場に現れたおくまが、お百に加勢し、徳兵衛の「髻をしつかと握りしめ」、刀を「咽喉に深く刺貫」いて息の根を止め、死骸を「沼田」へ投げ込むことになる。徳兵衛とお百のやりとりや話の展開の仕方などを見れば、確かに、「佐竹騒動妲妃のお百」に関する描写と『討敵妲妃のお百』の描写との間には、重なり合う部分も存在するのであるが、しかし、「続悪魔」の傍線部①と②が、『討敵妲妃のお百』からの直接の引用でないことは明らかである。

このことは、「続悪魔」の「佐竹騒動妲妃のお百」に関する描写が、『討敵妲妃のお百』の描写のみに依拠したものであったのではなく、そこに改変を加えて作られたものであったということを意味しているだろう。もっとも、改変といっても、その改変は、完全に谷崎の空想によるものであったわけでもない。例えば、語り手が、お百による徳兵衛殺しを予告する「続悪魔」の傍線部①は、『討敵妲妃のお百』には見られないものであったが、次の如く、他の講談本においては、しばしば見られるものである。

　これより江戸表に於て賊難に出遭ひ、剰さへ己が女房のお百を他人に奪られ、豊蔵（筆者注――徳兵衛に該当する人物）六万坪に於て無残な最後を遂げると云ふた話に引移りますがチヨイと一ト息いたして次回に伺ひませう。（東光斎楳林口演、丸山平次郎速記『妲妃のお百』の第一回、明34、出版社未詳）

　彼の天竺にては華陽夫人と云ひ、唐土にては妲妃と云ひ、日本に於ては玉藻前と云ふ、名前が三度変りましたほどの悪狐に等しき女だと云ふので妲妃のお百と綽名されまする、憐れむべし徳兵衛はお百の為めに砂村と云ふ処に引き出され弄殺し同様に殺される、此も海坊主の怨念、恐ろしいは物の一念でございます、（桃川燕国口演、佃速記事務所員速記『妲妃のお百』の第四席、明34・8、鉱報社）

また、「続悪魔」の「ポツーリポツーリ」、「プツーリ喉笛を掻き切つて」という言い回しも、『討敵妲妃のお百』には見られないものであるが、他の講談本においては、「豊蔵の胸板にプツーリ、出刃包丁」（前掲の東光斎楳林講演、丸山平次郎速記『妲妃のお百』）、「吾妻下駄を振り上げて」徳兵衛の「眼の上の辺りをした丶かにポカーリ打据ましたから」（前掲の桃川燕国講演、佃速記事務所員速記『妲妃のお百』）の如く、よく似た言い回しで用いられている。さらにいえば、徳兵衛が殺された場所は、「続悪魔」では十万坪になっているのに対して、『討敵妲妃のお百』では六万坪になっていて、相違するのであるが、この点については、「続悪魔」以前に発表された講談本では、意外にも十万坪と設定しているものは殆どなかったのであるが、それでも、今村次郎速記、桃川如燕口演「佐竹騒動妲妃のお百」

（明41・8・19〜明42・1・20『京都日出新聞』）では、その場所が十万坪に設定されている。

このように、「続悪魔」の「佐竹騒動妲妃のお百」に関する描写では、『討敵妲妃のお百』から逸脱している箇所も多く存在していたのであるが、その逸脱している箇所も、拠り所が全くなかったわけではなく、『討敵妲妃のお百』とは別の講談本の中に共通する要素が存在していた。このことは、谷崎が、『討敵妲妃のお百』に限らず、「妲妃のお百」に関する色々な講談本を読み、参考にしていたということを示している。

実際、谷崎は、次に示す通り、自らの作品の中で、「妲妃のお百」に関する講談本に言及することもあり、この講談本に多大な関心を持っていたと推察される。

彼はもう何をする元気もなくなつて、せめてもの心遣りに「妲妃のお百」だの、「あたりやおきん」だの、「高橋おでん」だのと云ふ講談本を読んで見たり、宮戸座や蓬萊座や、六区の活動写真館などで演ずる俗悪な毒婦の芝居をこつそりと見に行つたり、そんな事をして自らます〳〵病的な方向へ墜落して行つた。

（「饒太郎」大3・9『中央公論』）

また、「妲妃のお百」に関する講談本が念頭に置かれているのか否かは明確ではないけれど、念頭に置かれている可能性もある次のような描写も谷崎の作品に存在する。

佐竹騒動や妲妃のお百の伝説と結び付いて、美しい、荒唐な、奇怪な聯想を生む秋田の街。

（「颱風」明44・10『三田文学』）

勿論、この二例は、『討敵妲妃のお百』とは別の「妲妃のお百」に関する講談本を谷崎が読んでいたということを確実に証明するものではない。ただ、その可能性も大いにあることを窺わせるのである。

このことも一つの傍証としつつ、先述の「『討敵妲妃のお百』とは別の講談本の中に共通する要素が存在していた」ということも踏まえれば、谷崎が、『討敵妲妃のお百』とは別の「妲妃のお百」に関する講談本を読んでいたということ、それが「続悪魔」にも影響を与えていたということは、その影響がどれほどであったのか、谷崎の改変がどの程度であったのかという点は判然としないものの、まず間違いないといえるだろう。谷崎は、「妲妃のお百」に関する複数の講談本を活用して、「佐竹騒動妲妃のお百」の描写を考え、「続悪魔」の引用場面を作り上げていたのである。

## 第6節

となると、その「妲妃のお百」に関する講談本が、「刺青」に影響を与えていた可能性もここから想定することができるようになるだろう。実際、「妲妃のお百」に関する講談本と「刺青」とを比較してみても、両者に共通する要素を見付けることはできる。例えば、前掲の、桃川燕国口演、佃速記事務所員速記『妲妃のお百』という講談本を取り上げてみる。この作品の展開を簡単に示せば、次の通りである。――「縹緻の好しい計りでなく心掛も素直で優しい娘」であったお百は、十三才の時、「海坊主」の海魔に取り憑かれ、「右の肩から捲り上た腕まで赤い痣が出来た」。その後、お百は人が変わったように妖婦の性質を現し、数多くの男を手玉に取りながら、血みどろの殺人、淫行を積み重ねてのし上がろうとするのであるが、最後には捕えられ、処刑される。――これなどは、「刺青」の次のような展開とどこか通じているようである。――「年頃は漸う十六か七かと思はれ」る、まだ「臆病」

であった「娘」に、清吉が妖婦としての素質を見出し、刺青を施す。刺青が背中に彫り込まれた時、「娘」は、男を「肥料」にして生きる「ほんたうの美しい女」になる。――つまり、まだ初心であった「娘」の体に、妖婦の印ともいうべき跡が付いた時、娘は、男を「肥料」にして生きる妖婦に変貌を遂げるという展開であるという点で、両者は共通するのである。

　また、「続悪魔」の「佐竹騒動妲妃のお百」の原拠であることが確実な前掲の『敵討妲妃のお百』に目を向けてみると、『敵討妲妃のお百』では、「赤い痣が出来た」という設定は見られないものの、それ以外は、右の『妲妃のお百』とほぼ同じ筋立てになっていて、初心であった少女が、男を「肥料」にして生きる妖婦に急激に変化するところを強い印象を残すものとしてやはり描いている。さらにいえば、『敵討妲妃のお百』の表紙絵において、短刀を咥えたお百の「妖婦らしい眼の表情」が、その短刀と相似形の鋭い形を持つものとして描写されているのであるが、こうした描写も、「刺青」において、清吉を「肥料」にした後の女の姿に対する、「剣のやうな瞳を輝かした」という独特の言い回しを持った描写に影響を与えている可能性があるだろう。海面に飛び降りる妖婦お百の躍動感あふれる姿が表紙の全体を大きく支配し、その背後にお百を追う男の哀れな姿が小さく描かれているという、『敵討妲妃のお百』の表紙絵の構図はいかにも谷崎好みであり、「刺青」を執筆する際の谷崎がこの表紙絵に創作欲を刺激されていたというのも、大いにあり得ることである。

　勿論、以上のような、「妲妃のお百」に関する講談本と「刺青」との類似性は、「刺青」に、その講談本からの影響が確実に及んでいると断定し得るほどに、顕著なものではない。ただ、『敵討妲妃のお百』も含めた「妲妃のお百」に関する講談本と「刺青」との間に、ある程度の類似性が存在すること、初期の谷崎が「妲妃のお百」に関する講談本に関心を持っていたことは、ここまでのところから知ることができる。そのため、「刺青」の世界の根底に、「妲妃のお百」に関する講談本が流れ込んでいた可能性は十分に考えられる。[10] このように、「妲妃のお百」に関する講談本と「刺青」の関係の近さを知ることができれば、それは、草双紙や講談本や芝居の種々の毒婦物が「刺青」を創作する際のエネルギーになったという先述の理解の妥当性をより高めてくれる材料になるのである。

もっとも、そうなると、谷崎は、「刺青」執筆に際して、毒婦物の世界に全てを依存していたとも考えたくなるのであるが、そういうわけではない。むしろ、「刺青」と毒婦物との間に密接な関係があることを確認すればするほど、両者の間にある相違点が際立ってくるという点を看過することはできない。というのも、谷崎は、毒婦物に刺激を受けながらも、一方で、その中にある通俗性に対しては距離を保とうとしていたと考えられるからである。そのことは、初版本『刺青』(明44・12、籾山書店)以降、削除されることになるが[11]、「刺青」の中で、清吉が持っていた「古の暴君紂王の寵妃」妲妃の絵[12]に対して、「此の種の画題にや、ともすると陥り易き俗気を離れて物凄い迄に巧に描かれて居た」と説明されていたことから判断することができる。こうした説明がなさていたのであるから、「此の種の画題」を多く持ち、しばしば通俗的と称される、「妲妃のお百」に関する草双紙や講談本や芝居を念頭に置いていたと考えてよいだろう。谷崎は、「刺青」において、その毒婦物の中にある通俗的なイメージを払拭したかった。実際、「刺青」は、毒婦物における、筋立てや文体の特質を踏襲しているわけでは決してない。例えば、毒婦物では、残酷な殺害や淫行の場面がめまぐるしく展開されるのであるが、それらの悪行の大半は、金銭や出世というある明確な型通りの動機に基づいてなされ、また、その悪も最後には殆どが処罰されたり、敗北を喫したりする。つまり、毒婦物は、悪行それ自体に対する通俗的興味と、単純で明解な筋立てによって支配されている。それに対して、「刺青」では、先述のように、展開構成の合理性や明示的な意味付けは希薄であるので、毒婦物の単純で明解な筋立てや通俗的興味を踏襲しているわけではない。また、毒婦物では、ごく平易な語り口調が用いられているのであるが、それに対して、「刺青」では、幾分か気障にも見えるほどの華麗な言葉が鏤められており、毒婦物の文体を踏襲しているわけでもない。ということは、つまり、谷崎は、「刺青」を執筆するに際して毒婦物を参考にする時、自らの創作欲を満たしてくれる部分を吸収することだけに集中し、その他の部分からは目を閉ざそうとしていたということである。毒婦物に強烈な刺激を受けながらも、それをいかに洗練した文学表現として結実させるのか。谷崎の苦心はそこにあり、「刺青」は確かにそれに成功している。

第2節で論じた通り、「刺青」の清吉は、もともと「被殺害願望」を明確に意識しておらず、清吉の内面には曖昧さが残っていた。そのために、作品を形成する各々の要素を繋ぐ関係にも不明確なところが存在した。その意味で、「刺青」は、「『愚』と云ふ貴い徳」を多くの人が持っていたとされる時代と場所の設定に相応しく、名状し難い狂気が全体を支配していた世界であった。しかも、その世界は、実に華麗な言葉によって表現されていた。このような世界や言葉こそ「刺青」の、毒婦物とは異なる特質であった。このことは、こうした特質を獲得することができたのは、一つには、毒婦物の単純明快な筋立てや平易な語り口調から離れようとする谷崎の意識があったからである、ということを意味しているだろう。毒婦物に刺激を受けるが故になおのこと、その毒婦物に対して、離れるべきところからは離れようとする姿勢も生まれてくるのではないだろうか。毒婦物からの影響と毒婦物に対する抵抗の両面こそが、「刺青」の成功を支える大きな要因であったと解されるのである。

谷崎は、『明治大正文学全集』第三十五巻谷崎潤一郎篇（昭3・2、春陽堂）の解説の欄に、

「悪魔」と「続悪魔」とはその後つづいて「中央公論」へ載せたもので、それまで主として浪漫的な作品ばかりを書いてゐた作者は、此の作に於てやや写実的な試みをしたつもりである。

という自作解説の文章を載せている。この分類に従っていえば、大正期の谷崎は、以後、「続悪魔」系統の「写実的」な作品――近代を舞台にした、谷崎と等身大の人物を主人公とする作品――と、「刺青」系統の「浪漫的」な

作品――前近代もしくは異世界を舞台にした、谷崎が思い描く空想の世界を扱った作品――の両方を書き続けることになる。ただ、少なくとも、大正十二年に関西に移住するまでの期間に書かれた作品においては、「写実的」な作品の方が数として多い。それは、近代という時代に生きることを余儀なくされた、谷崎と等身大の「愚」な人物の、心理や思想や芸術観に絶好の主題があると考えたからであるだろう。そこでは、「刺青」においては決して起こり得ない、「愚」な人物と近代の現実との間に生じる摩擦[13]や、その摩擦が引き起こす様々な問題が、時に滑稽に、時にすさまじい迫力で描き出されている。その意味で、「写実的」な作品は、確かに谷崎文学の面白さを存分に伝えてくれる。ただ、筆者の感想の域を出るものではないけれど、谷崎文学の真骨頂はやはり「浪漫的」な作品にある。そして、その中でも特に「刺青」は、他にはない魅力を持っている。

なるほど、「刺青」では、清吉の内面に明瞭な輪郭が与えられていないので、谷崎の「写実的」な作品によく見られるような、病的な心理がどぎつく強烈に描写されているわけではない。しかし、抑制された内面描写は、かえって、深淵の定かではない、掴み所のない狂気をよく表している。しかも、そのような内面描写の方が、この作品の、洗練された華やかな美しさとよく調和することにもなる。もともと、この作品は、近代遠近法とは無縁であったであろう二枚の絵がモチーフになっていることに示唆されている通り、絵画的・平面的な美しさを出そうとしている[14]。このような作品においては、心理や行為の繋がりを立体的・構造的に描き出したり、狂気への傾斜を仰々しく暴き立てたりするのは似つかわしくない。むしろ、内面の奥行きが明瞭ではない清吉の情態こそが、この作品には相応しい。人物の不確かな内面と絵画的・平面的な作品世界との見事な調和が成立しているところに、「刺青」の際立った特徴がある。

永井荷風は、「谷崎潤一郎氏の作品」（明44・11『三田文学』）という評論の中で、「刺青」も含めた初期の谷崎作品を絶賛した。この評論では、谷崎の初期作品の特徴を「都会的」と指摘した上で、泉鏡花の作品の「江戸的」という特徴と比較しながら、次のように述べている。

泉鏡花氏の作品から窺はれる江戸的情調は全然ロマンチックの脚色構想から生じたもので、作者の意識や憧憬が時として強ひて読者を此の情調中に引き入れやうと努めてゐる点がある。然るに谷崎氏に取つては都会的は直ちに氏の内的生命であつて、其れは知らず〳〵氏の芸術の根底をなしてゐるのである。氏の都会的はロマンチズムでもなく、憧憬でもなく正に如何ともする事の出来ない『現実』であるのだ。

「刺青」は、谷崎の分類に従えば、「浪漫的」な作品、つまり、谷崎の現実を直接の素材にしているわけではない空想的な作品に該当するものである。しかし、荷風が述べる通り、「ロマンチズム」に流された作品とは別のものである。換言すれば、「刺青」は、「浪漫的」な作品ではあるけれど、「如何ともする事の出来ない現実」がそこに示されていると理解することができる。何故にそのように理解することができるのかというと、「ほんたうの美しい女」という、未だに作り上げたことのない美の対象を表現しようとする清吉の願望、女の「肥料」になるという無意識的な清吉の願望が、作品の中で少しずつ達成されていくという緊張感を孕んだ展開は、まだ定かではない、理想とする耽美的世界を、手探りで掴み、必死になって表現しようとしていたであろう若き谷崎の初々しい感性、ひたむきな希求を何よりもよく伝えていると見えるからだ。「刺青」は、谷崎の実質的な処女作であるに相応しく、その願望の達成への過程を、無駄な説明意識に囚われることなく、実に生き生きと表現した作品である。それ故に、他に置き換えることのできない、独特の輝きを放ち続けているのである。

## 注

（1）「刺青」発表に近い時期の英訳本としては、*Three Contributions to the Sexual Theory*, authorized translation by A.A. Brill ; with introduction by James J. Putnam, Journal of Nervous and Mental Disease Pub. Co, 1910がある。本書のⅠの2 "DEVIATION IN REFERENCE TO THE SEXUAL AIM" により該当箇所を挙げておくと、次の通りである。

A sadist is simultaneously a masochist, though either the active or the passive side of the perversion may be more strongly developed and thus represent his preponderate sexual activity.

（2）なお、「娘」についていえば、「娘」は、清吉に二枚の絵を見せられた時に、その絵をひどく恐れていた。「娘」は、もともと、男を「肥料」にすることに惹かれる性分が自分にあるということを微かに感じてはいたが、それは、清吉が「探りあて」るまでは未だ「心の底に潜んで居た何物か」であったに過ぎない。それ故、清吉と出会った頃の「娘」は、男を「肥料」にすることを享楽しようとする性質をはっきりと自覚していたり、そうした性質の意味をよく理解していたりするような存在ではない。自分でも朧気にしか感じていなかった、恐ろしい未知の一面を突きつけられたので、「娘」は恐れたのである。

（3）周知の通り、「刺青」の時代は、作品には明示されていないけれど、「徳川時代」として設定されている。念のため断っておけば、ここでは、実際に「徳川時代」の人々が、「愚」なあり方の意味を認識することが全くなかったと論じているわけではない。ただ、谷崎が、「刺青」の世界を、近代的な合理性や実利性とは対極のものとして位置付けていたのであるから、「徳川時代」の人々の実際のところはどうあれ、このような解釈は成り立つということを指摘している。

（4）こうした解釈は、拙稿「『刺青』の世界」（平19・8『国語国文』）で述べたものである。国文学研究資料館の論文目録データベース（http://base1.nijl.ac.jp/~rombun/）に、「谷崎　刺青」というキーワードを入れて検索したところ、この拙稿より以前に発表された論文は、八十七本であった（平成二十七年七月二十二日閲覧）が、この八十七本を読む限り、こうした解釈は出されていない。伊藤整「谷崎文学の性格」（『谷崎潤一郎の文学』所収、昭29・7、塙書房）において、「自分の肉体の、心理の中には、自分が気のつかなかつた制御すべからざるものが存在してゐた、または発生しつつある、といふ恐れ」が、この作品の「娘」には存在すると指摘されているのであるが、かつ、この指摘は多くの先行研究でも踏襲されているのであるが、同じく、「自分が気のつかなかつた制御すべからざるものが存在してゐた」という視点から、清吉の「被殺害願望」を読み解くことはなされていないのである。なお、念のため、筆者の解釈と関連がありそうに見える二本の論文の記述を紹介しつつ、筆者の解釈との違いをここで示しておきたい。まず、新保邦寛「原『刺青』の構図――その復原に関する一つの試み――」（昭60・3『北海道教育大学語学文学』）では、「女性拝跪やマゾヒズムと言ったような、あるいはフットフェティシズムといったような異常性慾の物語とみるか、あるいは、一種の芸術家小説とみるかという点が、『刺青』論の主要な分岐点になっていた」と記している。新保が指摘する通り、確かに、「異常性慾の物語とみるか、あるいは、一種の芸術家小説とみるか」を問題にする論文は少なからず存在する。ただ、筆者は、その問題に答えていくことに大きな意味があるとは思えない。何故なら、「刺青」では、「異常性慾の物語」としての要素と「芸術家小説」としての要素の両方を重要なものとして描き出しているからである。むしろ、その両方の要素が重要であるという前提に立った上で、「被殺害願望」について十分に意識していなかった清吉が、「ほんたうの美しい女」を作り出そうとする「芸術」的な願望を満たした結果として、その無意識的な願望が満たされる「快楽」に到達するようになるという過程が描かれていた、という点に目を向けることこそが必要であると考えられるのである。そのため、「異常性慾の物語とみるか、あるいは、一種の芸術家小説とみるか」ということを問題にする論文の問題意識と、筆者の問題意識とは異なっている。また、河野紫織「谷崎潤一郎『刺青』

研究——『刺青』における美意識——」（平6・12『広島女学院大学国語国文学誌』）では、「結果的に清吉の精魂は娘に吸いとられてしまったことは事実であるが、女の肥料になることを望んでいたわけではない」と述べていてる。これは筆者の解釈に近いものである。ただ、河野論文では、「ほんたうの美しい女」を完成させようとする清吉の「芸術」的な願望のみを強調していて、マゾヒズム的な「快楽」を求める清吉の欲求を重視していない。具体的にいえば、「もし清吉がマゾヒストならば、女に巻物を渡して帰らせようとはせず、それ以上の嗜虐を望んだかも知れない。長年の宿願を果たした彼にとって自分を犠牲にして『肥料』となることに甘んじることは全く苦にならず、極言すれば、完成した作品の前ではもはや自分のことなど考えるに値しない程の充実感にひたりきっていた」と結論付けている。つまり、清吉は「マゾヒスト」ではないという前提に立ちつつ、「マゾヒスト」ではないにもかかわらず、女の「肥料」になった最後の場面で抵抗を示していないのは、「ほんたうの美しい女」を完成させることができた「充実感にひたりきって」おり、「肥料」となることが「苦にならなかったためであると解釈している。しかし、先述の通り、清吉が、人々の肌に針を突き刺す時、サディスティックな、「不思議に云ひ難き愉快」を感じていたという点、美しい女の犠牲になる男たちの姿を描いた二枚の絵を所持していたという点を踏まえれば、清吉は、サディズム的・マゾヒズム的な「快楽」を欲する心理を潜ませていたと理解すべきであるだろう。最後に「お前さんは真先に私の肥料になつたんだねえ」という女の言葉を否定せず、受け入れる段階において、これまで十分に意識してこなかった「被殺害願望」が満たされる「快楽」と向き合うことになったと考えられるのである。

（5）ただし、ここでは、講談本を読む場面が「悪魔」の中にあるとされているが、それは、正確ではなく、実際には、その場面は、後に詳しく触れる「続悪魔」の中にあるものである。

（6）図1の『敵討妲妃のお百』の表紙絵が「石版画」であるといえるのか否かについて、筆者には判断することができなかった。そこで、平成二十五年に、町田市立国際版画美術館学芸員の滝沢恭司氏に、『敵討妲妃のお百』の表紙の写真をお送りし、「石版画」であるのか否かについてお伺いした。その結果、滝沢恭司氏から、平成二十五年九月十一日のメールにて以下のご回答をいただいた。

まずいただいた写真を見て、私は石版印刷だと思いました。着物の水色の上に重ねたエンジ色のマティエールが木版画では出ない／出しにくい調子だったからです。そのご仲間の明治版画の研究者・岩切信一郎氏に問い合わせてみたところ、木版油性インク摺りだという回答をもらいました。『敵討 妲妃のお百』についても何種類か見ているようでしたが、この時期の講談本の表紙は木版油性インク摺りが多いということでした。油性インク摺りなら、エンジ色部分のマティエールも、水色のインクが乾いていない状態のときに上に乗せれば、あのような調子が出ると云われていました。また輪郭線は木版によるもので、石版画では出ない調子だとも云われていました。私としては実物を見ないと判断できない状況ですが、岩切氏の意見は説得力があります。あいまいな回答で申し訳ありませんが、とりいそぎご連絡申し上げます。

そのため、『敵討妲妃のお百』の表紙絵は、「石版画」ではなかった可能性が高いと考えられる。では、谷崎は何故に『敵討妲妃のお百』を原拠にしたはずの「佐竹騒動妲妃のお百」の表紙絵を「石版画」と書いたのであろうか。この点については、次の二つの可能性が考えられる。第一は、谷崎が『敵討妲妃のお百』の表紙絵を見て、「木版油性インク摺り」とは分からず、「石版画」であると誤解したという可能性である。第二は、谷崎が『敵討妲妃のお百』の表紙絵を見て、「石版画」ではないと理解したのであるが、あえて「佐竹騒動妲妃のお百」の表紙絵を「石版画」として描写したという可能性である。もっとも、第二に関しては、では、何故にあえて「石版画」として描写する必要があったのかということが問題となるだろうが、そのことについてはよく分からない。ただ、前田愛『近代読者の成立』（昭48・11、有精堂出版）「明治初期戯作出版の動向――近世出版機構の解体――」において、大川屋の講談本を取り上げつつ、「現在では毒々しい石版画の装いをこらした大川屋本も古書肆の店頭に姿を見せることさえ稀になった。しかし、明治末年、立川文庫や講談社の雑誌が登場するまで、あるいは都会の片隅で、あるいは地方の小都市、農村で、莫大な数量の大川屋本が消費されていたはずである」と記されている通り、講談本に「石版画」が使われることもあったようであるので、そのことを踏まえて、講談本の雰囲気をよく伝えるために「石版画」とあえて描写したという可能性が考えられる。ともあれ、『敵討妲妃のお百』の表紙絵が「石版画」でなかったとなると、右の二つの可能性をひとまずは想定することができる。

(7) この改変は、髪を振り乱すとしたほうが妖婦らしさがより生まれると判断されたからと考えられる。谷崎は「刺青」の中でも、「ほんたうの美しい女」が誕生する場面で、「気狂じみた髪が悩ましげに其の頬へ乱れた」と書いている。

(8) モノクロ印刷のため、色彩ははっきりとしないが、『敵討妲妃のお百』の表紙絵の色彩は、「続悪魔」の波線部の記述と合致している。

(9) この点に関して、講談本にお詳しい吉沢英明氏にお伺いしたところ、講談本において、表紙の図柄が異なっていて、かつ、同じ内容のものが出版されるということはあるけれど、その逆、つまり、表紙の図柄が同じで、かつ、タイトルや内容が異なるものは見たことがないというお返事をいただいた。

(10) なお、「妲妃のお百」に関して、講談本と草双紙と芝居の間で筋立てに特別に大きな相違があるわけではない。そのため、「妲妃のお百」に関する講談本が、「妲妃のお百」に関する草双紙や芝居と異なる特質を持っていて、草双紙や芝居からの影響とは異なる特別な影響を「刺青」に与えた、ということを論じているわけではない。

(11) 初版本以降に、「此の種の画題にやゝともすると陥り易き俗気を離れて物凄い迄に巧に描かれて居た」という説明が何故に削除されたのか、その理由についてはっきりとしたことを述べることはできない。ただ、「刺青」の世界が全体として見れば「俗気を離れて」いることは明確であるので、あえてこうした説明を加える必要もないと判断されたのではないかと推察される。

(12) ただし、谷崎は「刺青」において、「古の暴君紂王の寵妃、末喜」と実際には書き記している。つまり、「古の暴君紂王の寵妃、妲妃」と書くべきところを、「古の暴君紂王の寵妃、末喜」と誤って書いている。「末喜」は、中国古代の暴君である桀王の寵妃であるので、これは明らかなミスである。こうしたミスが生じた理由については、千葉俊二『谷崎潤一郎　狐とマゾヒズム』（平6・6、小沢書店）「狐とマゾヒズム」において、『簠簋抄』の「大唐ニテ国国ニテ名ヲ替テ付ト云、周の幽王ニテハ褒姒ト云、夏ノ梁王ニテハ且嬉《（ママ）》ト云、殷の周王ニテハ末嬉ト云」という記述を紹介しつつ、「この表記はかなり錯綜し、人物の対応関係も著しく失しているが、いずれにしろ、末喜、妲妃、周の幽王の妃褒姒は、古来妖狐の転変化生したものと信ぜられていたのであり、殊に末喜と妲妃とはともすればとり違えられやすかったようである」と的確に説明されている。谷崎がミスを犯したのは、この説明にある通り、「末喜と妲妃とはともすればとり違えられやすかった」からであると考えるしかないだろう。ところで、谷崎は、「古の暴君紂王の寵妃、妲妃」と書くべきところを、「古の暴君紂王の寵妃、末喜」と誤って書いてしまったということを前提としてここまで話を進めてきたのであるが、その前提は必ずしも正しいわけではなく、「古の暴君桀王の寵妃、末喜」と書こうと思っていたにもかかわらず、「古の暴君紂王の寵妃、末喜」と誤って書いてしまったという可能性も存在するだろう。ただ、以後の谷崎作品では、「妲妃」についてはしばしば取り上げられているのであるが、「末喜」については取り上げられていない。ということは、谷崎には「妲妃」のイメージが強く頭の中に残っていたということであったと考えられるので、やはり、「刺青」において、もともとは「古の暴君紂王の寵妃、妲妃」と書こうと思っていたのであるが、「古の暴君紂王の寵妃、末喜」と誤って書いてしまったと理解した方がよいだろう。

(13) この摩擦の問題を、前掲の「続悪魔」から、一例だけ取り上げておけば、「続悪魔」では、佐伯の部屋の中をこっそりと「掻き廻して」いた照子に向かって、佐伯が抗議した時、照子が次のように言い返す場面がある。

「人の目を窃んで居るのはお互い様だわ。兄さんだつて、こツそり可笑しな本を読んでいらツしやるぢやありませんか。」／照子は佐伯の泣きツ面を見てから、急に元気が出たらしく、殊更労るやうな優しい調子で、根性の悪い事を云つた。／「実はあたし此の間兄さんの本箱を調べて見たの。参考書なんて物は一つもなくツて、妙な講釈本が五六冊入つて居るきりなのね。どうしてあなた方に彼んな本が面白いんだか、私には解らないわ。近代人にも似合はないと思ふわ。（略）」

それに対して、佐伯は「講釈本が面白ければ、近代人になれないのかい。全体近代人なんてものが、女に解るもんぢやないんだ」、「君に附き合つてると、鈴木でも僕でも、だんだん頭が馬鹿になるんだ。お蔭で僕の神経衰弱は、東京へ来てからズツトひどくなつたよ。近代的であらうが、なからうが、僕はもう講談本以上の込み入つた本なんか、とても読み続ける根気がないんだ」等と言い返す。しかし、佐伯は「講談本」を隠れて読んでいたことに負い目を感じており、明らかに、劣勢に立たされることになる。ここでいう「講談本」の中には、先述の「妲妃のお百」の講談本も含まれている。佐伯は、ここで、「妲妃のお百」等の講談本に魅了される前近代的な人間であると照子から嘲笑されていたのである。生存競争に勝ち抜くべく、学校という既存の組織の中で、周囲としのぎを削るようにして、勉学に励まなければならないところに「近代」の特徴がある時、「講談本」を耽読する佐伯はそれに最もそぐわない存在であるとされている。そのことは、「続悪魔」の前編である「悪魔」において、周囲の学生の様子を見渡した時の佐伯の心境が次のように書かれていることにも示されている。

新調の角帽を冠つて、意気揚々と通つて行く若い学生達の風采には、佐伯のやうな悲惨な影は少しも見えない。「彼奴等は皆己の競争者だ。見ろ、色つやのいゝ頬ぺたをして如何にも希望に充ちたやうに往来を闊歩して行くぢやないか。彼奴等は馬鹿だけれども、獣のやうな丈夫さうな骨格を持つて居やがる。己はとても彼奴等に敵ひさうもない。」

神経を病み、死の恐怖に取り憑かれていた佐伯は、「近代」が求める合理的・実利的な生き方をする人々の前で、自らが劣った存在であることを痛感していく。「『愚』と云ふ貴い徳」の失われた「近代」という時代において、「近代」の要求する実利的・合理的な生き方のできない「愚」な人物であり、しかも、青年期に特有の過剰な自意識を持つ人物である佐伯は、このように、自らの異質性や異常性を意識せざるを得なくなる。佐伯が「妲妃のお百」等の講談本を周囲に隠れてこっそりと読むという設定、照子がその佐伯を嘲笑するという設定は、「近代」という時代と「愚」な人物との間に自ずから生じる摩擦を象徴するものであったといえる。こうした摩擦が生まれる作品世界は、摩擦が生まれない「刺青」の世界と対照的なものであるといえる。

(14) 笠原伸夫『谷崎潤一郎 宿命のエロス』（昭55・6、冬樹社）第一章のⅡには、「刺青」の世界に関して「その非遠近感覚は内側にさまざまな感情を秘匿し、なおかつ様式的なものである。たしかにかれの示す方法は奥行きに欠けるところがあり、ピトレスクな平面性をあらわにする」という記述がある。「秘匿」するというのが、「さまざまな感情」を意識しつつ、隠していたという意味であるのか、「さまざまな感情」を意識すらしていなかったという意味であるのかがはっきりとしないのであるが、その点を除けば、この記述は本稿の問題意識と重なっている。

附記　本稿の執筆にあたって、吉沢秀明氏に、貴重な講談本の資料を閲覧させていただき、かつ、様々なご教示をいただいた。また、滝沢恭司氏に、「石版画」に関する貴重なご教示をいただいた。厚く御礼申し上げる。

第3章

# 谷崎「愛すればこそ」の構造

## 第1節

谷崎の『愛すればこそ』（大11・6、改造社）は、谷崎の「最初のベストセラー」（瀬沼茂樹『本の百年史　ベスト・セラーの今昔』昭40・9、出版ニュース社）とされ、当時において絶大な人気を博した単行本である。遠藤郁子「谷崎潤一郎『愛すればこそ』――ベストセラー化を探る」（『続・谷崎潤一郎作品の諸相』所収、平15・12、専修大学大学院文学研究科畑研究室）によれば、「詳しい発行部数」は不明であるが、大正十三年四月号の雑誌『改造』の広告によれば「百版」を「突破」したとされていて、「重版数が脅威的に推移して」いるという。この単行本『愛すればこそ』には、「愛すればこそ」の他に、「永遠の偶像」、「彼女の夫」、「或る調書の一節」という谷崎の作品が収録されているが、単行本のタイトルになっている「愛すればこそ」がその単行本の中心である。単行本の『愛すればこそ』がこれほど版を重ねたということは、「愛すればこそ」の人気が相当に高かったということを示しているだろう。「愛すればこそ」は、大正十年十二月に『改造』に「愛すればこそ」という題で発表した作品と、大正十一年一月に『中央公論』に「堕落」という題で発表したその続編の作品とを繋ぎ合わせてできた、三幕からなる戯曲である。主人公である男の妻が美人局をする場面を描き出すなど、過激な内容を備えるために、市川左団次一座が大正十一年六月の本郷座で上演企画を立てたが、当局によって禁止されたことでも知られている(1)。

作品の主要な登場人物は、山田礼二、三好数馬、橋本澄子の三人で、愛に関する三人の独特の考え方が作中で示されている。その考え方を中心に、三人の人物像を簡単に整理しておくと、以下のようになる。

（A）山田は、「犯罪的性質」を生来備えているとされる人物で、澄子に暴力を振るったり、澄子を巻き込んで詐欺事件を企てたり、あるいは、澄子に売春させて金を得ようとしたりする。だが、山田は生まれながらの悪人であるが故に、そうした非道な振る舞いを澄子に対して行うとはいえ、澄子を「可愛い」と思う気持ちも持っている。それ故、澄子に逃げられることを極端に恐れている。

（B）澄子は、もともと結婚の約束を交わしていた三好のもとを離れて、悪人である山田の所に行った人物である。その理由は、澄子が極めて「情に脆い」「弱い」気質を持っていて、悪人であるが故に誰からも相手にされない山田が「可哀さう」であると感じられたからである。しかしながら、一方で三好のことを忘れることもできない。

（C）三好は、澄子が自分のもとを離れて山田の所へ行った後も、二人の愛は続いていると考える人物である。というのも、もともと、三好は、澄子が山田の所へ行ったのは、自分がそのように後押ししたからであると考えているからである。なぜ後押ししたのかといえば、まず、澄子が、悪人である山田が「可哀さう」であるという心境になった時、その優しく「美しい性質を完うさせて上げたい」と思ったからである。また、無理に澄子を山田から引き離すようなことをすると、澄子の「美しい性質」を壊すことになり、自分の澄子に対する愛が消えてしまうと感じたからでもある。澄子を山田に譲るというのは、自分にとっても澄子にとっても苦しく悲しい決断ではあるが、「可哀さう」な山田を救うために、自己犠牲的な行為をして、二人でお互いに苦しみや悲しみを共有した時に、真の愛は成り立ち、やがて二人の愛は「離れて居られないほど」「深められて」いくと考えている。そして、そうした自分の気持ちを澄子はよく理解しているが故に、山田の所へ行ったと考えている。それ故、三好は、澄子が苦しみながらも山田を愛そうと努力するのは、自分の気持ちを酌んでいるからである、自分を愛しているからである、と思っている。

このように、三者は、愛に関する独特の考え方を持っている。そのために、山田と三好と澄子の三角関係は、危うい均衡を保ったまま、何とか破綻せずにいた。だが、最後に、三好が、澄子と肉体関係を持ってしまったことでその均衡は崩れていく。その経緯について簡単に触れておくと、もともと、澄子が三好と肉体関係を持ったのは、山田から命じられたからであった。山田は、三好との関係を深めて、三好から金を巻き上げるようにと、澄子に命じていたのである。澄子はそれに抵抗するものの、結局、山田の命令の通りに、三好と肉体関係を結ぶ。三好は、澄子から一度だけ金を要求されて、澄子に金を渡したのであるが、まさか自分が騙されているとは思いもよらない。むしろ、三好にしてみれば、澄子は自分のことを愛しているということをさらに確信していく。そこで、三好は、澄子と肉体関係を持ってしまったことを正直に山田に打ち明けるとともに、澄子と自分はやはり愛し合っているのであるから、澄子を返して欲しいと山田に頼みにいく。それに対して、山田は、澄子が三好と肉体関係を持ったのは、先述のような理由からであるということを三好に暴露する。それを聞いた三好は失望して、山田と澄子の所から姿を消すという形で、この戯曲は幕を閉じることになる。悪人である山田が完膚なきまでに三好を叩きのめすという、いささか後味の悪い、しかし、いかにも谷崎らしい作品の終わり方になっている。

この作品では、山田も澄子も三好も、それぞれに、尋常とは言い難い特異な性質を持っていて、彼等の感情の意味するところを理解するのはなかなか困難である。特に、澄子の感情については、一見すると、判然としない点がある。というのも、澄子は、一般的な感覚からすれば、全くもって愛するに値しない悪人の山田を愛しつつ、その一方で、三好にも心惹かれているからだ。そのため、先行研究でも、この澄子の感情に関する解釈は分かれている。具体的にいえば、〈一〉澄子は山田を愛そうと努めてはいたが、内心では三好のことを愛し続けていたという解釈[2]、〈二〉三好に心惹かれる澄子の一面には重きを置かず、澄子の山田に対する愛のみを強調するという解釈[3]、〈三〉澄子の感情の真相は不明であるという解釈[4]が出されている。先述の通り、澄子の感情には分かりにくいところがある。そのために、異なる三つの解釈が導き出されるようになったと考えられる。

しかし、右の三つの解釈には、それぞれに疑問が存在する。〈一〉は、澄子が三好を繰り返し裏切っていくという展開と矛盾するのではないか、という点に疑問がある。〈一〉の場合、澄子の真の愛は三好にあったことになるので、澄子は愛する三好を裏切ってまでして、愛してもいない山田に尽くそうと努めていたことになるのであるが、澄子のそのような振る舞いは、いささか不自然であると感じられる。〈二〉は、澄子の山田への愛を強調する余り、澄子が三好にも心惹かれていることを見落としている、という点に疑問がある。〈三〉は、山田と三好の二人の男に心惹かれる澄子の感情が、「不透明」であると片付けられている、という点に疑問がある。

このように、山田と三好に対する澄子の感情に関しては、先行研究の解釈に疑問が存在する。このうち、〈一〉と〈二〉に関して、右のような疑問が生まれるのは何故かというと、〈一〉と〈二〉は、結局のところ、澄子の真の愛は、山田に向けられている、もしくは、三好に向けられていると結論付けるばかりで、山田を愛すると同時に、三好にも心惹かれる澄子の感情の意味を明らかにしようとしていないからである。勿論、〈三〉の如く、澄子の感情は「不透明」であると論ずる立場に立つこともあるいはできるのかも知れないが、しかし、その意味を明らかにすることができるのであれば、それに越したことはないだろう。

そこで、まずは、山田と三好の両方に心惹かれる澄子の感情の意味を考えていきたい。予め見通しを述べておけば、澄子は三好に心惹かれながらも、澄子の愛は常に最後には山田に向かっていくということを、その理由と併せて明らかにしていく。それと同時に、そのことを踏まえて、離れた後でも澄子との愛は続いているとする三好の考え方の意味、三好と澄子の関係の意味を考察する。それにより、最終的には、この作品の構造や、この作品に対する谷崎の創作姿勢を解明していきたい。

## 第2節

まずは、山田に対する澄子の感情を取り上げてみる。澄子の山田に対する愛は、作中で繰り返し描き出されているが、何故に澄子が山田を愛するのかというと、それは、澄子が、極めて「情に脆い」「弱い」性質を持っており、悪人である山田を「可哀さう」と感じるからである。

私はたゞ、山田が普通の人間でないと云ふ事が、世間の誰からも爪弾きをされるやうな悪い人間だと云ふ事が、可哀さうだつたのでございます。

私にしたつて、山田があんな悪人でなければ疾うにあの人を捨てゝ居たかも知れませんけれど、悪い人だと思ふ傍から、その悪いのが可哀さうでならなくなつて、知らず識らず斯うなつてしまひましたの。

「可哀さう」であるから愛するという感情は、独特のものであるのかも知れないが、ここに澄子の感情の核となる要素が存在する。そのため、澄子の「可哀さう」という感情を手掛かりにして、澄子の言動を追跡してみる。

さて、「可哀さう」という感情に支配されて、澄子は婚約者であった三好のもとを離れて、山田の所へ向かった。そこで、澄子は山田の数々の虐待に耐えながら、時に見せる山田の弱さに心を動かされ、一心に山田を愛してきた。しかし、売春を行って金を稼ぐように山田に命じられたことに失望し、山田の所から、三好のいる橋本家へ逃げ込む。そして、その場で山田と別れるという決意、三好と結婚したいという思いを三好に伝える。しかし、その時、山田が澄子の後を追いかけてきて、涙ながらに澄子を返して欲しいと訴える。だが、詐欺事件を働いていた山田は、その場を訪れた刑事に捕えられる。それを見た澄子は再び翻意して、山田の所に戻ることを決める。その時の気持ちを澄子は次のように述べている。

でも、何だか山田が可哀さうでなりませんの、――あの人はほんとに独りぼつちでございます、そしてみんなに欺されたのでございます。

私は今日まで山田の妻ではなかつたのです。今日からほんたうに山田の妻になつてやらなけりやなりません、どうか悪く思はないで（中略）山田は独りぼつちなのです、誰も今まで山田の事を思つてやる人はなかつたんです、あなた（筆者注――三好）の事は思つて居る者がありましたけれども、

ここで澄子は、山田の涙ながらに訴える哀れな姿、刑事に捕えられる惨めな姿を目の当たりにして、自分や三好よりも、山田こそが真に「可哀さう」な人間であるという感情を再び持つようになる。そのため、澄子の愛は、再び山田に向けられるようになり、山田の所へ戻る意志を固めるのである。

このように、澄子の山田に対する愛は、「可哀さう」という感情から生じている。澄子の行為は、全て「可哀さ

う」という感情に基づいてなされているのである。となると、三好に対する澄子の好意、あるいは、三好を頼りたいという澄子の思いもまた、この「可哀さう」という感情から生じていると見るべきである。そのことを念頭において、続いて、三好に対する澄子の感情を読み解いていく。

## 第3節

先述の通り、売春を行って金を稼ぐように山田に命じられたことに失望し、澄子が、山田の所から、三好の所へ逃げ込む場面がある。ここで、澄子は、三好を頼りたいという思いを強くするのであるが、その際にも、「可哀さう」という感情が深く関係している。三好の所に逃げ込んだ際、三好から、山田が「可哀さう」であるから山田を愛してやらなければならないと考えた嘗ての気持ちは、もう捨ててしまったのかと尋ねられた澄子は、次のように答えている。

可哀さうなのは山田よりも私でございます、どうか私を可哀さうだと思つて下さいまし、(中略)母には何も申しませんでしたけれど、山田は私に操を売つて金を儲けろと申すのでございます。(中略)数馬さん、何卒私を可哀さうだと思つて下さいまし、

澄子は、ここで、山田が「可哀さう」であるとする感情よりも、自分こそが「可哀さう」で惨めな存在であるという感情を強め、自らに同情するように三好に求めている。自らの置かれた状況の苦しさを痛感する気持ちが、山田への憐憫の情を超えた時、自分を愛してもらいたい、救ってもらいたいという欲求が澄子の中に生まれてきたの

である。澄子が三好との永遠の愛を誓う次のような発言をするのも、そのためである。

私を世間の冷たい人の眼から庇つて下さいまし、……今こそ私は、永久にあなたのものでございます、……私を信じてくださいまし、（I）

澄子がこのように述べるのは、もともと、三好に一定の好意を持っていたからであるに他ならない。しかし、「可哀さう」な自らを救ってもらいたいという感情がきっかけとなって深められた、三好に対する好意は、本来的に、三好その人に対する愛とは別の、自己憐憫に流されて生まれた移ろいやすい感情である。となると、山田が最も「可哀さう」であるという感情が再び生まれるや否や、三好に対するそのような好意が、山田に対する愛に容易に屈していくというのは自然の成り行きである。澄子が、この後、山田こそが誰よりも「可哀さう」であると思い直して、山田の所へ向かうのは、そのためである。

同様の経緯から三好を頼ろうとする澄子の姿は、別の場面からも確かめることができる。

**山田**　（泣いてゐる澄子を尻目にかけながら）なあに、此奴あ此くらゐな事をしてやつたつてい、んだが、――まあい、や、後でゆつくり話してやるから、貴様もその積りで考へて置けよ。

**秀子**　長いわねえ、何をいつ迄云つてゐるのよ。

**山田**　あはゝゝゝ、飛んだ所を御覧に入れたな、ぢや、出かけようか。

**秀子**　春ちゃん（筆者注――澄子のカフェーでの源氏名）、御免なさい、左様なら、――

**澄子**　（泣きながらばつたり地上に倒れる）……数馬さん、……私やつぱりあなたの物なんです、……数馬さ

ん、（Ⅱ）

この場面に至る話の展開を確認すると次のようになる。売春をして金を稼ぐように山田に命じられた澄子は、失望して一度は三好の所に戻りながら、結局は再び山田の所に向かい、山田に命じられた通り、カフェーで働きながら、密かに売春を行う。そして、その金を山田に貢ぐようになる。そうした折、山田は、今度は三好を淫売の客としてとるように澄子に命じる。三好が誠実に自分のことを愛してくれていることを誰よりもよく知る澄子は、三好に申し訳ないと思い、山田のその言葉にあくまでも抵抗する。しかし、山田は、自分の命令に従わせようと澄子を殴り続け、その後、愛人である秀子と共にその場を後にする。この場面では、こうした、澄子にとって実に悲惨な、理不尽極まりない状況が描かれている。「数馬さん、……私やつぱりあなたの物なんです」という言葉に示されているように、この場面でも、三好に愛を誓う澄子の感情が示されている。

では、澄子のこの感情は、何故に生まれるのか。ここで、（Ⅱ）の引用場面が、売春して金を稼ぐよう山田に命じられたことに失望した澄子が、三好の所へ逃げ込んだということを記した先述の（Ⅰ）の場面と状況的に類似しているという点に留意したい。特に、（Ⅰ）の傍線部の「今こそ私は、永久にあなたのものでございます」という発言と、（Ⅱ）の傍線部の「私やつぱりあなたの物なんです」という発言は共通していて、澄子が同じ感情に支配されていたと知ることができる。となると、（Ⅰ）と同様に、（Ⅱ）でもまた、澄子は、山田よりも自分こそが「可哀さう」で惨めな存在であると思うようになった結果、三好を頼りたいという感情を抱くようになったと考えてよいだろう。実際、（Ⅱ）においても、澄子は山田の非道な仕打ちに耐え切れなくなっていた。山田を「可哀さう」であるという気持ちは薄れ、自分こそが「可哀さう」で惨めな存在であるという感情に支配されたからこそ、三好に頼ろうとするのである。となると、ここでもまた、三好に対する好意は、自己憐憫に流されて深められたもので、山田に対する愛に容易に屈していく可能性を始めから持っていたといえるだろう。

このように、「情に脆い」澄子は、「可哀さう」な山田に愛を向けるとともに、その山田よりも自分が「可哀さう」であると感じた時に、三好を頼ろうとする。澄子が、山田と三好の両方に心惹かれていた理由、にもかかわらず、澄子の愛が、最終的には、三好ではなく、山田に向けられることになる理由は、ここにあるといえるだろう。

## 第4節

ただし、澄子が三好に心惹かれるのは、自分が「可哀さう」であるという感情に支配された時だけではない。そのことは、澄子が、再び三好のもとを離れて、山田の所へ行った後、久しぶりに三好と出会った場面から窺うことができる。三好は、久しぶりに会った澄子に対して、「離れて居ると云ふ事が少しもお互いを忘れさせる元にはならないで、却つてそれが二人の心をだん〳〵近く惹き寄せてしまふ。あなたも僕もそれをハッキリ感じて居るんです、――ねえ、澄子さん、あなたはさうでないと仰つしやるでせうか?」という言葉を投げかけるのであるが、それに対して、澄子は次のように答えている。

数馬さん、私あなたに、何も彼も隠す事は出来ないのでございます、うそをつく事は出来ないのでございます、けれどもそれを云ひましては、山田に済まないと存じますから、(Ⅲ)

先述の(Ⅰ)や(Ⅱ)の場面では、余りに理不尽な仕打ちを山田から受けた直後の澄子の感情が取り上げられていたのであるが、ここでは、そのような澄子の感情が取り上げられているわけではない。従って、ここでの澄子の言葉は、自己憐憫の感情に流されることによって深められた三好に対する先述の好意とは異なる感情から発せられたものである。澄子は、そのような好意とは別のところで、三好を忘れることができないという感情、三好に心惹かれていくという感情を持っていたといえる。

では、澄子のその感情は、何故に生まれるのだろうか。この場面における澄子の発言の真意は、この場面の直後に記された、三好が去った後の山田と澄子との次のようなやりとりの中から窺うことができる。

**山田** (前略)三好の奴あよつぽど変な野郎だな、女みたいにめそめそしやがつて、執念深くいつ迄でも絡み着いて居やがる。己アあんな奴は大嫌ひだ。
**澄子** だつて、あの人だつて可哀さうだとは思はなくつて?
**山田** そりや、お前は可哀さうだと思ふだらうさ、お前は義理があるだらうから。
**澄子** いやよ、その話は止して頂戴。
**山田** だが己は彼奴に義理なんか一つもねえんだ、彼奴よりも己の方がよつぽど可哀さうなんだ。
**澄子** ……(何事か気が咎めたらしく、頂垂れて沈黙する)
**山田** ねえ、さうだらう、それはお前にも分つて居るだらう。
**澄子** ……(微かにうなづく)
**山田** それが分つて居てくれりやあ、己は何も文句はねえのさ、――な、大丈夫だらうな、確かに分つて居るんだらうな。
**澄子** そりやあ分つて居ますけれど、……
**山田** 居ますけれど何んだと云ふんだ?

澄子　……たゞね、数馬さんがあゝして、いつ迄もあんな風にして居るのが、気の毒でならないの。今夜にしても会わない方がいゝと思つたんだけれど、顔を見たら何だか気の毒になつちまつて、帰つてくれなんて云ふ事は、とてもあたしには云へなくなつてしまつたわ。（Ⅳ）

この（Ⅳ）のやりとりを見てみると、澄子は、三好を裏切ってしまったことで、三好に「義理」があると感じていると分かる。そして、それでもなお三好が、変わらず自分のことを純粋に愛し続けてくれるので、そうした三好の姿を「可哀さう」であると思っている。このような澄子の感情が、（Ⅲ）に示した、三好のことを忘れられないという澄子の言葉の背景にあるだろう。ここまでに繰り返してきた通り、澄子は「可哀さう」であると感じる人間を、愛さずにはおれない気質を持った人物である。その澄子が「可哀さう」な境遇にいる三好を忘れることができないのは自然なことである。

しかしながら、ここで留意したいのは、（Ⅳ）のやりとりに示されている通り、澄子が、三好よりも山田のことを「可哀さう」であると感じているという点である。山田も三好も「可哀さう」であると感じられ、双方に心が揺れ動くとはいえ、山田を誰よりも「可哀さう」と思う感情は、最終的に揺らぐことがない。そのために、三好に心惹かれたとしても、その思いが、山田に対する愛を上回っていかないのである。

以上のことを踏まえて、澄子が、山田と三好の両方に心惹かれていた理由、澄子の愛が、最終的には、三好ではなく、山田に向けられた理由を整理して述べておきたい。まず、澄子は、極めて「情に脆い」「弱い」性質を持っていたので、「可哀さう」な山田を愛せずにはおれなかった。ただ、その「情に脆い」「弱い」性質のために、山田よりも自分が「可哀さう」であると感じられた時には、三好を頼りたいという思いを強くする。それと同時に、その性質のために、不幸な境遇にいる三好を思い浮かべては、「可哀さう」な三好を忘れることもできない。こうして、澄子は三好にも心惹かれていく。澄子が、山田と三好の両方に心惹かれていた理由は、ここにある。ただ、山田こそが最も「可哀さう」な存在であるという澄子の感情が、最終的には変化しないので、三好に心惹かれることはあっても、澄子の愛は山田に向かうことになるのである。従って、このように理解すると、〈一〉のように、澄子の真の愛は三好にあったと解釈すること、〈二〉のように、三好に心惹かれる澄子の感情を等閑に付すること、〈三〉のように、澄子の感情は「不透明」であった片付けてしまうことは、できないといえるだろう。山田と三好の両方に心惹かれていく澄子の中心にあったのは、「可哀さう」という感情であったのであり、その感情を踏まえることで、一見すると分かりにくい、澄子の感情や行為の意味はよりはっきりと見えてくるのである。

## 第5節

山田と三好の両方に心惹かれる澄子の感情に対して、このように、先行研究の〈一〉から〈三〉とは異なる読み方をするとなると、それに伴って、別れた後でも、澄子との愛は続いていると信じる三好の考え方に対する理解の仕方も、〈一〉から〈三〉とは必然的に異なるものとなる。そこで、〈一〉から〈三〉の理解がどのようなものであったのかを確認した上で、それに対する疑問を述べておく。〈一〉の場合、直接的な言及はないものの、理屈の上では、右の三好の考え方は、澄子との関係を正しく認識したものであったという理解の仕方であったはずである。(5) しかしながら、澄子は、三好に好意を持っていたとはいえ、先述の通り、その好意は、山田に対する愛を上回るほどに大きくはならないので、三好のその考え方は必ずしも澄子との関係を正しく認識したものであったとはいえない。右の三好の考え方に関する〈一〉の立場への疑問はここにある。また、〈二〉の場合、三好の考え方は単なるひとりよがりであったという理解の仕方であったはずである。実際、〈二〉では、三好について次のように述べている。

澄子について、「山田君も捨てられないが僕の事も忘れられない」とか、「僕と云うものがあればこそ、澄子さんも思い切って山田君を愛する心にもなれず」などという、一見思慮深そうな思い上がったセリフを、三好はしばしば口にしている。その気障さや甘えをぬけぬけと言って、羞じらう所のない男である。しかもそれが結局、皮肉にも澄子と売春的な肉体関係をもつにいたる喜劇的な役割を、演ずる羽目になるのである。

（野村尚吾前掲書）

この引用箇所の直前では、三好には「独善的で高慢な不遜さ」があるとして、谷崎は三好に対して「手厳しい批判をあびせている」とも記されている。(6) しかしながら、先述の通り、澄子には三好に心惹かれる感情も確かにあった。それ故、三好の考え方は、単に「独善的」と片付けられるものであったわけではない。右の三好の考え方に関する〈二〉の理解の仕方への疑問は、ここにある。また、〈三〉の場合、「三好の気持をまた澄子のほうでも理解し、であればこそ三好の意を体して山田を愛そうとしている、と三好は確信している。澄子の言動はそれを裏付けている様でもあり、ない様でもある」と指摘している。つまり、澄子との愛は続いているとする三好の「確信」を、「澄子の言動」が「裏付けている」のか否かよく分からないとしている。澄子の感情を「不透明」とする〈三〉からすれば、澄子の感情やその感情に基づく言動が、三好の右の「確信」にいかなる影響を与えたのかという点についても判然としないところがあるという立場をとっていたものと考えられる。しかし、澄子は、三好に対しても、紛れもなく好意を向けていたのであって、そのことを踏まえれば、三好の右の「確信」に、その澄子の好意を伴った言動が影響を与えていたと考えることはできるだろう。右の三好の考え方に関する〈三〉の理解の仕方への疑問は、ここにある。このような疑問が存在するので、澄子との愛は続いていると信じている三好の考え方の意味、澄子と三好との関係の意味を改めて読み解いていきたい。具体的にいえば、その三好の考え方は、澄子との関係を正しく認識したものではなかったけれど、しかし、単に「独善的」と片付けられるものであったわけでもないということを指摘しつつ、三好は、澄子に影響されて、否応なく澄子に振り回されていかざるを得ない状況にあったということを明らかにする。

澄子との愛は続いていると信じる三好の考え方は、必ずしも正しいわけではない。また、〈二〉で述べられる通り、その三好の考え方に、「独善的」な側面があったことも確かである。澄子が三好のもとを去って、山田の所へ行った時、澄子は自分を愛するが故に山田の所へ行ったのだと三好が思うのは、明らかに「独善的」な考え方である。しかし、そのことを前提としつつも、三好が当初のそうした考え方を以後も一貫して持ち続けることになったのは、自らに好意を示す澄子の態度に三好が接していたからである、という点を見落とすこともできない。その点が分かるいくつかの例を挙げてみる。まず、澄子は、最初に三好のもとを離れた後にも、三好に何度も手紙を出している。それは、澄子が三好と再会した時に、次のように三好に述べていることから分かる。

あんな手紙を度〳〵差し上げたり何かして申訳ございません。でも私は、ほんたうに、苦しかつたものですから、

澄子は、山田の所に行った後、自らの苦しさを何度も手紙で三好に訴えていた。加えて、これらの手紙には、三好のことを忘れることができない、という澄子の心境も記されていた。そのことは、澄子の兄であり、三好の友人でもある圭之助が、三好に対して次のように述べていることから知ることができる。

山田と別れないくらゐなら、なぜキッパリと君（筆者注――三好）を思ひ切らないのだ。（筆者注――澄子が）「心では君を忘れずに居る」と云つたつて、そんな事が何になるのだ。それは君に対しても山田に対しても悪い事だ。

ここで、澄子が「心では」三好のことを「忘れずに居る」と述べたことを、なぜ圭之助が知っているのかというと、それは澄子が実際に三好にそう述べて、それを三好が圭之助に伝えたからである、としか考えられない。澄子は三好のもとを離れた後でも、山田の所にいることが苦しいということ、離れていても三好のことを忘れられないということを三好に訴えていたのである。

三好は、澄子のこうした態度に接さなければ、右の「独善的」な考え方に固執し続けることはなかった。三好が次のように述べていることに、そのことは示されている。

なまじ僕の事なんか考へないで、きれいさつぱりとあきらめてくれたら、僕も今頃は疾うに忘れて居られたらうし、澄子さんだつてそんなに迄荒んでしまふ事はなかつただらう。

自らのことを思う澄子の態度に接さなければ、澄子のことを「今頃は疾うに忘れて居られた」と考える三好の心境がここでは記されている。三好は、澄子と接する中で、澄子は内心では自分のことを愛してくれている、という当初の考え方の正しさを確認していく。その結果、澄子を忘れることができず、一層のめり込んでいくのである。同様のことは、以後の展開でも記されている。例えば、澄子が二度目に三好のもとを離れた際も、あなたのことを忘れられない、せめてお互いに死ぬ時くらいは顔を見たいという内容を持つ手紙を、三好は澄子から受け取っている。こうした手紙を受け取れば、三好でなくとも、澄子の愛は自らにあると感じるに違いない。さらに、決定的であるのは、澄子が三好と肉体関係を持つに至ったことである。勿論、これは山田に命じられて、三好から金を巻き上げるためになされた行為であることが後に判明する。しかし、三好は当然そのことを知らないのであるから、澄子と肉体関係を持つに至って、澄子は自分のことを愛してくれているということをさらに確信したに違いない。

従って、三好が澄子との愛は続いていると信じるのは、澄子からの影響が大きかったということが見えてくる。澄子は、三好に好意を持っていたものの、澄子の愛が本質的に三好に向かうことはない。一方、三好は、自らに好意を示す澄子の感情に接することによって、澄子との愛は続いているという自らの考え方の正しさを確認するものの、澄子の愛が本質的に自らに向かうことはないということを知ることができない。三好と澄子のこうした関係を踏まえると、澄子との愛は続いていると信じる三好の考え方を、〈一〉の立場の如く、正当なものと見ることも、〈二〉の如く、全くの「独善的」なものと理解することもできないといえるし、〈三〉の如く、澄子の言動が三好のその考え方に影響を与えたのか否かは判然としない、と考える必要もないだろう。澄子との愛は続いているとする三好の考え方は、自らに好意を示す澄子の態度に三好がしばしば接していたが故にもたらされた、やむを得ない誤解であったと見るべきである。ただ、やむを得ない誤解であるとはいえ、三好と澄子がこのような関係にある以上、三好が最後に決定的に裏切られるという結末は、全くもって当然の成り行きであった。

## 第6節

三幕目に入るまでは、澄子と三好と山田の三角関係は、危うい均衡を保ったまま、何とか破綻せずにいた。ところが、三幕目に至ってその均衡は破れ、三好が裏切られる形で結末を迎える。その要因は、先述の通り、澄子と肉体関係を持った三好が、澄子を返して欲しいと山田の所に頼みに行ったことにある。それにしても、今まで、山田を愛そうと努める澄子の姿を見守ることに留まっていた三好が、ここに至って何故にこうした行為に踏み切ったのであろうか。その点については、山田に対する三好の次のような言葉から知ることができる。

どんな理由があつたにせよ、自分が愛して居るものを人に譲つたと云ふ事が悪かつたんです。(中略)僕はあなたを悪人だから可哀さうだ、不仕合はせだと云つてしまつて、その実自分も可哀さうな人間なのを忘れて居ました。(中略)僕は自分と云ふものを余り買ひ被り過ぎてゐました、人を憐れむ余裕もないのに、生意気にもあなたを憐れまうとしました。(V)

三好はこれまで、山田を「可哀さう」であると感じる澄子の優しい「性質に同化」して、澄子と共に山田を「憐れ」み、その中で苦しみや悲しみを二人で共有しようと考えていた。そのことによって、やがて二人の間に真の愛が成り立つと信じていた。しかし、ここに至って、現在の自分は、山田に劣らず、救いを必要とする「可哀さう」な人間であると感じるようになる。それは、澄子と肉体関係を持ったことで、澄子が自分の傍にいないのはいかに不幸なことであるのかということを改めて痛感したためである。その結果、三好は、「山田君、どうか僕等を哀れんで下さい、(中略)僕等の苦しみを察して下さい」と訴えて、澄子を返して欲しいと山田に要求することになる。

もっとも、こうした三好の感情は、この場面で突如として芽生えたわけではなく、これより以前にその予兆はあった。澄子が二度目に三好のもとを去った後、三好は澄子に次のような心境を語っていた。

山田君にしたつて、何もあなたの同情を買はうとか僕を負かさうと云ふ積りで、殊更悪人になつて居るのぢやないんだし、あゝ云ふ生れつきなんだと思へば、そりやほんたうに可哀さうです。あなたがあの人を見捨てゝ、自分ひとり善人になる訳に行かないと仰つしやるのは、そりやほんたうに無理もありません。（中略）山田君も可哀さうだし、あなたも可哀さうだし、そして僕だつて可哀さうだ、誰一人可哀さうでない者はないんだ。

三好はこの時既に、澄子や山田と同じく自分も「可哀さう」な状況にある、と感じていた。それは、「多勢の味方」に見放され、おまけに澄子も傍にいないということを寂しく感じていたからである。澄子と肉体関係を持ち、その寂しさを一層身に沁みて感じるようになることで、自らを「可哀さう」と思う三好の感情は強められ、三好を行動に駆り立てるまでに至るのである。

ところで、（V）の言葉に見られる、三好の感情の動き方や行動の仕方は、澄子のそれと全くもって等しい。澄子は嘗て、山田の所から三好のもとへ逃げ出した時、次のように三好に語っていた。

もう私の愛の力ではとても山田を救ふことは出来ません、私こそ救つて貰はなけりやなりません、私は弱い者なのでございます、人を憐れむ余裕はないのでございます、

この直前には、先述の通り、「可哀さうなのは山田よりも私でございます」、「何卒私を可哀さうだと思つて下さいまし」とも澄子は訴えている。山田を「憐れ」み、救おうとしながら、自らの不幸に耐え難くなった時、自分には「人を憐れむ余裕はない」と感じ、自分の方こそ救ってもらいたいと人に縋り付くという感情の動き方や行動の仕方は、澄子と三好とで共通している。

このことは、例えば、次のように、澄子も三好もともに「弱い」人間であると作品の中で繰り返し強調されていることと関係しているだろう。

**三好** （前略）ほんたうに僕は相手が悪かつたんだよ。相手が澄子さんでなければ、もつとシツカリした強い女なら、僕も斯うまで女々しい男にならなかつたんだらうけれど、――

**圭之助** ぢや、君も澄子の感化を受けたと云ふ訳だね。

**三好** 感化を受けたのか、或はもと〳〵さう云ふ性質があつたので、それで澄子さんが好きになつたのか、まあどつちだか分からないが、（以下略）

三好は、澄子に影響を受けて「弱い」気質になったのか、もしくは、澄子と同じ「弱い」気質を持っていたので澄子を愛するようになったのか、どちらかであると述べている。澄子を愛する三好は、正に澄子の「性質に同化」していたわけである。その結果、澄子が、自らの不幸に耐え切れなくなり、山田よりも自分が「可哀さう」な存在である、自分こそが救われたいと訴えたのと同じように、三好もまた、自らの不幸に耐え切れなくなった時、同様の感情を持ち、同様の行為に出ることになる。しかしながら、澄子が、三好を頼ることができたのとは異なり、澄子と山田が切り離し難く結び付いた中にあって、三好が、結局のところ誰を頼ることもできないのは明らかである。澄子の「性質に同化」していた三好は、澄子と同様の感情の動き方や行為の仕方を自ずからすることになったのであるが、皮肉にも、そのために、澄子や山田に欺かれていたという現実を突きつけられることになったのである。

## 第7節

この作品を以上のように読んでみると、登場人物の感情と行為の関係や、ある登場人物が別の登場人物に及ぼす影響のあり方や、その影響によってもたらされる作品の展開は、従来、考えられていた以上に、緊密に仕組まれていたということに気付く。なるほど、澄子が山田と三好の両方に心惹かれる理由、にもかかわらず、最終的には、澄子が三好ではなく、山田に従っていく理由、離れた後でも澄子との愛は続いていると三好が考え続ける理由、そのように考え続けていたにもかかわらず、三好が澄子を山田から取り返そうとする行為に踏み出した理由は、一見すると分かりにくいものであったのかも知れない。しかし、この作品をよく読めば、その理由は全て、登場人物の「可哀さう」という感情によるものとされていたのであって、右の「関係」や「影響のあり方」や「展開」は、この「可哀さう」というキーワードに着目すれば、必然性を持つものであったということが分かるのである。

しかも、澄子に対する三好の一途な愛と山田の極悪な行為とが強調されているために、読者は、山田が最後には敗北すること、三好と澄子の愛が最後には成就することを心の中で期待しながら、興味深く展開を追いかけていくことになるだろう。この作品は、そのように巧みに作り込まれているのである。そのため、三好が初めて事の真相を知り、山田に打ち負かされるという結末は、劇的な効果を生むことになる。ということは、つまり、この作品では、過激な内容を持った結末の劇的な効果を狙い、それまでの展開に相応の必然性を持たせつつ、緻密に作り上げられていたということである。谷崎は、読者を巧みに引き込む構成的な作品の形成を意図していたと考えられるのである。

こうした意図は、この作品と比較的近い時期に記された前掲の「芸術一家言」の、第1章第4節で引用した、作品の「完全なる組み立て」の意義を述べた主張と重なっているだろう。勿論、「愛すればこそ」が、実際にこの「完全なる組み立て」を備えていたというのではない。そのことは、「『愛すればこそ』の上演」（大12・3『新演芸』）というエッセーにおいて、三幕からなるこの作品の「序幕は、だら〳〵長くなつてしま」ったと谷崎自身が反省の言葉を口にしていることからも窺うことができる。ただ、こうした反省の言葉からは、かえって、この作品が、無駄の少ない緊密な「組み立て」を必要としていたということを読み取ることができるだろう。この作品の実際の出来映えはどうあれ、「芸術一家言」の右の主張と重なり合う、読者を巧みに引き込む構成的な要素を持った作品に仕立て上げようとする意図があったことは、ここまで論じてきたような形でこの作品の展開を辿ってくれば、確かであるといえるだろう。

それにしても、「愛すればこそ」のような作品をこの時期に形成した背後には何があったのか。そのことを知るために、谷崎が当時の実生活で抱えていた問題について言及しておきたい。その問題とは、谷崎とその妻である千代と親友であった佐藤春夫との間で生じた三角関係である。もともと、谷崎と春夫の交流は、大正八年に谷崎が本郷曙町に居を移して以降、二日に一度の割合で足繁く往来するほどに、親密なものとなっていた。谷崎は、年少ながら、春夫の芸術的資質や理解力の広さに敬服し、格別の好意を持っていたし、春夫も、自らの文壇デビューを後押ししてくれた、先輩作家である谷崎に敬意と親愛の情を持っていた。この両者の関係に決定的な亀裂を生じさせたのは、右の三角関係である。この三角関係は深刻なダメージを谷崎と春夫に与え、両者は、大正十年に絶交するに至る。この三角関係と絶交とを含めた一連の出来事は、小田原事件と呼ばれている。

この小田原事件についてもう少し詳しく触れておくと、谷崎は、妻である千代を生理的に愛することができず、千代を蔑ろにしていた。そのことを目の当たりにした春夫は、千代に対する同情心を強くするとともに、千代の可憐にして愛すべき性質に惹かれるようになっていた。そのこと知った谷崎は、千代を譲るので千代と結婚して欲しいと春夫に持ちかけた。同時に、自らは千代の妹であるせい子との恋愛生活に入ろうとしていた。しかし、そのように話が纏まりかけた時、谷崎は突如として翻意して、千代を手放さないと言い出したので、春夫は激怒し、谷崎と絶交すると宣言したのである。

谷崎が春夫に千代を譲ると提案した理由、にもかかわらず、その提案を覆した理由については、谷崎自身が、後年「佐藤春夫に与へて過去半生を語る書」（昭6・11〜12『中央公論』、以下「佐藤春夫に与へて」と略称する）というエッセーの中で言及している。まず、前者の理由については「彼女が愛情に値する女であるのを知りながら、自分ではどうしても愛し切れないのが悲しかつたのだ」、「彼女そのものが可哀さうでならず、何とかして幸福にしてやりたいと云ふ念願があつたからだ」と述べている。また、後者の理由については、自らの中には千代に対する情愛があったにもかかわらず、「ひたすら彼女を追ひ出しにかかつてゐるやうに解されてゐるのを発見」してしまい、そのために「僕の強がりはポツキリ折れたのだ」と述べている。随分と身勝手な理屈であり、また、後年の回想にしばしば見られるきれいごとが多分に紛れ込んでいるとも受け取れるが、それでも、三角関係がもたらす感傷的な気分が、当時の谷崎の中にあったということを知ることはできる。実際、そのことは、「僕が彼女（筆者注——千代）と云ふものを想ひ浮かべる時は、そのうしろに影の形に添ふ如くいつも君（筆者注——春夫）の姿があつた。彼女を哀れと思ふ時は必ず君をも哀れと思ひ、さうしてそれが又自分自身を哀れにさせた」（前掲の「佐藤春夫に与へて」）という記述からも確かめることができる。

では、三角関係がもたらすこのような「哀れ」な感情は、当時の谷崎作品にどのような影響をもたらしたのであろうか。端的にいえば、当時の谷崎作品では、その「哀れ」な感情を素材として取り上げることは多かったにせよ、そこでは、その感情を、あるがままの形で、つまり、登場人物が抱く、現実味のある感情として描き出すことはなく、むしろ、主人公の非道な仕打ちばかりが主として強調されている。[7] それは、「哀れ」な感情に流された作品にしてしまうことは、作品を貧弱にするという思いが谷崎にあったからである。小田原事件当時のことを直接に念頭に置いているわけではないものの、千代の「奏でる悲しい音楽が、——実にたわいもなく単純なくせに、へんに涙を催させるその調べが——甚だ禁物だつた」（前掲の「佐藤春夫に与へて」）などという感想を見るだけでも、そうした谷崎の思いを知ることはできる。谷崎は、自分に「センチメンタル」な側面があることを自覚し、「哀れ」な感情に支配されそうになることを痛感するが故になおのこと、それを嫌悪し、作品を一層あくどく飾り立てようとしていた。小田原事件を素材にする以上、この「哀れ」な感情が作品に取り込まれることは必然であるのかも知れないが、谷崎は、その種の感情を俗悪に彩っていくのである。

「愛すればこそ」もまた、正しく「その種の感情を俗悪に彩っ」た作品であったと考えてよい。そのことを理解するために、まず、この作品が小田原事件を素材にしていることを念のため確認するならば、小田原事件からの逸脱は大きく、虚構化の意図は明確であるもの[8]の、次の二点を根拠にすれば、小田原事件を素材にしていることは疑いようがない。すなわち、小田原事件と同じく、山田と三好と澄子という三角関係に焦点が当てられているという点、この作品の発表の年が、小田原事件とほぼ同じ大正十年から十一年の時期であったという点である。具体的にいえば、山田は谷崎を、澄子は千代を、三好は春夫をモデルとしていると考えて間違いはない。山田と澄子の結び付きが最後に確認され、三好が二人のもとから去って行くというこの作品の設定は、谷崎と千代の夫婦関係が確認され、春夫が谷崎夫婦の前から姿を消すという状況を踏まえて作られたものであった。ここから、この作品の核となる要素であった、登場人物の「可哀さう」という感情もまた、当時の谷崎の中にあった「哀れ」な感情の投影であるということを、改めて確かめることができる。この作品では、登場人物の異常な心理や、それに伴う過激な行為が、執拗に描き出されているのであるが、小田原事件当時の谷崎が抱いていた「哀れ」な感情の痕跡は、紛れもなくそこに存在していたのである。

しかしながら、その一方で、登場人物の「可哀さう」という感情やその感情に基づく行為は、決して、感傷的な気分に読者を誘うものとしては描かれていない、ということもまた確かである。「可哀さう」という感情は、あくまでも、三好と澄子を愛の泥沼の中に引きずり込むための材料として、あるいは、「可哀さう」な悪人である山田の勝利を導くための材料として、作品を盛り上げるために利用されていく。つまり、その「可哀さう」という感情は、どぎつい場面の演出を強調する役割や、作品の緊密な組み立てを支える道具としての役割を主として担っていくのである。

「愛すればこそ」執筆当時の谷崎は、小田原事件を経験して、「哀れ」な感情を抱くことが多かったのであるが、その感情に流されて、「センチメンタル」な作品ばかりを作るようになるという状況だけは何としても避けたかった。「愛すればこそ」において、その「哀れ」な感情を、登場人物の「可哀さう」という感情として利用しつつ、右のような役割を担わせて作品化していったのは、その「何としても避けたかった」という谷崎の姿勢のあらわれであるといえるだろう。先述の通り、「愛すればこそ」は、谷崎の「最初のベストセラー」である『愛すればこそ』の中心となる作品であった。自らの創作活動を阻害しかねない「哀れ」な感情に囚われそうになったとしても、それを逆手にとって、その感情を、作品の展開構成の核となるものとして利用しつつ、それによって、読者を強烈に引き込む力を持った、灰汁の強い作品を完成させていく。「愛すればこそ」は、逆境をも創作活動の糧にしていく谷崎の図太い作家魂を存分に伝えてくれる、いかにも谷崎らしい作品であったといえるだろう。

**注**

（1）　遠藤郁子前掲論文参照。

（2）　永栄啓伸『谷崎潤一郎論――伏流する物語』（平4・6、双文社出版）「〈千代〉を考える――谷崎文学と小田原事件――」では、澄子は「三好に背き（あるいは自己に背き）悪人の山田の虐待に耐え忍びながら、山田を愛してゆこうと努力」していたと述べられている。澄子は、三好を愛する自らの心に背き、山田を愛そうと努力していたという解釈である。また、和田康一郎「『愛すればこそ』を読み解くために――登場人物像に関するノート――」（平5・11『稿本近代文学』）でも、「明らかに澄子の真の愛は、三好にあるのだ。山田への憐みから、山田を愛そうと意志する自らの気質を捨て去れないだけなのである」と指摘されている。

（3）野村尚吾『谷崎潤一郎の作品』（昭49・11、六興出版）の「夫婦における愛の構造」では、山田に対する澄子の愛を踏まえて、澄子は「徹底した破倫の中に求道的な気持ちを失わずにいる献身的な女性で」あり、「あらゆる汚辱の中に清げに咲く花を思わすものがある」と指摘されているものの、澄子が三好に心惹かれているという点については全く言及していない。

（4）三上公子「谷崎潤一郎ノート――小田原事件前後――」（昭58・10『目白近代文学』）では、「セリフを通してしか心理描写されない戯曲体の中では澄子の心理は不透明なままに置かれ、二人の男が彼女の心を同時に領していることだけが明らかにされている」と指摘されている。

（5）ただし、〈一〉では、その点についてはっきりと言及されているわけではない。

（6）同様の解釈としては、笠原伸夫『谷崎潤一郎 宿命のエロス』（昭55・6、冬樹社）の第Ⅴ章「小田原事件前後（二）」がある。この論文でも、三好は「善ゆえの間抜けぶりがあらわである」と指摘され、その点のみが強調されている。

（7）例えば、妻を別の男に譲ろうとする主人公の心理をあくどく描いた作品としては「愛なき人々」（大12・1『改造』）や「神と人との間」（大12・1〜5、7、8、大13・1〜4、9〜12『婦人公論』）がある。また、小田原事件とは直接に関係しないものの、妻を殺し、愛人との愛欲生活を求めようとする主人公の心理を描いた作品としては、「呪はれた戯曲」（大8・5『中央公論』）や「途上」（大9・1『改造』）がある。これらの作品では、主人公は、妻に対して「哀れ」な感情を抱くこともあるが、「愛すればこそ」の場合と同じく、基本的には、妻に対する非道な仕打ちが強調されている。

（8）例えば、小田原事件では、谷崎が春夫に千代を譲ろうとしたのであるが、「愛すればこそ」では、春夫をモデルにした三好が、谷崎をモデルにした山田に、澄子を譲っている。この点は、小田原事件とこの作品の大きな違いである。

# 第4章

# 芥川「奉教人の死」の方法

## 第1節

芥川の作品には、登場人物の、咄嗟に沸き起こる感情に導かれた無我夢中の行為や、あるいは、一瞬の輝きを放つ光景というものを重要なテーマとして取り上げたものが非常に多い。例えば、「羅生門」（大4・11『帝国文学』）では、盗人になるのか、餓死するのかに迷い、行為する「勇気」を持てずにいた下人が、最後には、その場の感情に身を任せ、老婆から衣服を剝ぎ取り、逃げ去っていくところが描かれていたり、「偸盗」（大6・4、7『中央公論』）では、弟の次郎が野犬の群れに囲まれて殺されそうになったのを見て、咄嗟に駆け戻り、救出する兄の太郎の姿が描かれている。また、「戯作三昧」（大6・10・20～11・4『大阪毎日新聞』）では、創作に不安を抱えていた馬琴が、『八犬伝』を執筆していたふとした時に、現世の一切から解放された「恍惚たる悲壮の感激」に支配されるようになるところが描かれているし、「地獄変」（大7・5・1～22『大阪毎日新聞』、大7・5・2～22『東京日日新聞』）では、地獄変を完成させるために、自らの娘の焼け死ぬ姿を凝視していた良秀の心持ちが、道徳的苦痛から芸術的歓喜に瞬間的に変わっていくところが描かれている。あるいは、「奉教人の死」（大7・9『三田文学』）では、ろおれんぞが、火の中に取り残された傘張の娘の赤児を、咄嗟に火の中に飛び込み、自らの命を犠牲にして救出するところが描かれているし、「蜜柑」（大8・5『新潮』）では、汽車に乗っていた「小娘」が、見送りに来てくれていた弟たちに、走り去る汽車の窓から、五六個の蜜柑を投げ与える場面を取り上げつつ、その瞬間の色鮮やかな光景に対する感動を描き出している。また、「疑惑」（大8・7『中央公論』）では、中村玄道が、大震災の時に、家の梁の下敷きになり、身動きが取れなくなった妻を、得体の知れない感情に支配されて、無我夢中のまま突発的に殺害してしまうところが描かれているし、「お富の貞操」（大11・5、9『改造』）では、猫を助けるという些細な理由のために、新公に自らの貞操を差し出そうとする、後から振り返ってもその動機を説明することのできないような、衝動的な感情に身を任せて行為するお富の姿が描かれている。細かく見ればさらに列挙することはできるが、ひとまず、先述のような行為や光景を好んで取り上げる傾向が芥川作品にあるということを、これらから知ることができるだろう。

　では、芥川作品がこうした傾向を有しているのは何故であるのか。この点についていえば、それは、右の劇的な行為や光景の中に、芥川が「表現」を見出していたからではないだろうか。そのことは、前掲の「文芸雑感」というエッセーによって確かめることができる。第1章第5節で言及した通り、このエッセーで、芥川は、「今日の文壇では、相当の作家なり、批評家なりが芸術は表現であると申すやうになりました」と現状分析をしつつ、その一つの例として、菊池寛と里見弴が大正十一年に行った「内容的価値」論争を取り上げている。その上で、菊池の主張に疑問を呈している。菊池の主張は、文学作品には「胸を打つ所」が必要であり、その「胸を打つ所」とは、「芸術的価値」＝「表現」の価値とは別の次元にある「内容的価値」であると述べたものである。それに対して、芥川は、自分もまた「文芸の作品の中には、何か胸を打つ所が欲しい」と菊池に同意しつつ、その一方で、次のように異を唱えてもいる。

（略）芸術は表現であります。芸術から表現を取去つては芸術は成立たないでありませう。表現を失つては芸術にならないことは事実である、それは確かでありませう。しかし何もさうだからと云つて吾々の胸を打つ、例へば人道的感激、さう云ふものが芸術の価値標準以外にあると云ふことにはならない、芸術は表現であるとすれば、表現のある所に芸術ありと言つても差支ない筈であります。／例を言へばはつきり分りますが、例へば往来で子供が電車に轢かれやうとした、其場合に一人の労働者が身を挺してこれを救つた。其場合に吾々が感激を受ける、道徳的にも其他色々な立場から批判されるでありませうけれども。同時に又子供が電車に轢かれやうとした、身を挺して其子供を救つた労働者、其瞬間の光景、それは芸術的ではないでせうか。更に一例を引けば、茲に何かのプロパガンダの為の演説会があつて、演説家が侃々諤々の弁を揮つて聴衆を感動さしたとします、この感動を与へたものは論旨のみではありますまい、演説者自身の声とか、言葉とかヂエステユアとか、一言に云へば表現にもよるのでせう。すると其処にも芸術的意味を含んで居るとは言はれないでせうか。

ここでは、「表現」についての二つの例が紹介されている。まず、労働者が子供を救出する例の場合、労働者の行為は、本能的になされたものであり、その行為に至る感情や動機は、単純に説明することなどできないものである。同時に、その行為は、その時、その場所で、その人間によって初めてなされ得る固有の力を備えている。続いて、感動的な演説を行う演説者の例の場合、懸命に演説をする演説者の「声とか、言葉とかヂエステユア」もまた、それらが、その時そのような形で何故に表出されたのかということを単純に説明することなどできないものである。同時に、その「声とか、言葉とかヂエステユア」は他の演説者とは自ずから相違するこの演説者に固有の力を備えている。芥川は、このように、感情や動機や意味などを単純に説明することのできない劇的な行為や光景、言い換えれば、未だ定かではない感情や動機や意味などの真の姿や形を示してくれる、固有の力を備えた劇的な行為や光景を例示しつつ、そこに「表現」があると考えている。こうした考え方を見れば、先述のような劇的な行為や光景を好んで描き出す傾向が芥川にあったのは、そこに「表現」があると感じていたからであると理解することができる。[1]

第1章で論じた通り、芥川は「芸術は表現である」という説を盛んに唱えていたのであるが、その際、「思想」や「情緒」等の内面は、「表現」される以前は、「渾沌」としたものであるに過ぎず、「表現」によって初めてその存在が認められるという考え方を述べていた。作家が考え抜いた固有の言葉による「表現」は、「渾沌」とした内面の状態に形を与えてくれるものであり、かつ、その状態の真の姿を示してくれるものであると主張していたのである。となると、この主張は、「未だ定かではない感情や動機や意味などの真の姿や形を示してくれる、固有の力を備えた劇的な行為や光景」に着目しつつ、そこに「表現」を見出していた先述の考え方と一繫がりのものであったといえる。(2)「表現」とは、本来的に、言葉だけではなく、表情や身振りや動作などの様々な姿や形によって何かを表し示していくことを意味しているので、そのことにも留意すれば、芥川がその劇的な行為や光景に「表現」があると感じていたとしても、何の不思議もない。先述のような劇的な行為や光景を好んで取り上げる傾向が芥川にあるのは、「表現」に対する芥川の関心に基づいていたとやはりいえるのである。

しかしながら、こうした劇的な行為や光景を作品の中に「表現」していくことは、実際には容易なことではなかったと予測される。というのも、その劇的な行為や光景を読者に強く訴えようとすることに囚われ過ぎると、筋の立て方が不自然であると受け取られたり、その行為や光景それ自体が嘘くさいと受け取られたりする可能性が生まれてくるからである。劇的な行為や光景を読者に強く訴えつつ、そのように受け取られることのない作品に仕上げていくという、一筋縄ではいかない困難が存在していたのではないだろうか。

では、芥川は、こうした困難を、どのような工夫によって乗り越えようとしていたのであろうか。この問いについていえば、劇的な行為や光景を取り上げた各々の作品の中で様々な工夫が施されているはずであるので、一概に答えることは難しいだろう。換言すれば、各々の作品を取り上げて一つ一つ考えていくより他に方法はないだろう。そこで、その劇的な行為や光景を最も力を込めて「表現」しようとしていると筆者に感じられる作品、それに伴って、右の工夫が丹念に施されていると筆者に感じられる作品を取り上げて、先の問いに対する一つの答えを用意したい。その作品とは、前掲の「奉教人の死」である。何故に「奉教人の死」がそのような作品に該当するといえるのかというと、「奉教人の死」は、「文芸雑感」において、芥川が「表現」があると言及した「子供が電車に轢かれやうとした、其場合に一人の労働者が身を挺してこれを救つた」という場面とよく似た場面を、作品が最も盛り上がる山場で採用しているからである。それと同時に、それに伴って、先述の工夫も丁寧に施されていると見えるからでもある。そこで、この「奉教人の死」を取り上げ、その工夫がどのように施されているのかを確かめるとともに、そこから浮かび上がってくる問題を考えてみる。その上で、読者を引き込む筋の面白さに対して、芥川がいかなる考え方を持っていたのかという点についても論及していきたい。

## 第2節

「奉教人の死」は、一章と二章の二つの章から成り立っていて、一章では、主人公であるろおれんぞが、長崎の教会さんた・るちあの門前に倒れていたところから始まり、ろおれんぞが自らの命を犠牲にして赤児を救出するまでの経緯を記している。二章では、その一章の話が、慶長二年に「鏤刻」された長崎耶蘇会出版「れげんだ・おうれあ」に拠るものであるということ、その話を同時代の読者に紹介したのがこの「奉教人の死」であるということを、語り手である「予」が書き記している。つまり、「奉教人の死」には、二人の語り手が存在する。一人は、慶長二年に「鏤刻」された「れげんだ・おうれあ」の語り手、つまり、「れげんだ・おうれあ」の内容を、慶長二年頃の読者に向けて語る語り手で、もう一人は、その「れげんだ・おうれあ」の内容を、「奉教人の死」発表当時の読者に向けて紹介する語り手である。前者の語り手が「奉教人の死」の一章の語り手で、後者の語り手が「奉教人の死」の二章の語り手である（筆者注――以下、前者の語り手を一章の語り手、後者の語り手を二章の語り手と呼ぶ）。「奉教人の死」は、このように、二人の語り手を設定した、複雑な構成を持った作品となっている。ちなみに、ここでいう「れげんだ・おうれあ」は、芥川による架空の書物である。(3)

『芥川龍之介全作品事典』（平12・6、勉誠出版）を参考にして、あらすじを紹介すると以下の通りである。――ろおれんぞは、餓死寸前で、ある年の降誕祭の夜、長崎の教会さんた・るちあの門前に倒れていた。その教会の伴天連たちの手によって育てられる。天使の生まれ変わりのような美少年であった。成人式を迎える頃、教会に通う傘張の娘と艶書を取り交わしているなどと怪しげな噂がろおれんぞに立った。その後、傘張の娘が懐妊した。傘張の娘は、自分を懐妊させた相手はろおれんぞであると告げた。邪淫の戒を破ったろおれんぞの罪は決して許されるものではなく、その日のうちに、伴天連を始め、「いるまん」衆一同の話し合いによって、ろおれんぞは教会を追放されることになった。追放されたろおれんぞは、非人小屋で生活しつつも、信仰は捨てなかった。そんな折、長崎の町に大火が起きた。その際、ろおれんぞの種といわれる傘張の娘の赤児が火の中に取り残された。そこに、ろおれんぞが現れ、火の中に飛び込み赤児を助ける。しかし、ろおれんぞ自身は火傷を負い、瀕死の状態で救助される。その姿を見て、傘張の娘が、自分を懐妊させたのはろおれんぞではない、自分は隣の異教徒の男と密通してこの子を宿したのだと、涙ながらに懺悔した。何故にろおれんぞに無実の罪を着せたのかというと、ろおれんぞに思いを寄せていたけれど、ろおれんぞが冷淡であり、ろおれんぞを恨んでいたからであると説明した。ろおれんぞの潔白は、ここで証明されることになる。ろおれんぞは、自らに無実の罪を着せた傘張の娘の赤児を、自らの命を犠牲にして救出したということが、ここで初めて明らかになった。しかも、その後、ろおれんぞの焼けただれた衣から二つの乳房が現れていたことに周りの人々は気付くようになる。誰からも男と思われていたろおれんぞは、実際には女であった。以上が一章の内容である。続いて、二章では、「予」が登場し、この話は、長崎耶蘇会出版の「れげんだ・おうれあ」のある章を採録したものであると明かしている。――このあらすじに示されている通り、この作品の山場は、主人公であるろおれんぞが、傘張の女によって無実の罪を着せられていたにもかかわらず、その女の赤児が火の中に取り残された時、火の中に飛び込み、我が身を犠牲にしてその赤児を救出した場面、もしくは、それに続く場面である。

この赤児を救出するろれんぞの行為や光景は、先述の「未だ定かではない感情や動機や意味などの真の姿や形を示してくれる、固有の力を備えた劇的な行為や光景」と呼ぶに相応しいものである。そのことは、一章の語り手が、赤児を救出して自らは命を落とすことになったろおれんぞの最期に対して、次のような評価を与えて一章の「れげんだ・おうれあ」を締めくくっている、という点によく示されている。

その女の一生は、この外に何一つ、知られなんだげに聞き及んだ。なれどそれが、何事でござらうぞ。なべて人の世の尊さは、何ものにも換へ難い、刹那の感動に極るものぢや。暗夜の海にも讐へようず煩悩心の空に一波をあげて、未出ぬ月の光を、水沫の中へ捕へてこそ、生きて甲斐ある命とも申さうず。されば「ろおれんぞ」が最後を知るものは、「ろおれんぞ」の一生を知るものではござるまいか。

ここでは、ろおれんぞの「最後」は、ろおれんぞの全人生と等価であるとされている。同時に、ろおれんぞのその他の人生はよく知られていないとも述べている。そのため、ろおれんぞが、どういう人生を送り、どういう性質を有していたから、かくも、奇跡的な「最後」を迎えることになったのかははっきりとしない。ただ、ろおれんぞの「最後」によって初めて、曖昧であったろおれんぞの一生を把握することができるということがここで強調されている。その意味で、曖昧であったろおれんぞの一生の真の姿を伝えてくれる、固有の力を備えた行為や光景の価値が提示されていたといえる。となると、「文芸雑感」において、芥川が「表現」があると言及した「子供が電車に轢かれやうとした、其場合に一人の労働者が身を挺してこれを救つた」という場面と、ろおれんぞの「最後」に関わるこの場面とが類似していることも考え併せれば、これは、芥川の「表現」に対する関心に基づく描写であったと理解してよいだろう。

ところで、一章の語り手は、「れげんだ・おうれあ」に記された内容の情報を全て知った上で、その内容を語っている。つまり、この語り手は、「れげんだ・おうれあ」の内容を書き記す最初の段階で既に、ろおれんぞが実際には女であるということを知っていた。にもかかわらず、この語り手は、ろおれんぞが実際には女であるという事実を隠しながら語りつつ、「最後」の場面に至って初めてその事実を明らかにするというどんでん返しの方法を用いていた。では、一章の語り手は、何故にこうしたどんでん返しの方法を用いたのであろうか。この点について、筆者の解釈(4)を述べておけば、それは、一章の語り手が、「『ろおれんぞ』が最後を知るものは、『ろおれんぞ』の一生を知る」ということを、是が非でも読者に印象付けたかったからであると考えられる。そのことを、もう少し具体的に述べてみたい。まず、右のどんでん返しの方法が、どのような効果を読者に与えるものであったのかを考えてみると、この方法は、ろおれんぞは女であったという予想外の事実を突きつけ、読者を驚かせる効果を持っている。同時に、その驚きが強い分なおのこと、では、何故にろおれんぞはこれまで男であると装っていたのか、これまでろおれんぞはどのような人生を歩んできたのかという疑問をその直後に読者に呼び起こす効果も持っているだろう。となると、一章の語り手は、読者の疑問をこのように呼び起こすことを見越した上で、その直後に「その女の一生は、この外に何一つ、知られなんだげに聞き及んだ」から始まる先の引用箇所を持ってきたということになる。つまり、右の疑問を呼び起こした直後に、ろおれんぞの人生は「この外に何一つ」分かっていないけれども、それはそれで何の問題もないということ、何故なら、「『ろおれんぞ』が最後を知るものは、『ろおれんぞ』の一生を知るもの」であるからだということをたたみ掛けるように主張して、読者を自らの解釈に半ば強引に引き込んでいたのである。ろおれんぞが女であることを「最後」に明らかにすることによって、謎に包まれたろおれんぞの人生をもっと知りたいという読者の欲望をかき立てつつ、しかし、ろおれんぞの人生はこの他にはよく分からないとして、その欲望を満たすことができないことに一旦は言及する。その上で、とはいえ、「『ろおれんぞ』が最後を知るものは、『ろおれんぞ』の一生を知るもの」であるのだから、その欲望を満たすことができなくともよいではないかと訴えていく。それにより、ろおれんぞの「最後」には、曖昧であった「『ろおれんぞ』の一生」を明らかにしてくれるほどの力があるということを、強く読者に印象付けていく。こうした狙いが、一章の語り手には存在していたのである。

とはいえ、このようにどんでん返しの方法を用いた結果として、「奉教人の死」の一章は、筋の立て方が不自然になっていると受け取られかねない内容になってしまった、ということもまた確かである。というのも、先述の通り、一章の語り手は、ろおれんぞが女であるという事実を知っていたにもかかわらず、その事実を明確に伝えることなく語っていたからである。[5] 作品を読み終えた後で、そのことに目を向けてみると、一章の語り手が、読者を欺くような、計算高い語り方をしていたと思われてくるだろう。もっとも、この種の語り方は推理小説などでよく使われるものであるだろうし、それは、語り手の技巧として許容範囲に入るという見方もあるいはできるだろう。ただし、そのことを前提としつつも、その技巧を不愉快であると感じる読者も実際にいたということは、やはり見過ごすことができない。そうした読者としては渋川驍がいる。渋川の感想を、大正文学研究会編『芥川龍之介研究』（昭17・7、河出書房）「異国趣味と芥川」から示しておくと、渋川は「一番気にかけなければならないことは、（中略）この主人公が男と思つてゐたら実は女であつたといふ肝腎の筋の立て方であつた。かういふ読者の意想外に出る話は、大衆小説的な興味としては面白いかも知れないが、（中略）どうもペテンにかけられたやうで非常に不愉快なものである。（中略）この作品の致命傷はこの構成にあるといつて過言ではない」とこの作品を強く批判している。渋川は、設定を唐突に覆す「筋の立て方」の、「ペテンにかけられた」ような「不愉快」極まる不自然さに強い抵抗を感じているのである。しかも、この筋の立て方の不自然さは、「大衆小説的な興味」に囚われたものであるとも述べている。予想外の展開によって、読者に驚きを与えつつ、一つの目新しい解釈を導いてくるのは、確かに、そのような「興味」が潜んでいるといわれてもおかしくはない。「『ろおれんぞ』が最後を知るものは、『ろおれんぞ』の一生を知るもの」であるということを強く効果的に訴えていくために、ろおれんぞが実際には女であったという事実を「最後」になって初めて明らかにしようとした「奉教人の死」の一章では、その結果として、筋の立て方が「大衆小説的な興味」に満ちた不自然さを有していると、人によっては受け取られてしまう内容になってしまったことを、ここから確かめることができるのである。

もっとも、語り手の存在に着目するならば、どんでん返しの方法を用いていたのは、芥川ではなく、一章の語り手である。先述の通り、「奉教人の死」の一章の内容は、慶長二年「鏤刻」の長崎耶蘇会出版「れげんだ・おうれあ」に基づくものであるという枠組み、その一章の内容を、二章の語り手である「予」が、「奉教人の死」というタイトルを付して同時代の読者に紹介したという枠組みが、この作品では用いられている。ということは、つまり、どんでん返しの方法を用いたために、筋の立て方が「大衆小説的な興味」に満ちた不自然なものになってしまった、ということが仮にあったとしても、それは、芥川の失敗であったのではなく（筆者注――つまり、「奉教人の死」の欠点であったのではなく）、それが「奉教人の死」という作品にとって必要な方法であったからである。具体的にいえば、どんでん返しの方法で語りたいと思う動機を持つ人物として、一章の語り手を設定していたからである、と読ませるような枠組みがこの作品には存在する、ということである。実際、「れげんだ・おうれあ」は聖人伝とされており、当時の読者に向けて、聖人の「勇猛精進の事蹟」を感動的に伝えようとする動機が一章の語り手には強くあったという設定になっていると読めるので、一章の語り手は、ろおれんぞの「最後」の価値を強調をすべく、どんでん返しの方法を用いずにはおれなかったのだと理解することのできる作品となっている。その意味で、芥川は、渋川のような批判があったとしても、それに対して、自作を弁護することのできる枠組みを予め巧みに作っていたといえるのである。

芥川は、「『ろおれんぞ』が最後を知るものは、『ろおれんぞ』の一生を知るもの」であるということを強く効果的に訴えるために、ろおれんぞが実際には女であったという事実を「最後」になって初めて明らかにしようと試みた。しかし、その試みを直接に作品化するだけでは、「奉教人の死」それ自体が、筋の立て方が「大衆小説的な興味」に満ちた不自然なものになっていると受け取られかねない内容になってしまうので、その試みを一章の語り手によるものと設定したのではないだろうか。それにより、そのように受け取られても仕方のないような稚拙な面がたとえあったとしても、慶長期の語り手が、聖人の「勇猛精進の事蹟」を感動的に描き出そうと試みたものである以上、そのこと自体は不可解なことではないと読者に感じてもらいつつ、その稚拙さを補って余りある、「最後」の劇的な効果や感動がそこにはあるので、それに目を向けてもらおうとしていたと考えられるのである。

以上から、「奉教人の死」において、劇的な行為や光景の価値を読者に強く訴えようとしていたということ、その際、筋の立て方が「大衆小説的な興味」に満ちた不自然なものになっていると受け取られてしまいかねないという困難が存在したということ、その困難を乗り越えるために、一章の語り手を採用していたということが見えてくる。芥川は、劇的な行為や光景を強く読者に訴えることと、作品としての完成度を確保することの両方を満たすために、一章の語り手を採用するという工夫を施していたと考えられるのである。

第3節

ただし、一章の語り手の如き存在を設定することで、今度は、ろおれんぞの「最後」の価値を強調する一章の語り手の言葉の真実味に疑問の目が向けられてもおかしくはない状況が生まれてくる、ということもまた指摘しておかなければならない。というのも、一章の語り手が、「最後」の場面を盛り上げようとして、どんでん返しの方法を用いた語り方をしていたという点に注意の目が向けられるとなると、いくら、その一章の語り手が、ろおれんぞの「最後」の価値を高らかに謳い上げたとしても、そこには、一章の語り手の演出意識に基づく誇張や虚構が入り込んでいると受け取られてしまう可能性が出てくるからだ。もっとも、芥川は、そのような可能性が出てくることを決して拒もうとはしていない。というのも、この作品では、二章の語り手が、「恐らくは当時長崎の一西教寺院に起りし事実の忠実なる記録ならんか。但、記事の大火なるものは、『長崎港草』以下諸書に徴するも、その有無をすら明にせざるを以て、事実の正確なる年代に至つては、全くこれを決定するを得ず」と、一章の「れげんだ・おうれあ」の内容を読者に紹介しているからである。[6] ここでは、「れげんだ・おうれあ」に登場する「大火」が「事実」であるのか否かを確認することはできないと記されている。この「大火」は、ろおれんぞが我が身を犠牲にして赤児を救出する場面、ろおれんぞの衣服が焼けてしまい、ろおれんぞが実際には女であることが発覚する場面を導く役割を果たしていて、「大火」以降の展開は、「大火」を抜きにしては成立し得ないものである。となれば、「大火」が「事実」であるのか否かを確認することはできないという二章の右の記述には、「大火」以降の展開がどこまで「事実」であるのかは判然としないということ、換言すれば、ろおれんぞの「最後」を含む「大火」以降の展開には、一章の語り手による虚構や誇張が含まれているかも知れないということが、示唆されていたといえるのである。

先述の通り、「奉教人の死」の一章は、筋の立て方が「大衆小説的な興味」に満ちた不自然なものになっていると受け取られかねない内容になっていた。こうした内容を備える一章に相応しいのは、一章の語り手が、虚構や誇張を含めることも辞さないほどに、ろおれんぞの「最後」の場面を盛り上げようと、熱を込めて語っているという設定であるだろう。先述のように示唆されていた二章の記述は、そのように設定されていると読ませることを後押しする役割を担っていたと考えられる。その意味で、ろおれんぞの「最後」の価値を強調する一章の語り手の言葉に虚構や誇張が入り込んでいるのかも知れないと受け取られることを芥川は拒んではいないとやはりいえるのである。

しかしながら、そうなると、一章の語り手は、過剰な演出意識によって、読者を引き込むことだけを狙った胡散臭い語り手であり、そうした語り手の語るろおれんぞの「最後」など、全くもって信用の置けない、感動に値しない代物であると、読者に深読みされてしまう可能性も生まれてくるのかも知れない。果たして、芥川は、そのように深読みされてもよいと考えていたのであろうか。この点に関して端的にいえば、そのように深読みされてもよいとは決して考えていなかった。そのことは、先述の「事実の忠実なる記録ならんか」とする二章の語り手の言葉から判断することができる。この言葉に焦点を当てつつ、先の二章の語り手の言葉を改めて読んでみると、「れげんだ・おうれあ」は、どこまで「事実」に根差しているのか定かでない部分も存在するけれど、ただ、おおむね当時の「事実」に基づいているだろうということが記されている。(7)ということは、「大火」に関しても、一章の語り手による虚構や誇張が含まれている可能性はあるものの、その一方で、「事実」である可能性も否定されてはいない、ということである。ろおれんぞの「最後」も含めた一章の内容は、一章の語り手による嘘だけで塗り固められたものであったと設定されていたわけではないこと、一章の語り手が、読者受けだけを狙って出鱈目を並べ立てる、軽薄な態度ばかりで語っていたと設定されていたわけではないことを、ここから読み取ることができる。そもそも、先述の通り、「表現」を自らの芸術観の核に置いていた芥川であってみれば、ろおれんぞの「最後」の価値、つまり、「表現」としての「劇的な行為や光景」の価値を強調したいという思いは紛れもなく存在していたであろうから、右のように設定されていると深読みされてしまうならば、そのことは決して望ましくなかったはずである。「大火」以降の展開も含めておおむね当時の「事実」に基づいているだろうことを、二章においてあえて書き記すのは、「右のように設定されていると深読みされ」ることを防ぐためであったと考えられる。

その意味で、この作品では、一章のうち、とりわけ「大火」以降の展開には、一章の語り手による誇張や虚構が含まれているかも知れないということ、しかし、そこにも汲み取るべき一片の真実は紛れもなく存在するということを読者に感じ取ってもらうべく、二章の語り手の記述が載せられていたといえるだろう。ここから、「奉教人の死」において、劇的な行為や光景の価値を読者に強く訴えようとする際に、そのように訴える一章の語り手の語り方が胡散臭いと受け取られる危険性が存在していたということ、同時に、その結果として、その劇的な行為や光景それ自体の真実味もまた疑わしく、信じるに値しないと受け取られる危険性が存在したということ、その危険性をうまく回避するための工夫として、二章の語り手の記述が用意されていたということが見えてくる。

以上のように、「奉教人の死」では、「表現」としての劇的な行為や光景の価値を読者に強く訴えつつ、筋の立て方の「大衆小説的な興味」に満ちた不自然さや、劇的な行為や光景それ自体の嘘くささが作品の欠点として露呈しないような工夫を丹念に施していた。その意味で、「奉教人の死」では、その劇的な行為や光景を巧みに「表現」することに成功していると感じられる。ただし、そのことを前提としつつも、右のような工夫を施すことによって何とか、その劇的な行為や光景を「表現」することができているように見える、ということもまた確かである。劇的な行為や光景を作品の中に「表現」することは、やはり、相当の骨折りを必要とする、一筋縄ではいかない作業であったということを、この作品から窺うことができるのである。

## 第4節

芥川は「奉教人の死」の発表当初には、この作品の完成度に対してある程度の自信を持っていた。そのことは、大正七年九月四日付小島政二郎宛書簡で、「作そのものは唯今の所多少自信がありますす私としては好い方でせう」と記していることから分かる。「奉教人の死」に対する芥川のこうした自信は、一つには、先述の「『表現』としての劇的な行為や光景の価値を読者に強く訴えつつ、筋の立て方の『大衆小説的な興味』に満ちた不自然さや、劇的な行為や光景それ自体の嘘くささが作品の欠点として露呈しない」ように仕上げることができたという思いがあったからではないかと推察される。しかしながら、以後の芥川は、こうした自信を持ち続けるができたわけではない。そのことは、志賀直哉の「沓掛にて――芥川君のこと――」（昭2・9『中央公論』）（以下、「沓掛にて」と略称する）というエッセーから知ることができる。このエッセーによって、そのことを確かめておく。

志賀は、嘗て芥川の訪問を受けた際に、お互いの作品について語り合ったことをこのエッセーで回想している。その中で、「奉教人の死」を取り上げ、「主人公が死んで見たら実は女だつたといふ事を何故最初から読者に知らせて置かなかつたか」、「筋としては面白く、筋としてはいいと思ふが、作中の他の人物同様、読者まで一緒に知らさずに置いて、仕舞ひで背負投げを食はすやり方は」、「其処まで持つて行く筋道の骨折りが無駄になり、損だと思ふ」と芥川に伝えて、批判したというエピソードを紹介している。(8) この志賀の批判は、先述の渋川の批判とよく似ている。ただ、渋川の批判は、不快感を前面に押し出した徹底的な批判であったのに対して、志賀の批判は、「何故最初から読者に知らせて置かなかつたか」という記述に示されている通り、疑問を含んだ批判である。そのため、こうした志賀の批判であってみれば、その疑問に答えていこうとする姿勢、つまり、「仕舞ひで背負投げを食はすやり方」は「損」でも「無駄」でもないということを、その理由も含めて説明していこうとする姿勢が生まれてきてもよさそうであると感じられる。しかし、「沓掛にて」によれば、実際のところは、志賀の批判に対して、芥川は「それらを素直にうけ入れ」た上で、「芸術といふものが本統に分つてゐないんです」と志賀に答えるばかりであったという。ということは、芥川は志賀の批判に弁解の余地はないと感じていた、ということである。志賀の批判に対する、芥川のこうした反応を見れば、「奉教人の死」に対する自信がここで揺らいでいると知ることができる[9]。

となると、それは何故であり、そこから何を読み取ることができるのか、ということを考えていかなければならない。ただし、その前に、志賀と芥川の右のようなやりとりがあったのはいつであったのかを、念のため確認しておくと、それは、大正十三年十月頃であると判断される。それは、大正十三年十月八日付滝井孝作宛書簡の中で、芥川が「昨日志賀さんと画を見に行きました」と述べているからである。芥川のこの書簡の言葉は、志賀の「沓掛にて」における「一度は目黒の山本悌二郎氏の家に支那画を見せて貰ひに行つた時、どういふ絵を見るか、目録から芥川君にそれを選んで貰つた」という部分と対応している。志賀は、この「支那画を見せて貰ひに行つた」時から「幾日かして」再び芥川と会い、その時に、芥川の「奉教人の死」を面と向かって批判したと述べているので、その批判した時期は、芥川が「志賀さんと画を見に行」った日にあたる大正十三年十月七日から「幾日かし」た時であるといえる。ただし、志賀は「沓掛にて」において「此辺記憶少し怪しく、前の山本氏の所へ行く時か、何か忘れた」とも記しているので、厳密な時期の特定は実際のところは難しい。おおよそ、大正十三年十月頃であったと考えておけばそれでよいだろう。

では、芥川は、大正十三年十月頃に志賀から「仕舞ひで背負投げを食はすやり方」に対する疑問の言葉を投げかけられた時、何故に、その言葉を受け入れたのであろうか。[10]このような問いをあえて立てるのは、先述の通り、こうした「やり方」は、一章の語り手を通して、ろおれんぞの「最後」を強く効果的に読者に訴えるという、明確な理由に基づいて行われていたはずであるからである。そのため、その「やり方」は、そのように読者に訴える上で有効であり、必ずしも「損」や「無駄」になるわけではないと、芥川は志賀に対して説明することもできたのではないかと思えるのである。しかし、芥川はそのように説明しなかった。それは、何故であるのか。この点について考えるために、「奉教人の死」において、「仕舞ひで背負投げを食はすやり方」をしたことの意味について改めて考えてみる。まず、こうした「やり方」をしたのは、先述の通り、ろおれんぞの劇的な行為や光景の価値を強調しようとしたから、つまり、「表現」としての行為や光景に対する関心を芥川が持っていたからである。それと同時に、読者を引き込むことを求める「大衆小説的な興味」が潜んでいたからである、あるいは、その「大衆小説的な興味」に、後年ほどの拒絶意識がなかったからである、ということもまた指摘することができるだろう。先述の渋川の批判に示されている通り、予想外の展開によって、読者に驚きを与えつつ、一つの目新しい解釈を導いてくるのは、そうした「興味」が潜んでいると指摘されてもおかしくない側面を有しているだろう。そのことを踏まえれば、志賀に対して、「仕舞ひで背負投げを食はすやり方」が「損」でも「無駄」でもないということを説明することができなかったのは、そうした「やり方」は、「大衆小説的な興味」を備えた、不純な創作姿勢に基づくものであると、大正十三年の芥川が認識するようになっていたからではないかと考えられる。

勿論、そのような「興味」を持っていたのは、厳密にいえば、一章の語り手であって、芥川にそうした「興味」があったという批判を防ぐことのできる設定になっている。しかし、「仕舞ひで背負投げを食はすやり方」をしたことを疑問視した志賀の言葉に対して、芥川は「芸術といふものが本統に分つてゐないんです」と答えていた。このことは、こうした「やり方」をしたのは、他ならぬ自分自身の非「芸術」的な創作姿勢に原因があると、大正十三年の芥川が考えていたということを意味している。この非「芸術」的な創作姿勢とは、「大衆小説的な興味」に囚われた創作姿勢と言い換えることができるものであるだろう。自分自身が「大衆小説的な興味」に囚われていたわけではないと弁解することのできる、一章の語り手という枠組を用意していたにもかかわらず、そうした弁解を行わず、「芸術」が「分つてゐない」と反省せざるを得なくなっている。それは、そうした弁解はやはり単なる弁解であるに過ぎず、実際には、右の「やり方」をしたのは、自らが、「大衆小説的な興味」に囚われていたからであると、大正十三年の芥川が以前よりも潔癖に感じずにはおれなかったからである。大正十三年の芥川にとって、嘗ては自信を持っていた「奉教人の死」は、読者を引き込むことを求める「大衆小説的な興味」を確実に潜ませていたと認めざるを得ない作品になっていたと理解し得るのである。

この「大衆小説的な興味」は、筋の面白さを求める興味と等質のものであるだろう。そのことを踏まえつつ、「表現」に対する芥川の関心が託されたろおれんぞの「最後」の、「仕舞ひで背負投げを食はすやり方」を、大正十三年の芥川が、非「芸術」的と否定しなければならなかったことに目を向けるならば、読者を引き込む筋の面白さに対する関心を背後に潜ませた「表現」は、どのように取り繕ったとしても、結局のところ、「芸術」とは無関係の「無駄」な仕事でしかないという思いが、大正十三年の芥川には強くなっていたということが見えてくる。この作品に対する嘗ての自信が薄れてしまったのは、大正七年の芥川が、読者を引き込む筋の面白さに対する関心を背後に潜ませた「表現」に対する抵抗感を後年ほどには強く持っていなかったのに対して、大正十三年の芥川が、そうした抵抗感を以前よりも強く持つようになっていたからである、と考えられる。「詩的精神」や「『話』らしい話のない小説」の意義を訴える晩年の主張へと発展していくような考え方が少しずつ生まれていたことを知ることができるのである。

## 注

（1）「雑筆」（大9・9〜10・1『人間』）の草稿とされる「所謂内容的価値」（『芥川龍之介全集』第二十一巻所収、平9・11、岩波書店）という文章の中には、「芸術は表現であるとは近来何人も云ふ所である。それならば表現のある所には芸術的な何ものかもある筈ではないか？（中略）いや、芸術的な何ものかは救世軍の演説にもあり得る。共産主義者のプロパガンダにもあり得る。況や薄暮の汽車の窓に蜜柑を投げる少女の如き、芸術的なのも当然ではないか？」という記述もある。これは、前掲の「文芸雑感」の内容とそのまま重なり合うものである。このうち、「薄暮の汽車の窓に蜜柑を投げる少女」という記述は、芥川の「蜜柑」を念頭に置いて書かれたものであり、芥川が、その少女の行為やそれに伴う光景に、芸術的な「表現」を見出していたことが分かる。

（2）ただし、「文芸雑感」の二例の「表現」は、本能的・無意識的な「表現」であるが、第1章第7節で言及した通り、大正中期の芥川が、創作活動において求めていたのは「意識的」な「表現」であり、そこに相違点がある。「表現」としての無意識的な行為や劇的な光景を言葉によって「意識的」に「表現」しなければならなかったところに芥川の困難があったと考えられる。

（3）そのことは、芥川の「風変りな作品二点に就て」（大15・1『文章往来』）で記されている。

（4）筆者のこの解釈は、三好行雄『芥川龍之介論』（昭51・9、筑摩書房）「奉教人の死」という、有名な論文の解釈とやや近いものである。ただ、注（8）で詳しく述べる通り、三好の解釈は、ろおれんぞが女であることをずっと隠していた理由を、芥川の創作意図という視点のみから説明しようとしている。しかし、芥川は、一章の語り手を利用しようとする意識を明確に持っていたのであるから、右の理由を、一章の語り手の意図という視点から説明する必要がある。以下では、そのような説明を試みている。なお、石割透『〈芥川〉とよばれた芸術家　中期作品の世界』（平4・8、有精堂出版）「奉教人の死」では、一章の語り手は、「〈ろおれんぞ〉と関わっていた奉教人とは利害を同じうする立場」にいて、「〈ろおれんぞ〉を〈えけれしや〉から追い出すことに加担した者達の一員であるとの罪の意識、自責の念」を「どこかに潜ませていたに違いない」と論じている。その上で、「最後」に至って初めてろおれんぞが女であることを明らかにした一章の語り手は、そのことを通して「彼女を迫害した後めたさを、彼女を巧みに賞讃することで払拭しよう」としていたという解釈、「聖なるものに全面的に共感するという立場を見せることで、奉教人衆サイドの俗悪さを隠蔽しよう」としていたという解釈を表明している。作品の空白部分を深読みすれば、このような解釈も成り立つのかも知れないが、ただ、一章の語り手の中に「〈ろおれんぞ〉を〈えけれしや〉から追い出すことに加担した者達の一員であるとの罪の意識、自責の念」があったとは、作品のどこにも記されていない。そのため、右の解釈は、あくまでも、あり得る一つの解釈として理解すべきであるだろう。

(5) ただし、一章の語り手が、ろおれんぞは男であると嘘を付いて語っていたと断定することができるわけではない。なるほど、一章の語り手は、「去んぬる頃、日本長崎の『さんた・るちや』と申す『えけれしや』(寺院)に、『ろおれんぞ』と申すこの国の少年がござつた」と述べ、ろおれんぞを「少年」と語っていた。現在の一般的な感覚からして、「少年」と語っていたということは、ろおれんぞを男として語っていたとつい考えてしまいがちである。ただ、念のため断っておけば、「少年」は男に限定された呼び方であるわけではない。「少年」に対して、『大日本国語辞典』第三巻(大6・12、金港堂書籍)では「年若きもの。弱年もの。わかもの。わかうど」と、性別を問題にせず記していること、あるいは、『日本国語大辞典』(昭49・7、小学館)では「年の少ないこと。また、その人。年の若い者。若人。男女ともにいうが、現在ではふつう、小学、中学ごろの男子にいう」と記していることから、そのことは分かる。現在では、「男子にいう」ことが「ふつう」であるにせよ、「少年」という言葉は女子に対しても用いられるものであったといえるのである。そのため、一章の語り手は、必ずしも嘘をついていたわけではない。ただ、ろおれんぞが女であることを知っていたにもかかわらず、あるいは、ろおれんぞが周囲から男として扱われていたことを描写していたにもかかわらず、ろおれんぞは実際には女であるという説明を「最後」まで全く加えなかったのであるから、一章の語り手が、ろおれんぞが男であると読ませるような、計算高い語り方をしていたということはいえる。

（6）念のため断っておけば、ここでいう「事実」とは、「奉教人の死」という作品の外側に出ても通用する歴史上の事実を意味しているわけではない。「れげんだ・おうれあ」が架空の書物であることは周知のことである。従って、ここでの「事実」は、「奉教人の死」の内側でのみ通用する「事実」を意味している。

（7）ただし、二章の語り手は、「予は『奉教人の死』に於て、発表の必要上、多少の文飾を敢てしたり」と記していた。そのため、二章の語り手が、「多少の文飾」を加えて発表した結果として、「奉教人の死」の一章が、原本の「れげんだ・おうれあ」と幾分か異なるものとなっていたという可能性についても考えておかなければならないだろう。もっとも、仮にそのような可能性があったとしても、「奉教人の死」の一章が、原本の「れげんだ・おうれあ」の内容と大きく異なるものであったわけではない。というのも、二章の語り手は、「多少の文飾」は施したにせよ、「れげんだ・おうれあ」の内容を基本的にはそのまま「奉教人の死」の一章として載せたと証言しているからである。勿論、このように証言しているものの、その証言は嘘であって、実際には、二章の語り手は、意図的に、原本の「れげんだ・おうれあ」の内容を秘かに大きく作り替えていたという設定、もしくは、二章の語り手の中に、意図的に作り替えようとする意識はなかったものの、結果として、「奉教人の死」の一章が、原本の「れげんだ・おうれあ」と大きく異なるものに、知らぬ間になっていたという設定であった可能性もないわけではない。しかし、その可能性は低いだろう。というのも、そうした設定であったのであれば、そうした設定でなければならない理由が作品の中に存在しているはずであるのだが、作品にその理由が示されているとは見えないからである。そのため、「奉教人の死」の一章は、原本の「れげんだ・おうれあ」とほぼ同一のものであったと考えてよい。

（8）前掲の三好行雄『芥川龍之介論』「奉教人の死」では、芥川に対する志賀の批判は、志賀が「奉教人の死」の主題を「読みちがえ」たがために、なされたものであると指摘している。具体的にいえば、ろおれんぞが女であると最初に明らかにすれば、この作品の主題は成立しないので、芥川は、ろおれんぞが女であることをどうしても「最後」に明らかにしなければならなかったという解釈、にもかかわらず、志賀は、そのことを理解することができず、この作品の主題を「読みちがえ」たので、芥川に対して批判を行ったという解釈を三好は表明している。しかしながら、この解釈は妥当であるとは言い難い。「奉教人の死」の主題を「読みちがえ」たが故に、志賀が芥川を批判したというのは、芥川に対する志賀の批判の意味を歪めて理解することに繋がると思われるので、右の三好の解釈をもう少し詳しく紹介した上で、三好のその解釈に従い難い点があることを述べてみたい。まず、三好は志賀の批判が不当である理由を次のように記している。

志賀直哉にも、この小説の〈仕舞ひで背負ひ投げを食はすやり方〉を否定した有名な批判（「沓掛にて」昭和二年）があり、渋川驍も〈主人公が男と思つてゐたら実は女であつたといふ肝腎の筋の立て方〉が、〈どうもペテンにかけられたやうで非常に不愉快なものである〉といい、〈小説である以上、大時代風に寓話的な粗放さに放置してゐてはならない〉（「異国趣味と芥川」昭和十七年）と批判した。作者はその点についての配慮をまったく抜きにして「奉教人の死」を書いた。書かざるをえなかったのである。なぜなら、それらの疑問に妥当な説明をあたえることは、小説の主題と背理する。だから、たとえば〈女だつたといふ事を何故最初から読者に知らせて置かなかつたか〉という志賀直哉の批判自体が、主題の読みちがえなしに成立しないことになる。女であることをさきに明かせば、当然、彼女が男装した（筆者注――「奉教人の死」の本文において、ろおれんぞが「男装」していたとはどこにも書かれていない。ただ、ろおれんぞは、周囲から男として扱われることを黙認していたので、男であると装っていたということはいえる。その意味で、「男装」していたという解釈は成り立つだろう）理由について、つまり「ろおれんぞ」の〈一生〉について明かさなければならぬ。それはモチーフを崩壊させる。

男の格好をしていたろおれんぞが実際には「女だつたといふ事を」「最初から読者に知らせて」てしまうのであれば、話の展開を読者に自然な形で受け取ってもらうためには、「彼女が男装した理由」をどうしても説明しなければならなくなるし、その結果として、「男装」するまでのろおれんぞの人生をもう少し詳しく読者に提示しなければならなくなると指摘している。その上で、そうなると、ろおれんぞの人生の一場面をさらに追加して描き出すことになるで、それは、「『ろおれんぞ』が最後を知るものは、『ろおれんぞ』の一生を知るもの」であるとするこの作品の「モチーフを崩壊させる」と論じている。そのために、ろおれんぞが「女だつたといふ事を」「最初から読者に知らせて」おくことは、避けなければならなかったとしている。にもかかわらず、志賀は、この作品のこうした「モチーフ」を理解することができなかったので、批判を行ったと述べているのである。しかしながら、この三好の解釈には従い難い点がある。もともと、「奉教人の死」の一章の語り手は、ろおれんぞにまつわる一章の内容を何故に読者に向けて語ることができたのかというと、それは、その内容についての情報を当時の色々な奉教人衆から直接・間接に教えてもらったからである。一章の語り手は、その情報に基づいて一章の内容を読者に語っているのである。従って、一章の語り手は、得ることのできた情報の範囲内でしか語ることはできなかった。そのことは、一章の語り手が、ろおれんぞの「最後」を踏まえて、「その女の一生は、この外に何一つ、知られなんだげに聞き及んだ」と締めくくっていることから知ることができる。この記述を見れば、ろおれんぞが「男装した理由」を、一章の語り手は最後まで知ることができなかったということ、従って、そもそも、その理由を語りたくても語ることができなかったということが分かる。そのことを踏まえれば、「女であることをさきに明かせば、当然、彼女が男装した理由」を明らかにしなければならないと述べた先の三好の解釈は成立しない、ということが見えてくる。なぜなら、一章の語り手は、ろおれんぞが「女であることをさきに明か」しつつ、「彼女が男装した理由について」は、情報を得ることができなかったので分からないと最初に断って語ることもできたからだ。そのように最初に断って語ったとしても、ろおれんぞが

「男装した理由」は分からないままであり、ろおれんぞの人生は謎に包まれたままである。そのため、ろおれんぞの人生にはよく分からないところがあるけれど、「『ろおれんぞ』が最後」によって「『ろおれんぞ』の一生」を知ることができるので、それでよいではないかということを述べた、一章の締めくくりの主張は十分に成立するのである。勿論、最初からろおれんぞが女であることを明らかにすれば、その締めくくりの主張の劇的な効果が弱まることは確かであるが、主張それ自体は紛れもなく成立する。志賀が芥川に求めていたことも、ろおれんぞが「女であることをさきに明か」しつつ、「彼女が男装した理由について」は分からないと最初に断って語るべきであるということ、そのように最初に断った上で、『ろおれんぞ』が最後を知るものは、『ろおれんぞ』の一生を知るもの」であるとする「最後」の主題を、劇的な効果ばかりを狙わずに読者に示すべきであるということであったはずである。その意味で、志賀は、作品の主題と「背理」する不可能な要求を芥川にしていたわけではなかったといえる。

（9）　大正十五年に発表された前掲の「風変りな作品二点に就て」では、「奉教人の死」と「きりしとほろ上人伝」とを比較しながら、「書き上げてから、読み返して見て、出来不出来から云へば、『きりしとほろ上人伝』の方が、いゝと思ふ」と述べている。つまり、「奉教人の死」は、「きりしとほろ上人伝」よりも「出来」がよくないと語っているのである。もっとも、もともと、芥川は「きりしとほろ上人伝」には自信を持っていたので、このように語っていたからといって、大正十五年の芥川が、「奉教人の死」を「不出来」と考えていたと直ちに結論付けることができるわけではないのかも知れない。ただ、先述の通り、大正七年の芥川は、「奉教人の死」にも自信を示していたのであるから、もし、その自信を大正十五年の時期にも維持することができていたのであれば、「奉教人の死」と「きりしとほろ上人伝」の両方とも「出来」はよいという言い方にこそなっていたとしても、「きりしとほろ上人伝」の方が「奉教人の死」よりも「出来」はよいという言い方にはならなかったのではないだろうか。ここからも、大正末期の芥川の中で、「奉教人の死」に対する自信が揺らいでいるということを推定することができる。

(10) 先述の通り、芥川は、大正十三年十月頃に志賀を訪問した際に、この作品に対する志賀の批判を甘受した。それは、志賀に批判されたので、この作品に対してこれまで持っていた自信が一気に崩れたからであるのか、志賀に批判される以前から、志賀に批判されたような弱点がこの作品にはあるという認識を徐々に持つようになっていたからであるのか、そのどちらであるのかは定かではない。ただ、少なくとも、大正十三年十月頃に、志賀の批判を甘受したということ、つまり、この頃より、志賀の指摘する弱点がこの作品にはあると考えるようになったということは確かである。

# 第5章

# 芥川文学の変容

## 第1節

芥川が、大正九年頃より、自らの文学的傾向を少しずつ変容させていったということ、とりわけ、「秋」（大9・4『中央公論』）がその大きな転機となったということはしばしば指摘される。例えば、前掲の三好行雄『芥川龍之介論』「ある終焉――『秋』の周辺――」は、その点について、次のように記している。

「秋」に関して、現在すでに、一つの定説――なかば伝説化した定説が成立している。いうまでもなく、芥川龍之介が「秋」で、みずから作風の転換をはかったとする説である。歴史から現代へ下降して、同時代を描くリアリズムの方法を手に入れたという通念、ひいては、大正九年を芥川文学のひとつの転機とする理解も有力である。

この「定説」の根拠となっているのは、「秋」についての言及がある大正九年四月九日付滝井孝作宛書簡である。その中で、芥川は「秋は大して悪くなささうだ　案ずるよりうむが易かつたと云ふ気がする　僕はだん〳〵あゝ云ふ傾向の小説を書くやうになりさうだ」と語っている。こうした見通しを述べるのは、一つには、当時の芥川が、典拠に基づきながら、理知と技巧によって緻密に虚構の世界を作り上げていくこれまでの創作方法に行き詰まりを感じるようになっていたからである。芥川は、前掲の「芸術その他」において、『今昔物語集』に取材した「龍」（大8・5『中央公論』）を執筆していた頃、「同じやうな作品ばかり」しか書けない状況に陥っていたと述べている。こうした状況が、「秋」のような「同時代を描く」小説に対する試みを促していったと考えられる。実際、大きな傾向として見た時に、「秋」以後の芥川作品に、芥川自身の生活を素材にしたと推定し得る作品は紛れもなく多い。(1)

右の「定説」は、それ相応の論拠を有するものであると感じられる。

もっとも、三好行雄前掲書は、「秋」が「リアリズムの方法」を獲得し得た作品であるとはいえないということを、次のように指摘している。

「秋」によって作風の転換をはかる試みがかりにあったとしても、それは挫折した。（中略）大正十二年十二月(2)に保吉物が現れるまでの過程を、いわば過渡期として、「秋」は芥川文学の前期の終るべき地点であった。

「秋」の緻密な作品論に基づくこうした見解は説得力を持っている。確かに、「秋」では、「〈現実〉を現実自体の重さにおいて描くこと」（三好行雄前掲書）が回避されている。ただし、その点は「秋」だけの問題ではない。三好が「リアリズムの方法」に近付いたとする「保吉物」の世界ですら、「つきつめた告白がただよ」ってはおらず、「仮面の素顔」（三好行雄前掲書「宿命のかたち——芥川龍之介における〈母〉——」）が示されているに過ぎない。芥川は、自らの生活を素材にした作品を書くようになってからも、全てをさらけ出すことには抵抗があったし、そもそも、全てをさらけ出し、事実ありのままを描くことが作品としての価値を高めるとも考えていなかった。そのことは、「『私』小説論小見」（大14・11『新潮』）で、「『私』小説の『私』小説たる所以は『嘘ではない』と言ふことで」あるが、「『嘘ではない』と言ふことは実際上の問題は兎に角、芸術上の問題には何の権威をも持つてゐません」と述べていることからも分かる。あるいは、「侏儒の言葉」（大12・1〜大14・11『文藝春秋』）の「告白」（この項目は、大12・8に掲載された）では、次のようにも記されている。

完全に自己を告白することは何人にも出来ることではない。同時に又自己を告白せずには如何なる表現も出来るものではない。／ルッソオは告白を好んだ人である。しかし赤裸々の彼自身は懺悔録の中にも発見出来ない。メリメは告白を嫌つた人である。しかし「コロンバ」は隠約の間に彼自身を語つてはゐないであらうか？所詮告白文学とその他の文学との境界線は見かけほどはつきりはしてゐないのである。

赤裸々の自己を描いた作品であるのか否か、作品の内容が真実であるのか否かの境界線は、結局のところ曖昧なものであり、重要な問題ではない。自らの生活を素材にした「秋」以降の作品において、あるがままの現実や赤裸々な自己がたとえ描かれていなかったとしても、それは、決して不思議なことではない。

とはいえ、そのことは、「秋」の頃の芥川に変化の萌しがなかったということを意味するものではない。この頃より自らの生活を素材にした作品が少しずつ増えてくることは、後掲の「芥川龍之介氏との一時間」における芥川の言葉を踏まえるだけでも、明確である。厳密な時期やきっかけを特定することはそもそも不可能であるが、おおよそこの頃より、芥川文学の変化の様相は徐々に、見え始めてくると理解してよいだろう。

芥川は、自らの生活を素材にした作品と、自らの生活との関係が希薄な虚構の作品との間に、本質的な差はないという考え方を持っていた。そのため、「秋」以降においても、従来のように、その虚構の作品を中心に創作してもよかったはずである。にもかかわらず、自らの生活を素材にした作品を描く傾向が強くなっている。このことは、本質的な差こそないとはいえ、自らの生活を素材にした作品の方が、当時の芥川の創作に向かう心境に叶っていたということを意味している。芥川は、晩年に近付けば近付くほど、虚構の世界に遊ぶ心の余裕を失い、暗澹たる現実と向き合うことを余儀なくされる心境に傾いていた。自らの生活を素材にした作品は、こうした心境を抱える芥川には必要な形式であったと考えられるのである。

しかしながら、この自らの生活を素材にした作品を描くことは、芥川にとって困難な試みであった。一般的にいって、ややもすれば、創作するための素材が身近にあった方が、創作は容易であるように思われがちではあるが、少なくとも、芥川の場合はそういうわけではなかった。というのも、生活を素材にした作品は、下手をすれば、通俗的な興味関心ばかりが先行した作品に堕落する危険性を常に孕んでいると芥川には感じられたからである。こうした危険性を孕む創作への移行の中で、芥川は自らの無力を痛感するようになる。そのことが、やがて、芥川の芸術観の変容を強く促していく。以下は、当時の芥川が直面していた苦悩や困難に焦点を当て、芥川が芸術観を変容させていった経緯について考察するものである。

## 第2節

自らの生活を素材にして作品を描くことに軸足を移し始めた時、芥川の中にしきりに意識されたのは、決して容認できない同時代の傾向であった。例えば、「澄江堂雑記」（大12・11『随筆』）「告白」には、次のような記述がある。

「もつと已の生活を書け、もつと大胆に告白しろ」とは屡、諸君の勧める言葉である。僕も告白をせぬ訳ではない。僕の小説は多少にもせよ、僕の体験の告白である。けれども諸君は承知しない。諸君の僕に勧めるのは僕自身を主人公にし、僕の身の上に起つた事件を臆面もなしに書けと云ふのである。（中略）たとえば僕も一茶のやうに交合記録を書いたとする。それを又中央公論か何かの新年号に載せたとする。読者は皆面白がる。批評家は一転機を来したなどと褒める。友だちは愈裸になつたなどと、――考へただけでも鳥肌になる。

読者の低俗な興味を引き付けることを主たる目的として、自らの生活やその周辺の人物の生活を小説の素材に用いるということへの嫌悪感、あるいは、そうした小説を告白小説の真髄と考えて評価する風潮があることへの嫌悪感が記されている。芥川は、その当時隆盛を極めていた私小説や告白小説の中に、自らの生活を見せ物にして読者の興味を掻き立てようとする卑しさが充満していると考え、それに苛立ちを感じていたのである。実際、そのことは、「大正九年の文芸界」（大9・11『毎日年鑑（大正十年）』）「モデルの為のモデル」においても明確に示されている。その中で、芥川は、「近年の文壇程、自叙伝小説に富んでゐる文壇は滅多にない」と現状を分析した上で、その「自叙伝小説」において「実在の登場人物」を描く意図が「芸術的以外の目的」になっていること、すなわち「モデルその物の興味」に依存するようになっていることを批判している。

「芥川龍之介氏との一時間」（大14・2『新潮』）と題された記者との対談では、記者に「作品に直接自分の事をお書きにならないことに、何か特別の理由なり、お考えがあるんですか」と問われた芥川が、次のような発言をしてる。

作品に自分の事は始終書いてゐるんですがね。唯それが明瞭に僕と思はれる人物、並に僕がさう云ふことをしたと云ふことを、文壇の人が知つてゐる事実を書かないと云ふだけですがね。のみならず此頃は明瞭に僕と思はれる人物の出て来る小説さへも書いてゐるのですがね。僕は小説の中に出て来る事件が、明瞭に、実際の事件と照応して、新聞でざつと読んだことを、小説として詳しく読んで面白がると云ふやうな、公衆の興味は不愉快なんです。それからさう云ふことを当てこみにする作家も不愉快なんです。

「此頃は明瞭に僕と思はれる人物の出て来る小説さへも書いてゐる」と記される傾向が、当時の芥川に見えるようになっていたことは先述した。そうであるが故に、自らの生活を描くという名のもとに、「公衆の興味」ばかりを意識する、不純な動機に満ちた作品を書くことに対する不快感は、もとより以前から存在するものではあったにせよ、さらに痛切なものになっていたと考えられる。

このように、同時代の傾向に強く反発していた芥川は、むしろ、「公衆」の世俗的・通俗的な「興味」とは対極の、繊細な感受性によって初めて獲得される、純粋に芸術的な動機に根差した作品を求めていた。その点については、前掲の「文芸的な」の一において、「独逸の初期自然主義の作家」の作品、「ジユウル・ルナアル」の「フィリップ一家の家風」、志賀直哉の『焚火』以下の諸短篇」などを例にとりながら、これらの作品は、「通俗的興味」のない、「『善く見る目』と『感じ易い心』とだけに仕上げることの出来る」、「詩的精神」に溢れた作品であると述べているところから窺うことができる。芥川によれば、「通俗的興味」とは、「事件そのものに対する興味」のことであり、すなわち、先述の「公衆の興味」のことである。具体的には、ある時「往来に立ち、車夫と運転手との喧嘩を眺めてゐ」て、「或興味を感じた」という自らの体験を踏まえつつ、この興味こそ「通俗的興味」であると語っている。もっとも、「通俗的」と非「通俗的」との境界線がどこにあるのかが不分明であるため、この説明によってもなお、「通俗的興味」の定義に曖昧さは残るのであるが、ともあれ、世間の低俗な興味関心のことを指していると漠然と理解する他はないだろう。芥川は、「善く見る目」と「感じ易い心」を働かせることによって、ともすれば、誰しも容易に引き込まれてしまうこの種の興味から脱して、「より高い興味」に基づく作品に至ることを欲していた。

大正九年当時、「近年の文壇程、自叙伝小説に富んでゐる文壇は滅多にな」く、しかも、その「自叙伝小説」はしばしば「公衆の興味」に囚われたものになっていると芥川には感じられるようになっていた。また、この頃より徐々に、自らの生活を素材にした作品を書く傾向が強くなっていた。これらのことは、芥川が、大正九年頃より、「公衆の興味」に囚われるところに、人間の陥りやすい一面があることを、他人事ならず頻りに意識するようになっていた、ということを示唆している。「公衆の興味」に囚われることのない作品に対する要求は、ここから切実なものになっていたと考えられるのである。人間は、その時代の世間一般の興味や思考に知らぬ間に影響される性質を多分に持っている。「公衆の興味」は、往々にして、気付かぬうちにたやすく人間を支配してしまう。この頃の芥川は、自らの創作姿勢にも関わることとして、こうした問題に敏感になっていたのではないだろうか。

実際、芥川は、右のような人間の性質をしばしば取り上げている。例えば、前掲の「侏儒の言葉」の「或弁護」（この項は大13・9に掲載された）には、次のような記述がある。

或新時代の評論家は「蝟集する」と云ふ意味に「門前雀羅を張る」の成語を用ひた。「門前雀羅を張る」の成語は支那人の作つたものである。それを日本人の用ふるのに必しも支那人の用法を踏襲しなければならぬと云ふ法はない。もし通用さへするならば、たとへば、「彼女の微笑は門前雀羅を張るやうだつた」と形容しても好い筈である。／もし通用さへするならば、――万事はこの不可思議なる「通用」の上に懸つてゐる。

世間に「通用」しさえするならば、『蝟集する』と云ふ意味に『門前雀羅を張る』の成語を用ひ」てもよいという見解は、文字通りの意味として受け取るべきではなく、ここに皮肉が込められていると見るべきであろう。現実は、実際に正しいかどうかに関わりなく、人々の間で「通用」しさえすればそれだけで、真実として確定されてしまうものであるということ、しかも、そうして真実として一度確定されていくと、誰もがそのことを自明として疑わないということが苦々しく語られている。世間の「不可思議なる『通用』」の力の強さを、芥川は実感していた。

ここでいう世間の「通用」の力というものが、「公衆の興味」と直ちに結び付くものであるのかどうかは定かではないが、「公衆の興味」に囚われやすい人間の性質は、こうしたことを記す芥川には知悉されていたと見てよいだろう。

「澄江堂雑記」（大11・4『新潮』）の「赤西蠣太」の項目には、次のような記述も載せられている。

或時志賀直哉氏の愛読者と、「赤西蠣太の恋」の話をした事がある。その時僕はこんな事を云つた。「あの小説の中の人物には栄螺とか鱒次郎とか安甲とか、大抵魚貝の名がついてゐる。志賀氏にもヒユウモラス・サイドはないのではない。」すると客は驚いたやうに、「成程さうですね。そんな事には少しも気がつかずにゐました」と云つた。その癖客は僕なぞよりも「赤西蠣太の恋」の筋をはつきり覚えてゐたのである。／客は決して軽薄児ではない。学問も人格も兼備した、寧ろ珍しい文芸通である。しかもこの事実に気づかなかつたのは、志賀氏の作品の型とでも云ふか、兎に角何時か頭の中に、さう云ふ物を拵へた上、それに囚はれてゐた為であらう。これは独り客のみではない。我我も気をつけねばならぬ事である。

ここでも、志賀直哉の作品の世間一般のイメージが先入観となって、「善く見る目」と「感じ易い心」がいつしか奪われてしまうという状況が取り上げられている。とりわけ、この「客」が「『赤西蠣太の恋』の筋」ばかりを「覚えてゐた」というのは、谷崎との「小説の筋」論争で、小説の筋ばかりに囚われるあり方を批判していた芥川にとっては、まさに、「公衆の興味」に支配された典型的な事例であったと考えられる。「公衆の興味」に囚われるところに、人間の陥りやすい一面があるという問題意識が、ここで記されているといえる。しかも、このように、「公衆の興味」に囚われるのは「独り客のみ」に起こることではなく、「我我」にもまた起こり得ることであるので、

「気をつけねばならぬ」と述べている。「侏儒の言葉」や「澄江堂雑記」の記述は、人間の陥りやすい状況を一般論として取り上げたものであったというだけでなく、むしろ、芥川自身の危惧をそこに潜ませていたということを、窺うことができる。

勿論、この種の危惧は、何もこの時の芥川に突如として意識されたものであったわけではない。例えば、大正三年三月十九日井川恭宛書簡には、次のようなことが書かれている。

時々自分のすべての思想すべての感情は悉とうの昔に他人が云ひつくしてしまつたやうな気がする云ひつくしてしまつたと云ふよりはその他人の思想感情をしらず〱自分のもののやうに思つてゐるのだらう　ほんとうに自分のものと称しうる思想感情はどの位あるだらうと思ふと心細い

ここでいう「他人の思想感情」が、「公衆の興味」のことを意味するとは限らないが、この箇所が、右の「侏儒の言葉」や「澄江堂雑記」の記述に発展し得るものであることも確かである。それ故、この種の危惧は早くから芥川の中にあったといえる。

とはいえ、先述の通り、大正九年頃より、自らの生活を素材にした作品を書く芥川の傾向は強くなっていた。しかも、「大正九年の文芸界」を見れば、文壇で近年量産される「自叙伝小説」は、「公衆の興味」に囚われたものが多いということを、大正九年の芥川が痛切に感じていた。そのため、この頃より、自らの生活を素材にした作品を書くにあたって、雑多な日常性の中から通俗性を排除していく必要性があるということを、自らの創作の問題として改めて強く感じるようになっていたと考えることができる。通俗性との距離をいかに保つのかということは、ここから、芥川の差し迫った課題として浮上してくるのである。

## 第3節

芥川は、「公衆の興味」や思考に影響されやすい人間の性質に関心を寄せていた。そのことを、当時の芥川が大きな影響を受けていたと考えられる書物を明らかにすることによってさらに裏付けてみたい。そのために、「骨董羹」（大9・4『人間』）という漢文調のエッセーに載せられた「悪魔」という項目を取り上げてみる。

①悪魔の数甚だ多し。総数百七十四万五千九百二十六匹あり。分つて七十二隊と為し、一隊毎に隊長一匹を置くとぞ。是れ十六世紀末葉、独人 Wierus が悪魔学に載する所、古今を問はず、東西を論ぜず、魔界の消息を伝へて詳密なる、斯くの如きものはあらざるべし。②（十六世紀の欧羅巴には、悪魔学の先達尠からず。ウイルスが外にも、以太利の Pietro d'Apone の如き、英克蘭《イングランド》の Reginald Scot の如き、皆天下の雷名あり。）又曰、③「悪魔の変化自在なる、法律家となり、昆侖奴《こんろんぬ》となり、黒驪《こくり》となり、僧人となり、驢となり、猫となり、兎となり、或は馬車の車輪となる」と。既に馬車の車輪となる。豈半夜人を誘つて、煙花城中に去らんとする自動車の車輪とならざらんや。畏る可く、戒む可し。

この「悪魔」の項目の典拠は、右の引用の記述に従えば、「独人 Wierus が悪魔学」である。『芥川龍之介全集』第六巻（平8・4、岩波書店）注解によれば、この「悪魔学」は、『悪魔の妄想、まじないと毒』（一五六三年）を指す。しかし、原本は、*De praestigiis daemonum et incantationibus ac veneficiis* でラテン語で書かれている。大正九年当時、この書には邦訳は存在せず、また、*The National Union Catalog, Pre-1956 Imprints* を参照する限り、英訳も存在しない。日本近代文学館の芥川龍之介文庫に存在する芥川の旧蔵書にもこの書は存在しない。とすると、芥川がこれを直接に参照した可能性は極めて低いといえる。むしろ、右の記述は、Charles Mackay（チャールズ・マッケイ 1814～1889）*Memoirs of Extraordinary Popular Delusions and the Madness of Crowds*, 1892 の"The Witch Mania"の章が参考にされたと考えられる。芥川龍之介文庫の芥川の旧蔵書の中にはこの本が存在する。その芥川の蔵書には、脇線や下線が多く引かれ、書き込みの跡も見られるなど、芥川が熟読した形跡がある。芥川が参照したのは、この本であると考えて間違いはない。チャールズ・マッケイについて簡単に注記を加えると、この本の邦訳である、塩野未佳、宮口尚子訳の『狂気とバブル　なぜ人は集団になると愚行に走るのか』（平16・7、パンローリング株式会社）（以下、『狂気とバブル』と略称する）の著者紹介によると、一八一四年スコットランドに生まれ、ブリュッセルで教育を受ける。一八四四年には『グラスゴー・ニューズ』紙の主幹となり、チャールズ・ディケンズが創刊した『デイリー・ニューズ』紙にも記事や詩歌を寄稿し、後に『ロンドン・イラストレーテッド・ニューズ』紙の主幹となった。この書物の主題は、その「まえがき」によれば、「地域社会全体が突如としてひとつの目標に専心し、それを追求していくうちに狂乱状態に陥ることがある。数百万という人々が同時にひとつの妄想に駆られ、それを追い掛けていくうちに、その妄想よりもさらに心を打たれる新たな狂気にとらわれてしまうこともある[3]」、「こうしたさまざまな妄想のなかでも突出した出来事の歴史をたどるのが、本書の趣旨である。人間は集団で思考する、とよく言われるが、集団で狂気に走る場合もあり、良識を取り戻すには、ゆっくりと、一歩ずつ進んでいくしかないのである[4]」とされる。以下、『狂気とバブル』の"The Witch Mania"（＝「魔女狩り」と意訳されている）から、右の「骨董羹」の「悪魔」の記述と関わる箇所を示すことにする。ただし、芥川が参考にしていたのは原本であるが、便宜上、邦訳を用いることにして、原文は注にて示すことにする。また、書名も原本の書名ではなく、『狂気とバブル』という邦訳の書名で統一することにする。なお、邦訳の（　）の語句は『狂気とバブル』の訳者による補注で、原文にはないものである。

まず、傍線部①は、『狂気とバブル』の次の記述に基づくものである。

悪魔の数は多すぎて数えることもできないという人がほとんどだが、ヤン・バイヤー（ドイツ系オランダ人の医師）は、少なくとも七四〇万五九二六人を下らず、それが七二のグループに分かれており、各グループに公爵か隊長がいると主張している。(5)

芥川の蔵書にはこの箇所に脇線が施されていて、芥川がこの箇所に留意していたことが分かる。傍線部①は、ここを摂取したものである。ただし、芥川は、悪魔の総数を「百七十四万五千九百二十六匹」と記しているが、正しくは「七四〇万五九二六人」であり、その数字を間違えている。これは、原文の"seven millions four hundred"の部分を取り出して、「百七十四万」と芥川が誤訳したためであると考えられる。また、芥川は、「Wierus」を「十六世紀末葉」の「独人」と記しているが、その情報はこの箇所には出てこない（筆者注——邦訳には、「ドイツ系オランダ人の医師」という補注が加えられているが、この補注は原文には存在しない）。ただし、この情報については、次の傍線部②の典拠となった箇所の記述に出てきており、それが参照されたと考えられる。なお、原文の"Wierus"に対して、芥川は「ウイルス」という読み方を、『狂気とバブル』は「ヤン・バイヤー」という読み方をしている。それは、彼の呼称には、ラテン語風の Ioannes Wierus や、ドイツ語読みでの Johann Weyer などが一般に用いられているということと関係している。邦訳である『狂気とバブル』は後者を念頭に置いて「ヤン・バイヤー」という読み方をしていたが、芥川は、前者を念頭に置いて書かれた原文にそのまま従って「ウイルス」という読み方をしたものと考えられる。

傍線部②は、『狂気とバブル』の次の記述に基づくものである。

十六世紀も末期になると、ヨーロッパ大陸でもイギリス諸島でも、多数の識者が民衆をこの問題（筆者注――魔女や妖術に関する問題）に目覚めさせようと躍起になってきた。中でも最も有名なのがドイツのヤン・バイヤー、イタリアのピエトロ・ダ・アバーノ、イングランドのレジナルド・スコットである。(6)

また、傍線部③は、『狂気とバブル』の次の記述に基づくものである。

（前略）（筆者注――悪魔は）バイヤーによると、バリスター（英国の法廷弁護士）に変身することもあったようだ。フィリップ四世（端麗王）の時代（フランス・カペー朝時代）には、すらりとした黒馬を御する色黒の男になって、ある修道僧に現れた。続いて托鉢僧になり、ロバになり、揚げ句は馬車の車輪にまでなっている。(7)

芥川の蔵書にはこの箇所にも脇線が施されていて、摂取の跡を窺うことができる。ただし、芥川は、悪魔が「黒驪」すなわち黒馬にも化けたと述べているが、原文にはそうは書かれてはいない。これは、原文の〝dark man riding a tall black horse〟の箇所、つまり、「黒馬を御する色黒の男」の箇所から、「色黒の男」のみならず「黒馬」にもまた悪魔が化けたと、芥川が誤読したことによると思われる。あるいは、芥川は正確に読解をしていたけれども、「変幻自在」に化ける悪魔の姿を強調するために、この箇所をヒントにして、あえて、悪魔が黒馬にも化けるという原文にはない意味を付け加えたのかも知れない。また、芥川は、悪魔が猫や兎にも化けたと記しているが、その情報も『狂気とバブル』の右の箇所には存在しない。しかし、その情報は、『狂気とバブル』の次の記述に依拠して載せられていたと考えられる。

魔女はどんな姿形にも化けることができたが、普通は猫か野うさぎに決めていた。(8)

芥川の蔵書にはこの箇所にも脇線が施されている。魔女と悪魔の違いはあるが、この記述を参考にしていたと見ることができる。

以上により、芥川が「骨董羹」の「悪魔」の項目を記述するにあたり、チャールズ・マッケイの『狂気とバブル』「魔女狩り」を参照していたと分かる。では、チャールズ・マッケイは、どのような立場に立って、悪魔や魔女に関する右のような文章を書いていたのであろうか。その点については、先述の「まえがき」から既におおよその察しがつく。チャールズ・マッケイは、分別のある人間が、集団の中でいつの間にか、悪魔や魔女の妄想や迷信に取り憑かれて、良識を失い、愚行に走るという状況を、批判的な立場より例示しようとしている。例えば、「悪魔思想」を紹介するに際して、「魔術や妖術の歴史を詳しく見ていく前に、伝説の中で僧侶たちが確立したばかげた悪魔思想の体現について考えてみるのもいいだろう(9)」と述べられたり、「いにしえの人々の迷信や夢は単に空想に基づいた愚行だと考えられるので、ここではその支離滅裂な話を堪能することにしよう(10)」といった口調でその「悪魔思想」が揶揄されたりしている。また、「魔女狩り」の章の末尾近くは次のように記されているが、ここにも、チャールズ・マッケイの姿勢がはっきりと示されている。

こうした妄信の例は、ヨーロッパのすべての国で枚挙にいとまがないはずだ。時代が刈り取れなかったいくつもの過ちが深く根を下ろしているからである。学者や哲学者の不屈の努力で一度国に暗い影を落とした有毒な

木を切り倒してしまえば、かつて害悪がはびこっていた場所にも太陽がさんさんと降り注ぐだろう。(11)

このように、『狂気とバブル』で紹介される悪魔や魔女はみな、「妄信」の産物と一貫して位置付けられている。その上で、人々の作り上げたその種の迷信にいつの間にか支配され、翻弄される人間の狂的な姿が、迫真力のある筆致で執拗に描き出されている。芥川は、その姿に、人間の恐るべき一面を見出し、先述の危惧を再認識していたものと考えられる。

勿論、芥川の「骨董羹」は、もともと「寿陵余子の仮名のもとに筆を執れる戯文」と副題が付けられていて、「戯文」として書かれたものである。それ故、この「悪魔」の項目も、「悪魔学」の伝える、悪魔についての知識を紹介しながら、「自動車の車輪」にまで化けて人間を堕落させる悪魔の姿をそこから連想して、その滑稽さを読者に示そうとした、というところに執筆の意図があったと考えられる。ただ、その際、参照された書物が『狂気とバブル』であったというのは、単なる偶然ではないだろう。この頃の芥川の問題意識と重なる、先述のような主題を持つ『狂気とバブル』であったからこそ、『狂気とバブル』は芥川の関心を引き、「悪魔」の項目の執筆に活用された、ということは少なくともいえるのである。さらにいえば、それに留まらず、「悪魔」の項目の最後が、「畏る可く、戒む可し」と記されているという点に、当時の芥川の意外に真剣な危惧や警戒感を読むことも可能ではないだろうか。ここには、いつ、迷妄や狂気に支配され、身を滅ぼすとも限らない人間存在に対する、芥川のより切迫した不安が潜んでいるようにも感じられる。

## 第4節

この頃の芥川が『狂気とバブル』から大きな影響を受けていたことは、「骨董羹」の「悪魔」の記述以外にも、『狂気とバブル』からの摂取の痕跡が芥川作品に見られるということから知ることができる。具体的にいうと、その摂取の痕跡は、芥川の「ロビン・ホッド」（大11・5『新小説』）に見られる。このエッセーは、『芥川龍之介全集』第九巻（平8・7、岩波書店）の後記によれば、「英国皇太子来朝を記念し、春陽堂主宰で四月一三日午後六時より神田青年会館で開かれた『英文学講演会』」で芥川が行った講演に基づくもので、イギリスの国民性を、「ロビン・ホッド」、「タアピン」、「デイユヴアル」、「シエッパアド」、「ワイルド」といったイギリスの大泥棒と関連付けながら論じたものである。大泥棒を愛するイギリス人には、道徳や理想を顧みることなく、むしろ、「或素晴しいエネルギー」や力強さを賛嘆する気質があるということを指摘している。これが、『狂気とバブル』の「大泥棒に捧げるオマージュ」（"Popular Admiration of Great Thieves"）の章からの露骨な借用となっている。恐らく、この時の芥川は、『狂気とバブル』を手近に置いて、繰り返し読んでいた。以下、両者の関連箇所の一々を指摘するのは余りに煩瑣に渡るので、「シエッパアド」について言及された箇所のみを掲げて、その借用の具体的なあり方の一端を示すに留めることにする。まずは、芥川の「ロビン・ホッド」から引用する。

破つて逃出して仕舞つたと云ふ豪傑であります、而かも死刑に処せられたる時が僅に二十三才であると云ふのでありまます、此男はニユウゲエトの監獄へ放り込まれた時に手枷足枷をすつかりかけられて居る、其なりに牢をで三番目のジヤツク・シエツパアドになると、是は義賊でもなければ礼賊でもない、純粋の慓悍無双な泥棒でであるから天才ですな、此先生も矢張り死ぬ時は一番良い着物を着て胸に花を付けたと云ふことです、それが死んだ時は到る処で何処でも話がある時にはシエッパアドの話ばかりである、のみならずシエッパアドのことを書いた本が出来る、肖像が出来る、サア・リチヤアド・ソオンヒルと云ふ男の如きはサアと云ふ名前が付いて居るのだから当時重んぜられた画工でありませうが、それの如きは態々此シエッパアドの肖像画を描いた、それが非常な大評判になつた、此人気は賀川豊彦氏や島田清次郎氏よりも遙に多かつたと言はざるを得ません。其サア・リチヤアドの書いたシエッパアドの絵が出た時にブリテイツシユ・ジヤアナルと云ふ雑誌に詩が出た、詳しく言へば千七百二十四年の十二月二十八日号に詩が出たのでありますが、其詩が頗る振つたもので、終ひの節だけを簡単に申上げますと、アレキサンダア大帝はアペレスに依つて不朽になり、シイザアはアウレリアスに依つて、クロムウエルはリリイに依つて不朽になり、大泥棒ジヤツク・シエツパアドはサア・リチヤアド・ソオンヒルに依つて不朽になつた。斯う云ふ詩が出来た、アペレスがアレキサンダアの像を描いたやうにサア・リチヤアド・ソオンヒルが泥棒シエツパアドの画を描いたことは後代に記念すべき素晴しいことだと云ふのですから、私なら怒りますが、サア・リチヤアド・ソオンヒルと云ふ画工は非常に喜んだと云ふことであります、既に詩も出た位でありますから、固より芝居は行はれました。無言劇でありますが、それはサアモンドと云ふ人がやつた。ドルリイ・レエンの劇場で盛んに上演された時は、其背景は実景通りで実際シエッパアドが始終其泥棒仲間と共に酒を飲んだ居酒屋の如きは在りの儘拵へて客を呼んださうであります。

続いて、この箇所に対応する『狂気とバブル』の箇所を引用する。

英国人に大いに親しまれているのは、ジャック・シェパードの偉業である。かつて国の恥をさらした残忍な悪党だが、庶民の称賛に値することはだれもが認めるところである。ロビン・フッドのように富める者から奪い、貧しき者に与えたわけではないし、タービンのように礼儀正しい泥棒でもなかったが、ニューゲートの牢獄から足かせをはめられたまま脱走したのである。一度ならず何度も脱走を繰り返すというこの離れ業によって不朽の名声を手に入れ、民衆の間ではまさに大泥棒のかがみとまでいわれるようになったのだ。処刑されたときにはまだ二三歳だったのだが、集まった大勢の見物人の同情を一身に集めて死んでいった。その大胆不敵な行動は、その後何ヶ月もの間人々の話題をさらった。街の印刷屋は彼の肖像画で埋まり、精密画もリチャード・ソーンヒル卿が手掛けるほどであった。ソーンヒル卿に捧げられた次の賛辞の詩は、一七二四年一一月二八日付けの『ブリティッシュ・ジャーナル』紙に掲載されたものである。

ソーンヒルよ！名声に包まれるは汝なり、／無名の汝が、慎み深く名を上げし。／姿形を描くなら墓場を避けるべし、忘却のシェパードが現れん！／アペレスはアレクサンダーを描き、／カエサルはアウレリウスに描かれ、／リリーが描きしクロムウェルも輝けり、／シェパードはソーンヒル、汝の中に生きにけり！

これはどうにでも解釈できる、あいまいな賛辞である。アペレスが君主を描くにふさわしい画家ならば、ソーンヒルは泥棒を描くにふさわしい画家だということか。だが、この画家はそうは受け取らなかった。民衆もそうだった——分かりやすく的確で、人の心をくすぐるような詩だと考えたのだ。あまりにも有名になったジャックは、芝居の題材にもうってつけだった。サーモンドは『道化師ジャック・シェパード』というパントマイムの芝居を企画し、ドルーリーレーン劇場で大成功を収めた。ジャックが入り浸っていた居酒屋や、ジャックが脱出したニューゲート牢獄ののろわれた独房など、背景はすべて実物をモデルにして描かれた(12)（以下略）

芥川の摂取は明白であり、疑う余地はない。この他、「タアピン」、「デイユヴアル」、「ワイルド」についての言及や、それ以外の細部の記述もほぼ、この種の露骨な借用に終始している。『狂気とバブル』以外の情報も、「ロビン・ホッド」の中には少しは含まれているので、この時の芥川が、別の文献を併せて参照していた可能性もあるが、「ロビン・ホッド」の内容の殆どが『狂気とバブル』に基づくものであった、という点は動かない。前掲の『芥川龍之介全作品事典』では、この作品を「大学で英文学を専攻した龍之介の潤沢な知識、鋭い考察が、明快な論旨で語られたユニークな講演」と位置付けるが、材源を辿ってみると、むしろ、模倣の跡の甚だしさばかりが目についてしまう。参考文献として『狂気とバブル』が掲げてられていないことを踏まえると、むしろ、剽窃と称すべき内容であった。

しかも、芥川は、「ロビン・ホッド」において、『狂気とバブル』の核となる主張を取り込んでいるわけではない。先述の通り、『狂気とバブル』は、人間が集団の中でいつしか迷信や狂気に囚われる傾向にあることを批判的に論じたものであったが、この「大泥棒に捧げるオマージュ」の章においても、その点は同様である。この章でも、チャールズ・マッケイは、最後に、「大泥棒」に無批判に熱狂・陶酔したり、その行為を模倣したりする人々、すなわち、大衆の空気にのみこまれて、我を忘れて、愚行に走る人々が続出する状況を戒め、批判している。一方、芥川の「ロビン・ホッド」では、その批判は取り入れられていない。それは、「英国皇太子来朝」を祝しての講演で、「大泥棒」をもてはやすイギリス人の悪口をいうわけにはいかなかったという事情のためであろう。芥川は「ロビン・ホッド」において、『狂気とバブル』の主張を取り込むのではなく、講演の材料となるべき知識を取り込むことに終始していた。

とはいえ、そのことは、芥川と『狂気とバブル』の密接な関係を否定するものではない。講演の材料として『狂気とバブル』の知識が選択されたのも、この時期に、『狂気とバブル』を手近に置いて読んでいたということを証明するものである。のみならず、「ロビン・ホッド」におけるようなあからさまな借用は、『狂気とバブル』「大泥棒に捧げるオマージュ」の世界にいかに強い関心を芥川が持ったのかを示すものであると解される。『狂気とバブル』には、前掲の「魔女狩り」や「大泥棒に捧げるオマージュ」の他にも、「狂った投機熱――ミシシッピ計画」「南海泡沫事件」「チューリップバブル」「毒殺の大流行」「決闘と神の判決」「近世ヨーロッパの予言者たち」「運勢判断」「磁気療法師」「権力当局と毛髪」「幽霊屋敷」「大都市に暮らす庶民の楽しみ」「聖遺物崇拝」「錬金術師――賢者の石と生命の水を求めて」「十字軍」の章が設けられていて、集団の中でいつしか狂気に向かうことになった人々の事例が余すところなく記されている。芥川は、それらの全てに目を通していたに違いない。「公衆の興味」に影響され、自分なりの現実認識ができない人間の性質に対する関心は、こうした読書体験を通して改めて強くこの頃の芥川に呼び起こされたものと考えられる。

芥川が右のような人間の性質に関心を寄せていたことは、例えば、「藪の中」(大11・1『新潮』)によっても確かめられる。この作品では、武弘という人物が殺害された事件をめぐって、当事者である多襄丸、真砂、武弘の三人の証言が食い違っているという状況、しかも、三人ともに他者に罪をなすりつけるのではなく、自分が殺害に関与した(筆者注――武弘は、自ら胸に刃を突き刺したと、死後、巫女の口を借りて証言している)と証言しているという事態が描かれている。この不可解な事態の真相は、この作品において不明瞭なままにされているが、その点については、近年の研究によって、「唯一の『真相』を追求する形で『藪の中』を読むことの懐疑は十分に共有され」(前掲の『芥川龍之介全作品事典』「藪の中」)るようになっている。何故に、こうした真相の不明瞭な作品が書かれたのかというと、「一人称によって語られる言葉の信頼性のもろさや不安定性」を表現するためである。三人のうち二人、もしくは、全員が、自分にとって決して有利にはならない嘘の証言をしていたのであるが、それは、彼らの懺悔や告白の中に、世間に向けての自己演出が含まれていたからであると考えられる。無実の罪を自ら背負い込んでも、偽りの自己を演出しようとする彼らの姿は、意識的であれ、無意識的であれ、人間が他者や世間の興味にいかに強く拘束された存在であるのか、ということを示している。

人間のこうした性質を痛感する芥川は、それ故に、「公衆の興味」から自由になることの困難をよく知っていた。なるほど、チャールズ・マッケイの如く、第三者の視点から、集団の影響に囚われて、狂気や愚行に走ることになった人物たちを批判することは容易である。しかし、その渦中にいる人間にとっては、その影響は自覚されにくい。そのため、芥川は、個々の人間の意識的な努力が、「公衆の興味」から解き放たれるためにどれほど有効であるのかは甚だ疑問であるという思いを抱くようになっていたのではないだろうか。芥川の芸術観の変容は、こうした思いが強まる中で生まれてきたものと考えられる。

第1章の第7節で言及した通り、芥川は、もともと、あらゆる芸術は、作家の意識的な努力によって作り上げられると考えていた。しかし、大正十二年の次の記述によってその考え方を覆し、芸術には作家の無意識が自ずから反映されてしまうという考え方を示すようになった。

芸術家は何時も意識的に彼の作品を作るのかも知れない。しかし作品そのものを見れば、作品の美醜の一半は芸術家の意識を超越した神秘の世界に存してゐる。一半？或は大半と云つても好い。／我我は妙に問うに落ちず、語るに落ちるものである。我我の魂はをのづから作品に露ることを免れない。一刀一拝した古人の用意はこの無意識の境に対する畏怖を語つてはゐないであらうか。／創作は常に冒険である。所詮は人力を尽した後は、天命に委かせるより仕方はない。（中略）わたしは正直に創作だけは少くともこの二三年来、菲才その任に非ずとあきらめてゐる。

（前掲の「侏儒の言葉」「創作」。この項目は大12・7に掲載された）

ここで留意したいのは、芥川が、意識的な努力でいかに取り繕ったとしても、作家の魂は自ずから作品に滲み出てしまうものであるとした上で、「創作だけは少くともこの二三年来、菲才その任に非ずとあきらめてゐる」と述べているということである。この頃の芥川は、「公衆の興味」や「通俗的興味」に囚われた作品になってしまうことを最も強く警戒していたのであるから、幾分かの誇張が含まれてはいるだろうが、ここでいう「菲才」とは、「公衆の興味」や「通俗的興味」から脱却し得ない状態を念頭に置いて記されていたと考えてよい。従って、「この二三年来」、すなわち、自らの生活を素材にした作品を書く傾向が強くなってきた大正九年から十年以降、意識的な努力によってどう文飾を施しても、自らの中にある通俗性が作品に滲み出てしまうことは避けられないという心持ちに傾いていた、ということをここから見て取ることができる。これは、「公衆の興味」に囚われることに対する先述の危惧から派生した心持ちである。自らの生活を素材にした作品を書く中で、通俗性から脱し得ない自らの「菲才」に対する絶望感を深めていき、その結果、やはり、どう取り繕っても、作家の魂は自ずから作品に投影されてしまうものであるという認識を持つようになったと考えられるのである。芥川の芸術観の変容は、自らに対する危惧や疑念がきっかけとなって起こっていた。

こうして、晩年になればなるほど、芥川は、作家の持って生まれた素質や無意識的な精神のありようというものに重きを置くようになり、それに呼応して、自らに対する無力感はいよいよ深くなっていく。第1章の第8節で引用した、前掲の「文芸的な」五における、芥川の志賀直哉に対する崇拝も、そのことを端的に示すものである。そこでは、「公衆の興味」などというものと初めから無縁の天性の詩人として、自らに到底手の届かない高みにある存在として、芥川は志賀を神格化している。理知や技巧によっては決して獲得することのできない「詩的精神」の力を目の当たりにするにつけ、芥川は、自らの「詩的精神」の不在を思い知らされることになるのである。「文芸的な」の十二「詩的精神」の項には、通俗性を厳しく拒絶する「詩的精神」の獲得は、結局は、「天賦の才能」によるしかないと記されている。先の「侏儒の言葉」の「創作」も踏まえるならば、こうした言葉の裏側には、自らの「天賦の才能」の欠如を実感する芥川の絶望が潜んでいると見ることができる。

広津和郎は「わが心を語る」（昭4・6『改造』）において、「自然主義の後を受けて文壇の矢面に立った人々」は、「総てめいめいの独自性といったものを磨けば事足りるような、一つの自由主義時代に育った人々だった。彼等はめいめいの生き方で生き、めいめいの磨き方で芸を磨き、そしてめいめいの独自性を最も強く、最もはっきり出す事に力を注ぎ、そこに信念を持っていた」と指摘した上で、その信念から生まれた自らの苦悩を次のように述べている。

私も亦その同じ信念の下に自分の道を歩いて行ってみた。私の道は、さあ、何と云ったらいいか、自己というものの本体はどこにあるかと思って、一枚々々自己のかぶっている皮を剝いで行く、といったような行き方だった。私は時々自分で自分を省みて、「こんな風に自己というものの一皮、一皮を剝いて行ったところで、どうやらそこに何も生れて来るものではないではないか。ちょうど一皮、一皮ラッキョウの皮を剝くようなもので、結局、剝いて剝いて行った最後には『無』のほか何も残るものではないではないか」と思ってみたものだ。

「自然主義の後を受けて文壇の矢面に立った」芥川もまた、後期になるにつれて、「歴史に仮装するむなしさ」（三好行雄前掲書）から、すなわち、「自己というものの本体はどこにあるか」という問いからいよいよ目を背けることができなくなる。その結果、「一枚々々自己のかぶっている皮を剝いで」、作家の無意識に属する精神の意味を問おうとする作業を行うのであるが、それにより、自らの中には「『無』のほか何も残るものではないではないか」という懐疑を深めていく。後期の芥川作品が、芥川が絶望する如く、「詩的精神」の欠如したものであったとは思えない。しかし、「公衆の興味」に囚われることを極度に恐れた芥川には、通俗性から脱し得ない自らの「菲才」が強く意識され、虚無的な心境に陥っていく。もとより、広津の言を信ずれば、これは何も芥川一人の問題であったわけではない。程度の差こそあれ、大正期という「一つの自由主義時代」には、一方で、多くの作家が「ラッキョウの皮を剝く」ような虚無感に直面していた。芥川の苦悩の背景にもまた、個性や自己の主張に溢れたこの時代がかえってもたらした閉塞感というものが潜んでいたのかも知れない。

## 注

（1）勿論、これは大きな傾向を述べているのであって、初期の芥川の作品に「私的な体験」に基づく現代小説がないわけではないし、また、後期の芥川の作品に歴史に取材した作品、あるいは、虚構の世界を描いた作品があることはいうまでもない。

（2）ただし、芥川の「保吉もの」と呼ばれる私小説風の作品は、実際には、大正十二年十二月から書かれ始めるわけではない。その最初の作品は「魚河岸」（大11・8『婦人公論』）である。もっとも、この「魚河岸」の初出時には、「保吉」という名前は使われておらず、「わたし」の体験として書かれていた。「魚河岸」において、「わたし」から「保吉」という名前に変えられたのは、単行本『黄雀風』（大13・7、新潮社）に収録されて以降のことである。「保吉」という名前が最初に登場した作品は、「保吉の手帳から」（大12・5『改造』、原題「保吉の手帳」）である。

（3）前掲の芥川の旧蔵書にある原本から、該当する部分を引用する。以下の引用も本書による。

We find that whole communities suddenly fix their minds upon one object, and go mad in its pursuit; that millions of people become simultaneously impressed with one delusion, and run after it, till their attention is caught by some new folly more captivating than the first.

（4） “To trace the history of the most prominent of these delusions is the object of the present pages. Men, it has been well said, think in herds; it will be seen that they go mad in herds, while they only recover their senses slowly, and one by one. ”

（5） “Most persons said the number of these demons was so great that they could not be counted, but Wierus asserted that they amounted to no more than seven millions four hundred and five thousand nine hundred and twenty-six ; and that they were divided into seventy-two companies or battalions, to each of which there was a prince or captain.”

（6） “Towards the close of the sixteenth century, many learned men, both on the continent and in the isles of Britain, had endeavoured to disabuse the pubulic mind on this subject. The most celebrated were Wierus, in Germany ; Pietro d'Apone, in Italy ; and Reginald Scot, in England.”

（7） “and upon one occasion he transformed himself into a barrister, as we learn from Wierus, book iv. chapter 9. In the reign of Philippe le Bel, he appeared to a monk in the shape of a dark man riding a tall black horse, then as a friar, afterwards as an ass, and finally as a coach-wheel.”

（8） “The witches had power to assume almost any shape; but they generally close either that of a cat or a hare,”

（9） “Before entering further into the history of Witchcraft, it may be as well if we consider the absurd impersonation of the evil principle formed by the monks in their legends.”

（10） “So, while the superstitious dreams of former times are regarded as mere speculative insanities, we may be for a moment amused with the wild incoherences of the patients;”

（11） “Many other instances of this lingering belief might be cited both in France and Great Britian, and indeed in every other country in Europe. So deeply rooted are some errors that ages cannot remove them. The poisonous tree that once overshadowed the land, may be cut down by the sturdy efforts of sages and philosophers; the sun may shine clearly upon spots where venemous things once nestled in security and shade;"

(12) "Not less familiar to the people of England is the career of Jack Sheppard, as brutal a ruffian as ever disgraced his country, but who has claims upon the popular admiration which are very generally acknowledged. He did not, like Robin Hood, plunder the rich to relieve the poor, nor rob with an uncouth sort of courtesy, like Turpin; but he escaped from Newgate with the fetters on his limbs. This achievement, more than once repeated, has encircled his felon brow with the wreath of immortality, and made him quite a pattern thief among the populace. He was no more than twenty-three years of age at the time of his execution, and he died much pitied by the crowd. His adventures were the sole topics of conversation for months; the print-shops were filled with his effigies, and a fine painting of him was made by Sir Richard Thornhill. The following complimentary verses to the artist appeared in the British Journal of November 28th, 1724.

"Thornhill! 'tis thine to gild with fame ＼ Th' obscure, and raise the humble name; ＼ To make the form elude the grave, And Sheppard from oblivion save! ＼ Apelles Alexander drew —— ＼ Cesar is to Aurelius due; ＼ Cromwell in Lilly's works doth shine, ＼ And Sheppard, Thornhill, lives in thine!"

This was a very equivocal sort of compliment, and might have meant, that if Apelles were worthy to paint a monarch, Thornhill was worthy to paint a thief. But the artist did not view it in that light, nor did the public; for they considered the verses to be very neat, pointed, and flattering. So high was Jack's fame that a pantomime entertainment, called Harlequin Jack Sheppard, was devised by one Thurmond, and brought out with great success at Drury Lane Theatre. All the scenes were painted from nature, including the public-house that the robber frequented in

Claremarket, and the condemned cell from which he had made his escape in Newgate."

# 第6章

# 芥川と「詩的精神」

## 第1節

晩年の芥川は、「詩的精神」の必要性を訴え、「『話』らしい話のない小説」の意義を主張した。この「詩的精神」と「『話』らしい話のない小説」は、ともに等しく、晩年の芥川の芸術観を支える言葉である。ただし、「『話』らしい話のない小説」の意義を主張することが、晩年の芥川の究極の目的であったわけではない。そのことは、「文芸的な」の一において、「僕は『話』らしい話のない小説を最上のものとは思つてゐない。従つて『話』らしい話のない小説ばかり書けとも言はない。第一僕の小説も大抵は『話』を持つてゐる」と記していること、あるいは、「『話』らしい話の有無」は、「小説の価値」とは無関係であると記していることから確かめることができる。「文芸的な」の二で、「僕が僕自身を鞭つと共に谷崎潤一郎氏をも鞭ちたいのは（中略）材料を生かす為の詩的精神の如何である」と記しつつ、「詩的精神の如何」に最大の関心を向けていることにも留意するならば、芥川は、「小説の価値」は、「『話』らしい話の有無」ではなく、「詩的精神」の有無によって決まると考えていたといえる。では、そうであるにもかかわらず、晩年の芥川が「『話』らしい話のない小説」の意義を主張するのは何故であるのか。その理由は、「文芸的な」の一における「しかしかう云ふ小説も存在し得ると思ふのである」という記述から窺うことができる。この記述に留意するならば、「詩的精神」がありさえすれば、「『話』らしい話のない小説」というものも「存在し得る」ということを主張したかったと考えられる。そのために、「『話』らしい話のない小説」を提起していたのである。[1]従って、晩年の芥川の芸術観の中心には「詩的精神」がまずあって、その「詩的精神」の必要性を訴えるための実験的な小説として、「『話』らしい話のない小説」が主張されていたと整理することができる。

ところで、「詩的精神」や「『話』らしい話のない小説」の意義を主張する、このような晩年の芥川の芸術観に関して、それは、大正末期に文壇に流行した、私小説・心境小説というジャンルから派生してきたものである、という一つの根強い説がある。例えば、平野謙『現代日本文学論争史』上巻（昭31・7、未来社）「解説」では「芥川のいう『詩的精神』もまた久米正雄流の『心境』の一ヴァリエーションにほかならない」と指摘し、三好行雄『近代文学鑑賞講座』第十一巻（昭33・6、角川書店）「芥川龍之介の死とその時代」では「芥川コントラ谷崎論争もあきらかに」「心境小説論の一支流であった」と論じている。また、臼井吉見『近代文学論争』上（昭50・10、筑摩書房）においても、「心境小説」論争という大きな項目を立てつつ、その中の一つの項目に「小説の筋」論争を入れているのも、これらの説と同じ考え方を持っていたということを示している。晩年の芥川の求めていたものが、私小説・心境小説であった可能性があることは、佐藤春夫「私小説私論」（昭16・8『三田新聞』）の次のような記述からも確かめられる。

芥川は晩年に筋のない小説といふものを唱へはじめた。さうしてその実例として数へた話題の興味に対して、或る時自分は言つた――「君は要するに、新しい俳文のやうな境地を求めてゐるのではないか」と。芥川はほぼ自分の言葉を承認したやうに見えた。／芥川の筋のない小説は多分彼の私小説、心境小説への転向の志を語るものではなかつたらうか。

春夫と芥川のこうしたやりとりを見れば、先述の可能性は確かに感じられるのである。

しかしながら、「自分の言葉を承認したやうに見えた」という春夫の主観的な言葉をそのまま鵜呑みにすることはできないし、同時に、この文脈からは、芥川に「私小説、心境小説への転向の志」が本当にあったといえるのかどうかも実際にははっきりとしない。なるほど、晩年の芥川は、一般に私小説・心境小説の作家と呼ばれる志賀直哉や滝井孝作や葛西善蔵の作品を「詩的精神」に満ちたものとして賞賛した。彼らの作品に自らの進むべき方向性を見出していたことは疑えない。しかし、その一方で、芥川の「詩的精神」の意味するところが私小説・心境小説に限定されるわけではないことも事実である。晩年の芥川は、セザンヌやピカソなどの絵画芸術にも大きな刺激を受け、そこに「詩的精神」を認めているからである。[2] そのことは、菊地弘『芥川龍之介——意識と方法——』（昭57・10、明治書院）Ⅲ「『小説の筋』論争」の中で指摘されている。菊地は「破れない城に挑むピカソに自分の行く道を見た芥川が指標とする芸術は、心境小説というような既存のものではなかった筈である」として、「〈詩的精神〉による小説の主張を『心境』小説と見做す論」は「明らかに失当し」たものであると批判している。確かに、晩年の芥川が求めていたものを私小説・心境小説として片付けるだけでは、セザンヌやピカソの作品を賞賛する芥川の立場を説明することができないように思われる。

だが、そうすると、志賀や滝井や葛西の作品を「詩的精神」があるとして賞賛する芥川の立場と、セザンヌやピカソの作品を「詩的精神」があると賞賛する芥川の立場とは、どのような関係にあると理解すればよいのだろうか。平野謙・三好行雄前掲論文では、セザンヌやピカソを賞賛する芥川の立場の意味するところが見えてこない。また、菊地弘前掲論文では、晩年の芥川が求めていたものは既存の私小説・心境小説ではないと指摘するものの、志賀や滝井や葛西を賞賛する芥川の立場と、ピカソやセザンヌを賞賛する芥川の立場とがどのような関係にあるのかという点が明らかにされていない。そのため、これらの論文を読む限りにおいては、晩年の芥川の主張の意味するところが、なお判然としないといえるのである。

もっとも、右の点を明らかにしようとした論が存在しないわけではない。それは、柄谷行人『日本近代文学の起源』（昭55・8、講談社）Ⅵ「構成力について」のその二である。柄谷は、この中で、芥川がセザンヌの作品を賞賛していることを踏まえつつ、次のような鋭い分析を行っている。

> 芥川自身が絵画を例にとっているということからみても、彼のいう「『話』のない小説」がいかなる文脈で語られているかは明瞭であろう。すでにいったように、後期印象派は、まだ遠近法に属しているとはいえ、そのような作図上の均質空間に対して「知覚空間」を見出している。芥川のいう「話」とは、見とおし《パースペクティヴ》を可能にするような作図上の配置にほかならない。しかし、重要なのは、たんに芥川が第一次大戦後の西欧の動向に敏感だったということではなく、また彼がそのような作品を書こうとしたことですらもなくて、西欧における動向を日本の「私小説的なもの」と結びつけたことである。

これに続く箇所では、「芥川がみたのは、告白か虚構かというような問題ではなくて、『私小説』というものがもつ配置の在りようだった」、「私小説において、『在りのままに書く』ということは、（中略）『纏まりをつけない』ことである」とも論じられている。ここでは、セザンヌも含めた「後期印象派」の絵画作品は、「まだ遠近法に属しているとはいえ」、「遠近法」的な「作図上の均質空間」とは異なる「知覚空間」を備えているという点、日本の「私小説的なもの」にも、「纏まりをつけない」、非遠近法的な「配置の在りよう」を見出すことができるという点に着目されている。その上で、このように、非遠近法的な「空間」や「配置」を備えているという点に、両者の共通性があると芥川は感じ取っていたと指摘している。

この指摘は、非常に示唆に富むもので、以下の論もこの指摘に負うところが大きい。もっとも、柄谷前掲論文では、優れた直感的洞察力によって、「後期印象派」以降の非遠近法的な「知覚空間」と、「私小説的なもの」の非遠近法的な「配置の在りよう」との間に、共通性があるという結論を導いてきたのであるが、晩年の芥川が、前者の非遠近法的な「知覚空間」や後者の非遠近法的な「配置の在りよう」に関心を持っていたと本当にいえるのかという点、芥川の「詩的精神」の主張は、その「知覚空間」や「配置の在りよう」と関係するものであったと本当にいえるのかという点について、資料に基づいた十分な論証がなされているとは言い難い。その論証作業を行うことがなければ、先の結論に真に到達することはできないだろう。

それに加えてさらにいえば、そもそも、前者の非遠近法的な「知覚空間」と、後者の非遠近法的な「配置の在りよう」との間に、共通性があると論じるだけでは、晩年の芥川の芸術観を理解するのに十分ではない、という点も指摘しておきたい。というのも、晩年の芥川が、「詩的精神」があるという言葉を直接に用いて賞賛している（筆者注——ただし、大正十五年以降の、「詩的精神」と同義で用いられている「詩人」という言葉、あるいは、「『話』らしい話のない小説」という言葉、あるいは、「『話』らしい話のない小説」と等質の芸術という言葉を用いて賞賛している場合も含めている）作家・作品は、実は、「後期印象派」以降の絵画作品や「私小説的なもの」に限定されていないからである。試みに、晩年の芥川が先述のように賞賛している作家・作品を、重複を避ける形で列挙すると、次の通りである。すなわち、「葛西善蔵氏の私小説」（前掲の「文芸雑談」）、「滝井孝作氏の作品」（前掲の「文芸雑談」）、「中野重治氏の詩」（前掲の「文芸雑談」）、「ジユウル・ルナアル」の「葡萄畑の葡萄作り」（「芝居漫談」昭2・3『演劇新潮』）、「独逸の初期自然主義の作家たち」（前掲の「文芸的な」）、「セザンヌの画」（前掲の「文芸的な」）、「志賀直哉氏」の「『焚火』以下の諸短篇」（前掲の「文芸的な」）、「スタンダアルの諸作」（前掲の「文芸的な」）、谷崎の「刺青」（前掲の「文芸的な」）、「ハインリツヒ・ハイネ」（前掲の「文芸的な」）、「志賀直哉氏」の「暗夜行路」（前掲の「文芸的な」）、「『マダム・ボヴァリイ』も『ハムレット』も『神曲』も『ガリヴアアの旅行記』も」（前掲の「文芸的な」）、「国木田独歩」（前掲の「文芸的な」）、「ゴオガンの『タイチの女』」（前掲の「文芸的な」）、「ヴイヨン」（前掲の「文芸的な」）、「芭蕉」（「続芭蕉雑記」昭2・8『文藝春秋』）、「クリスト」（「西方の人」昭2・8『改造』）、「ポオ」（「小説作法十則」昭2・9『新潮』）、「ゲエテ」（「或阿呆の一生」昭2・10『改造』）、「『辻馬車』同人諸君の作品」（前掲の「滝井君の作品に就いて」）である。これを見れば、晩年の芥川が賞賛していた作家・作品は、実際には、多種多様であったということが分かる。

ここから、「後期印象派」以降の絵画作品と「私小説的なもの」との間にある共通性を探るのは、もとより必要なことではあるものの、実際には、それだけで十分であったわけではない、ということが見えてくる。そのため、その両者の共通性を探るところから出発するのではなく、右に挙げた多種多様な作家・作品の根底に存在すると芥川自身が述べているところの「詩的精神」の意味を明らかにするところから出発しなければならない。そこから出発しつつ、その後に、右の作家・作品を取り上げ、その「詩的精神」の意味と合致するような特質を実際に備えているのか否かということを、具体的に確かめていくべきであると考えられるのである。勿論、右の作家・作品を取り上げるといっても、その全てを取り上げることなど不可能である。そのため、右の作家・作品のうち、ごく僅かな作家・作品を具体例として取り上げるしかないのであるが、しかし、芥川がいう「詩的精神」の意味を予め明らかにすることさえできるのであれば、取り上げる作家・作品がごく僅かであったとしても問題はないだろう。

もっとも、芥川がいう「詩的精神」の意味を明らかにすることもまた、実際にはそれほどたやすいことではない。なるほど、芥川は、「文芸的な」十二で「僕の詩的精神とは最も広い意味の抒情詩である」と直接に説明している。しかし、それ以外にも、「文芸的な」の随所で、「詩的精神」という言葉を用いて自らの芸術観を表明している。しかしながら、論争相手であった当の谷崎が、前掲の「饒舌録」の中で、「私には芥川君の詩的精神云々の意味がよく分からない」と述べている通り、芥川の「詩的精神」についての説明は全て、どのようにも解釈し得る曖昧なものになっている。そのため、芥川の「詩的精神」の意味を理解するためには、芥川自身の説明を踏まえなければならないのは勿論のことであるが、それだけではなく、芥川の説明に限定されない広い視野からの考察が必要となる。

以下では、まず、芥川が「詩的精神」という言葉を用いるようになったきっかけは、同時代の文芸思潮に刺激を受けたからであるということを指摘する。その上で、そのことを踏まえて、芥川が「詩的精神」という言葉に託した意味を明らかにする。そこから、先に挙げた多種多様な作家・作品のうち、滝井を取り上げて、芥川の「詩的精神」の意味するところが滝井の文学の特質と合致するということを示す。それにより、芥川のいう「詩的精神」の意味を改めて確認するとともに、晩年の芥川の芸術観やその芸術観がもたらす苦悩に言及していく。同時に、それらを踏まえて、最後に、芥川の谷崎批判の意味について考察していきたい。

## 第2節

『芥川龍之介全集』全二十四巻（平7・11〜10・3、岩波書店）に収録された作品を調査すると、芥川が「詩的精神」という言葉を初めて用いたのは、未定稿の随筆である「滝井君の作品に就いて」（大15・6・4執筆）[3]においてであると分かる。[4]これまで、一度も用いられてこなかったこの言葉は、この大正十五年六月を境にして、芥川の没する昭和二年七月までの間に、芥川の芸術観を支えるものとして、繰り返し用いられるようになる。ところで、芥川の「文芸雑談」（昭2・1『文藝春秋』）には、次のような記述がある。

それから又、僕は大正十五年度には正宗白鳥氏の時評以外に、批評は無いと云ふ文章を読んだ。正宗氏の時評の鋭いことには誰も異存のある筈はない。しかし、正宗氏の時評以外に全然時評の無いやうに云ふのは、尠くとも僕には疑問である。第一あるかないかを知る為には、先づ批評を読まなければならぬ。（中略）読まずに批評は無いと云はれるのは、批評家自身にも気の毒である、のみならず、事実上ない訳では無い。譬へば、若い批評家達は「詩的精神の欠乏」[5]と云ふことに反対して居る。この言葉などは幾分でも耳を傾けるに足るものであらう。

芥川が、大正末期の批評にかなり精通していたこと、特に、大正十五年における「若い批評家達」の「詩的精神の欠乏」に反対するという論に共感していたことを、ここから知ることができる。先述の通り、芥川は、大正十五年六月を境にして「詩的精神」という言葉を盛んに用いて、その必要性を主張するようになったのだから、「詩的精神」という言葉を用い始めたきっかけとして、この大正十五年の「若い批評家達」の論に影響を受けたということを挙げることができるだろう。勿論、「詩的精神」が、当時にあって特別に目新しい言葉であったとは思えない。しかし、たとえ使い古された言葉であったとしても、大正十五年以降の芥川の中で、それが、自らの芸術の指針となるべき新たな意味を持つ言葉として認識されるようになったのであるから、その認識のきっかけがどこにあったのかを知ることは重要である。[6]大正十五年を境に、芥川がこの言葉を使い始めたということは、そのきっかけが右の「若い批評家達」の論にあることを示している。

『芥川龍之介全集』第十四巻（平8・12、岩波書店）の注解は、この「若い批評家達」を「未詳」としている。しかし、「詩的精神の欠乏」に対して反対を表明していると芥川が指摘している、大正十五年の「若い批評家達」の論は、文壇全体に波及したとまではいえないにせよ、実際に存在する。そのことは、橋爪健「十五年文芸評論界大観」（大15・12『文章倶楽部』）における、次のような記述から知ることができる。

散文精神対詩的精神の問題は、かつて生田長江、佐藤春夫、広津和郎諸氏によつて、お互ひに認識不足的に始められたものであるが、「詩」といふ文字の嫌ひな文壇諸氏にとつては、一向に興味がないらしく、僅かに詩壇で伊福部隆輝その他若年の諸氏によつて、独り角力的に論じられるのみである。私などは、（中略）新興文芸の基礎を確立するためには是非とも究明徹底させなければならない問題だと思つてゐるが、一般の散文家諸君は今なほ新興詩的精神と旧来の「詩的情緒」とを一緒くたにして涼しい顔をしてゐる（以下略）

ここで、橋爪は、大正十五年の文芸評論を概観しつつ、「旧来の『詩的情緒』」に安住する状態から抜け出せていないことを批判している。その上で、「新興詩的精神」の意義を主張している。こうした論を読むと、芥川が共感していた、大正十五年の「若い批評家達」の論の有力な一つの候補として、橋爪の「十五年文芸評論界大観」を挙げることができるといえるだろう。

ところで、橋爪のこうした論は、何も橋爪だけがこの時期に単独で主張していたものであったわけではない。そのことは、右の引用箇所において、「伊福部隆輝その他若年の諸氏」にも同様の論があると示されていることから知ることができる。となると、芥川に刺激を与えた、「詩的精神の欠乏」に反対する「若い批評家達」の論は、具体的にいえば、橋爪や「伊福部隆輝その他若年の諸氏」の論であったのではないかと予測することができる。実際、橋爪や伊福部は、大正十五年のこの時期にはまだ二十代であり、橋爪や「伊福部隆輝その他若年の諸氏」は全て、芥川の「若い批評家達」という分類に当て嵌まる。そのため、大正十五年に、あるいは、それよりも少し前の時期に、橋爪や「伊福部隆輝その他若年の諸氏」によって、「詩的精神の欠乏」に反対する論がそれなりに活発に主張されていたと推定し得るのである。では、この推定が正しいとして、何故に、この時期に、そのような論が主張されるようになったのであろうか。

そのことを考える上で、前掲の「十五年文芸評論界大観」の引用箇所の傍線部を参照したい。この傍線部は、大正十三年から十四年にかけて、有島武郎、広津和郎、佐藤春夫、生田長江によって行われた、いわゆる「散文芸術」論争を指している。この中で「散文精神対詩的精神の問題」を論じたのは、佐藤春夫の「散文精神の発生」（大13・11『新潮』）という評論である。春夫は、この評論において「散文精神」と「詩的精神」という言葉を取り上げ、それがいかなる精神であるのかを規定し、現在の文壇の問題点を指摘しようと試みている。橋爪の右の論の背後には、春夫のこの評論が紛れもなく存在する。さらにいえば、橋爪のこの論だけでなく、橋爪のいう「伊福部隆輝その他若年の諸氏」の論もまた、後述する通り、春夫のこの評論がきっかけとなって記されたものであったと考えてよい。となると、芥川が興味を示した、「詩的精神の欠乏」に反対する「若い批評家達」の論が、どのような経緯によって生まれてきたのかということを理解するためには、春夫のその評論をまずは取り上げなければならない、ということになるだろう。

そこで、春夫の「散文精神の発生」を取り上げ、その要旨を記しておくと、以下の通りである。――「散文精神」とは、主観を排し、「観察が混沌たる実生活を混沌のまゝで認めた」「自然主義精神」、「近代主義の精神」で、「詩的精神」とは、主観によって「この混沌の世界」を「統一調和」あるものに「浄化」しようとする精神で、「その主潮に於いて自づと常に古典主義で」ある。「詩的精神」は、「人類がまだ年若く一つの主観に陶酔し」得た旧時代の産物であるのに対して、「散文精神」は、「自己を知り、更に深く世界を視て現実の洗礼を経た後に」辿り得る新たな美学である。「散文精神」は、「詩的精神」に代わる現在の文壇の中心的な勢力となっている。しかし、そうであるにもかかわらず、詩が「すべての芸術の上に君臨してゐた当時の前代の学者によって樹立されたところの美学によつて、事実が全く逆になつてしまつた今日の芸術世界を」律する傾向が未だに強いので、その点が不服である。――春夫の「散文精神の発生」において、「散文精神対詩的精神の問題」が詳しく論じられていたことを、これにより確かめることができる。

では、橋爪や「伊福部隆輝その他若年の諸氏」の論は、春夫の論をどのように受け継いで書かれたものであったのか。それは、「認識不足」という言葉に示されるように、春夫の論を批判的に受け継いで書かれている。続いて、そのことを具体的に確かめつつ、橋爪や「伊福部隆輝その他若年の諸氏」の論を紹介していく。ただし、その前に予め断っておかなければならないことは、以下で紹介する、橋爪や「伊福部隆輝その他若年の諸氏」の論のうち、大正十五年の論は一例のみで、他は全て大正十三年末から大正十四年の例である、ということである。それは、筆者の調査では、橋爪「十五年文芸評論界大観」の他に、本来ならばもっと存在しているだろう大正十五年の例を一例しか見付けることができなかったからである。そうなると、先述の通り、芥川が直接に言及しているのは、大正十五年の論であるので、大正十三年末から大正十四年の論を多く紹介しても、さしたる意味はないと見なされるのかも知れない。とはいえ、そのことに全く意味がないわけでもない。というのも、その大正十三年末から大正十四年の論と大正十五年の論とは、後述する通り、春夫の「散文精神の発生」を批判的に受け継いでいるという点で共通性があり、大正十三年末から大正十四年の論を多く紹介することができれば、その論と同じ問題意識を持った大正十五年の論もまた実際にはそれなりに多く存在するだろうと予測することができるからだ。前掲の橋爪「十五年文芸評論界大観」の記述や後掲の岡村二一「現代詩の書き換へ略説――『散文詩』は無い――」の記述を見れば、大正十五年に「詩的精神の欠乏」に反対する論がある程度の広がりを持っていたことは確実である。大正十三年末から大正十四年の論を取り上げることは、その確実であることを補強する役割を果たすことになると考えられる。それに加えて、大正末期の評論に精通していたであろう芥川であってみれば、大正十五年の論だけではなく、直接に言及してはいないものの、大正十三年末から大正十四年にかけての論にも目を通していた可能性は十分に考えられる、ということも指摘しておきたい。そうなると、大正十三年末から大正十四年の論を多く取り上げることは、芥川に刺激を与えた可能性の高い論を紹介するという役割を果たすことになるので、やはり、そのことに意味がないわけではないといえる。

まずは、春夫の論を批判する橋爪の「散文精神の一考察」（大13・12・18～22『報知新聞』）を取り上げる。

> そこで私のいひたい事は、かの佐藤春夫が指摘したように「散文精神が在来文芸の世界を支配してゐた詩を全く文芸の片隅に追ひやつた」ことを肯定すると同時に、その詩なるものは在来の韻文的精神あるひは詩学的精神であつて、決して真の意味での詩的精神ではないといふことである。散文精神がかつて当面の敵としたところのものは、実に、韻文的精神あるひは戯作的精神であつた。（中略）故に真の詩的精神（いはゞ芸術的精神）と決して対立すべきものではない。

春夫は、「散文精神」を、近代的・現実的な精神、「詩的精神」を古典的・統一的な精神として、単純な二分法で図式化した。しかし、橋爪は、春夫の述べる「詩的精神」は旧来の「韻文的精神あるひは詩学的精神」であるに過ぎず、真の意味での「詩的精神」は、「混沌たる実生活を混沌のまゝで認めた」「散文精神」と本来ならば矛盾するものではないと指摘している。むしろ、その「散文精神」が作家の主観的な情緒と結びつくことで、新たな「詩的精神」は導き出されるという立場に立って、現在の文壇に必要であるのは、そうした新たな「詩的精神」であると訴えている。

橋爪は、春夫とは異なる新たな「詩的精神」を求めている。それは、「散文精神」を軸にした現在の文壇で発表される多くの作品が、その新たな「詩的精神」の欠如のために、卑俗で平凡なものに終わる傾向があると感じているからである。そのことは、橋爪の「陣痛期の文芸」（大14・6『文芸日本』）で次のように述べられている。

さて、詩的精神とは、さきにも述べた通り、爛熟堕落した散文精神に叛逆してたつべき新精神のことであつて、決して在来の詩的情緒や単なる詩を意味するものではない。勿論それは、自然主義以後自由詩となりながらなほ韻文的形式精神をも脱しきれず又散文精神にも徹底しきれない哀れな旧詩壇に対する叛逆でもある。／しかしその最も主眼とするところは、堕落した散文精神の常識文芸ないし平面文芸に対する主観の強張であり表現の高揚であり感覚の革命である。

橋爪は、現在の文壇の「散文精神」が、旧来の「詩的情緒」を「文芸の片隅に追ひやつた」ということを認める一方で、作家の強固な主観が存在しないために、それが「常識文芸」や「平面文芸」しか生み出せない「堕落した」精神になってもいると考えている。従って、真の「詩的精神」は、形式的・統一的であることに終始した旧来の「詩的情緒」のみならず、常識的な現実を書き連ねることに留まる、「堕落した」現在の「散文精神」への抵抗としても、必要であると論じている。

伊福部隆輝「詩的精神の復活」（大14・10『文芸時代』）もまたこうした新たな「詩的精神」を求める論である。伊福部は、「詩的精神」の意味及び意義を、以下のように説明している。すなわち、――これまで、我々の文壇を支配していた「散文精神」は「現実感の強調に於いて」「多くの強みをもつてゐる」ものの、「旧るい詩的精神にあまりにも左右されてゐた社会に発生した」ものである故に、「矢張り旧るい在来の詩的精神の殻」たる「観照統一癖」を残している。従って「彼等の芸術を構成するその内容の材料として現実的なものが撰ばれはする」が、「彼等はそれを一つの思想に統一しようとする」。「だからその芸術は」「ほんとうの現実感ではなくて、現実感を観念化したものである」。それに対して「新しき詩的精神」は、「観念化を根本から排斥」し、「主観的に生活現実を」「把握表現しようとする精神」である――というものである。中川省三「新感覚派の要点」（大14・9『現代文芸』）もまた同様のことを指摘し、「過去の散文精神は独自の生活現実感を表現し得」ず、「現文壇的固定意識に囚はれ」ており、そこから脱して「生活現実の高潮に到らんとする」運動こそが「新時代的詩的精神」であると述べている。

これらは極めて抽象的な論ではあるが、これらを見れば、形式的・統一的であることに終始した旧来の「詩的情緒」や、「常識文芸」や「平面文芸」しか生み出せない「堕落した」「散文精神」を打破していこうとする精神、換言すれば、既存の枠組みに囚われることなく、混沌たる現実を作家の主観によって捉え、表現していこうとする精神が、「新しき詩的精神」と呼ばれていたといえる。春夫のいう「詩的精神」は、「統一調和」の精神であったのであるが、「若い批評家達」が求めていたのは、それとは根本的に異なる「詩的精神」である。そのために、その「詩的精神」を「新しき詩的精神」と呼んでいたと考えられるのである。

こうして見てくると、大正末期に「新しき詩的精神」を求める論は、徐々に文壇に浸透していることが分かる。それが、当時ある程度の広がりを有していたことは、伊福部隆輝「新詩的精神の台頭」（大14・8『世界詩人』）の「芸術精神の中心が最近変わりかけて来た。散文精神から詩的精神へそういふ方向を示して来た。即ち詩的精神の台頭である。勿論旧来の詩的精神と同じものではない、それは勿論違ふ。しかしそれは矢張り詩的精神と言はるべきものである」という記述、岡村二一「現代詩の書き換へ略説――『散文詩』は無い――」（大15・3『日本詩人』）の「最近、詩的精神の全文壇的浸潤といふことが批評家の間に度々口にせられた。（中略）従来閑却されてきた詩的精神の復活によつて新生命的な雰囲気を効果せしめやうとする傾向に就て云はせられたものであらう」という記述によって明らかである。そして、こうした「新しき詩的精神」を求める論が広がるようになったきっかけは、やはり、春夫の論である。何故なら、「散文精神」は、一般に春夫の造語であるとされ、これ以前に恐らく用いられたことのない言葉であるからだ。(7)「新しき詩的精神」を求める大正末期の論は、春夫の造語たる「散文精神」との比較を通して、「新しき詩的精神」の必要性を訴えようとするものであったのだから、春夫の論を起源として展開されるようになったと判断されるのである。前掲の橋爪の「十五年文芸評論界大観」からも、そのことは確かめられる。となると、芥川は、春夫の論がきっかけとなって広がった、こうした「新しき詩的精神」を求める動向の一端に触れて、それに興味を示した、ということになる。実際、先述の橋爪や伊福部だけでなく、ここまで取り上げた批評家もまた全て、大正十五年の段階で二十歳代であり、芥川の「若い批評家達」という分類に当て嵌まる。春夫の論に対する批判から、大正十三年末から大正十五年にかけて、「新しき詩的精神」の意義を追求しようとする「若い批評家達」の論が生まれ、その論の一端に接した芥川もまた「詩的精神」の必要性を訴える芸術観を表明するようになったと整理することができるのである。

それにしても、「若い批評家達」の論は、抽象的であり、その意味するところを具体的に理解することがやはり困難である。この「若い批評家達」の論を、具体的にどのように理解すればよいのだろうか。ここで、「新しき詩的精神」を求める動きの中心的な存在であった橋爪や伊福部が、「新しき詩的精神」を有する芸術として、「未来派、立体派、表現派、構成派、ダダイズム」などの、いわゆる、前衛芸術を特に賞賛しているという点に留意したい。例えば、前掲の橋爪「散文精神の一考察」の五では、

散文精神の堕落による既成文壇の極限に対しては、すでに各方面に改革が現れてきた。未来派、立体派、表現派、構成派、ダダイズム等々――これらのレーゾン・デエトルは、その形式にあるのではなくして寧ろその精神にある。詩的精神の復辟にある。

と記され、また、前掲の伊福部「詩的精神の復活」の五では、

こゝに来て吾々は今静かに最近の世界の芸術界を見渡して見る。そこには未来派、表現派、ダダイズム、意識的構成派、等の諸流派が雑然混然として表れて来てゐる。（中略）しかし吾々は一見百鬼夜行とも言ふべきこの混然雑然たる芸術界に、一道の光明のやうに総べての流派の芸術運動の底を流れてゐる生活現実把握の精神、新しい詩的精神を見落すわけには行かない。

と記されている。「若い批評家達」のいう「新しき詩的精神」は、これらの前衛芸術と共通する精神を有していたと考えられる。「若い批評家達」の論を具体的に理解するために、また、彼らの論に刺激を受けた芥川の「詩的精神」の意味を理解するためにも、続いて、これらの前衛芸術に通底する精神を探っていきたい。

## 第3節

先に挙げた各々の前衛芸術は、勿論、各々に固有の思想を有しているのであるが、そこには各派に通底するごく基本的な前提が存在する。ここでは、主に絵画芸術に焦点を当てて、その前提を確認しておくことにする。結論から先にいえば、それは、因襲的な視覚の奴隷にならず、実在の奥にある精神を主観的に掴むことで、芸術家に固有の現実感を表さなければならない、という前提である。絵画の場合、遠近法という従来の定められた配置の中で事物を見ることへの反発から出発する。(8) 例えば、佐久間政一『表現派の芸術』（大11・7、日本美術学院）の第一章では、「表現主義」は、以下のような「視方」を克服することで、現実から導かれる芸術家の内界における律動・衝動を表現しようとするものである、と述べられている。

人の知る通り、伊太利の文芸復興期が、あらゆる芸術史上に於ける先駆として、初めて絵画に適用した規則的な『遠近法』は、これもまた精神の補正的援助を等閑に附する『視方』を前提とするものである。と云ふのは、若し人間の肉眼が、面倒もなく物体を正当な遠近長短法で見るならば、この認識を整理するがために、偉大なるブルネルスキイの直覚を必要とする事はしなかつたであらう。そしてどのへぼ画家も或建物の前に坐つて、目の眺めたものを、画布の上に再現すれば、それだけで充分であり、かくして出来た絵画は、遠近法の法則を、全く自然に齎らし来つたであらう。然し何れの試みも直ちに示すやうに、人間は世界を（中略）規則的な遠近法で見るものではない。

眼前の現実は、必ずしも遠近法の規則通り見えるわけではない。そう見えるのは、これまでの芸術作品から現実の見方を学び、その尺度で現実に対するからである。表現派は、先入観を排し、現象の表面的な事実に拘泥せずに、心的過程・精神的体験に支えられた本質を直接的に表現しようとするのである。

同様のことは、フランク・ラター著、木村荘八訳『芸術の革命』（大3・5、洛陽堂）の「立法派」における、立体派に関する次のような記述にも示されている。

あるがまゝ！と云つて事物とは如何云ふ物なのだらう。又事物とは何なのだらう。彼等（筆者注――批評家）に従ふと云ふと、事物は絶対的にその形体を持つてゐ、要素的な形体を保つてゐるのだ、で、それを再現する為め、我々は伝統的な遠近法とキャロスキユロ（影とひなたと画面的関係法）とを踏み外さない様にするわけなのだ。簡単極まることである！一つの事物は一つの絶対的な形体を持つてなぞはゐないのだ。知解に写る限内に数限りもなく平面がある様に、一つの事物も沢山な形体を持つてゐるのだ。

ここでも、規則的な遠近法の見方を否定し、事物の姿や形を自己の想像力をよって把握・表現していくことの意義が説かれている。例えば、立体派に属するピカソは、『マンドリンを弾く女』（1909）という絵に関して、「抽象芸術というものはない。常に何かあるものから始めなければならない。その後で現実の外観を全部取り去ることもできる。そうなってももう危険はない。というのも、その対象についての観念が消しがたい痕跡を残したからだ。対象こそが画家を刺激し、様々な思考を呼び起こし、感動を引き起こしたのである」（レイチェル・バーンズ編　速水豊訳『ピカソ』平3・10、日本経済新聞社）と述べていたという。一見すると、不合理に思える立体派の世界も、事物を凝視することで得られる画家に固有の現実感に基づくものである。

未来派の絵画の特質に関しても、アーサー・シェローム・エッデイ著、久米正雄訳『立体派と後期印象派』（大5・9、向陵社）の六「未来派」に次のように述べられている。

多数の画家によつて了解されてゐるやうな遠近法は、吾々に取つては器械師の図案に与へられると同じ価値しか持つてゐない。／芸術創作に於ける心の状態の同時併発。これが吾、の芸術の狂酔するところの目的である。（中略）室の内部から見える露台の一人物を描くに當つて、吾々は窓の四角な椽が見えるやうにしただけの範囲に吾々の画を限らうとはしない。却つて露台上に居る人が経験した視感覚の総計を与へやうと試みる。即ち日光を浴びた街上の群集、左右に伸びた両側の家並、又は花に蔽ぼ《（ママ）》れた露台などを描く。これは周囲を包むものが同時に起つたところを示す。それ故に物象の乱雑と分裂、細尾の散在と混合は、今迄認められた論理からは自由に又各個独立して示されるのである。

表面的な事物を客観的に描くという観点からすると、露台にいる一人物を描くに際して、その人物が見る種々の光景までもを同一の画面に取り込むことはできない。しかし、その人物の実相に直接に肉薄しようとする試みの中で、画家の「外部の（具体的な）光景と内部の（抽象的な）感情との間に存在する同情と連鎖と直覚」は、そうした画面を鮮やかに脳裏に浮かび上がらせたに違いない。「狂奔する馬の足は、四本ではない、四本であり、六本であり、八本で」あって、四本に見えるのは「『その物を《（ママ）》実在の認識』に起因するのではなくして、やはり『視覚の見慣れてゐるといふ習慣性によるものである』」（デ・ブルリユック、木下秀著『未来派とは？答へる』「未来派と遠近法」、大12・2、中央美術社）とする未来派の有名な定義も同様のことを述べている。

続いて、絵画芸術以外の例として、川路柳虹が「新文学の方向」（大14・3『新潮』）において、ロシアの「構成派」の詩人である「マヤコウスキー」の「おまへに出来るか」という詩を紹介しているので、それについても簡単に触れておく。

私はコップの絵の具をぶちまけて／こともない日の地図を一度で染め直した／一皿のジエリーの上に／太洋の頬骨をさし出した／鉄葉《ブリキ》の魚の鱗の上に／新しい唇の呼び声を探しえた。／しかし君は樋《とゆ》の笛《フリユート》で／「夜曲《ノクターン》」を奏でることができるか。

川路は、「人間の手でつくられたものに過ぎない」「鉄葉の魚」から「呼び声」を聞くことができ、「節穴も口金もない樋を笛に換へて美妙な夜曲を奏でることができる」とする発想に留意して、「マヤコウスキー」が、「自然でない人工の、其の物質と見えるもの丶上にも新しい生命を感じる」ことで、「実在に対する観方を一変」させることに成功したと指摘している。そして、そこから、我々もまた「観念の上から、道義の上から、常凡な感情の上からのみ眺めてゐた観方を」排し、「生な、単に事物そのものに即した、非感情的な、非観念的な、非道徳的な観方から観直してそこに新たな存在を知覚する」必要があると訴えている。川路の解釈に従うならば、ここにも、先述の前衛芸術と共通の精神が存在するといえよう。

以上、わずかな例に過ぎないが、前衛芸術に通底する基本的な精神を確かめた。それは、先入観に囚われることなく、主観的に事物の実相を捉え表現していく精神である。事物の特質が「『視覚に投影せる物体の姿』と、それによつて生じたる芸術家の『心的状態』との間に実を結べる或る化合体」（吉野作造編輯『新芸術』大5・10、民友社）である時、実際に見える姿は各人で実は全く異なるものであるかも知れない。客観的な姿や形に拘泥するのではなく、独自の主観によってその姿や形を掴み、表現していく必要があると考えているのである。勿論、主観を重視するからといって、現実逃避による、空想的、浪漫的な世界を求めているわけではない。むしろ、現実と正面から向き合って得られる、主観的な現実世界を求めているのである。

前衛芸術に通底するこうした精神が、「若い批評家達」によって「新しき詩的精神」と呼ばれ、それが、芥川の唱える「詩的精神」の主張として受け継がれていたと考えられる。前衛芸術に通底するその精神と芥川の「詩的精神」との間に共通性があることは、芥川が、「文芸的な」の一において、「詩的精神」に満ちた「『話』らしい話のない小説」を、「『善く見る目』と『感じ易い心』とだけに仕上げることの出来る」、「一見未完成かと疑はれる」小説と定義していることから確かめることができる。この定義を見れば、「詩的精神」は、既存の枠組みに囚われず、「『善く見る目』と『感じ易い心』」によって事物の本質を把握し、表現していこうとする精神と等質のものであったと分かる。となれば、芥川の「詩的精神」は、前衛芸術に通底する先述の精神と共通のものであったと理解し得る[9]。

晩年の芥川がピカソやセザンヌを賞賛するのも、このような精神に魅力を感じたからに他ならない。ピカソは立体派に属する画家であり、セザンヌは、未だ後期印象派に属する画家であるとはいえ、「立体派、未来派、表現派その他の現代のすべての絵画の分派は、セザンヌなかりせば全然今とは異つたものであつたに違ひなく、すべての現代の画家は何等かの意味でセザンヌに『影響された人《インフルエンスド》』（神原泰『新しき時代の精神に送る』「立体派の紹介」二章、大12・7、イデア書院）であるとされる、現代絵画の先駆者である。[10] 実際、セザンヌは、「印象派の再現の勝利を以て満足することが出来なかつた。就中、彼は実在の一瞬間の相を描くといふ印象派の主張に反逆し」、「実相の中に永久の秩序があり、芸術家の眼と心とに自ら映ずる意志《デザイン》が」ある（前掲の『立体派と後期印象派』の二）と考えた画家である。セザンヌとピカソはともに、遠近法から離れて、主観的に深い実在に突入した画家である点で共通する。「若い批評家達」と同じく、芥川は、この点に「詩的精神」を見出していたと考えられるのである。

## 第4節

もっとも、先述の通り、芥川が「詩的精神」に満ちているとして賞賛した作家・作品は、ピカソやセザンヌに限らず、多種多様である。では、ここまでで論じてきた、芥川の「詩的精神」の意味は、本当に、その多種多様な作家・作品の特質にも当て嵌まるものなのだろうか。この問いに真に答えるためには、本来ならば、その多種多様な作家・作品の全てを取り上げて考察する必要があるのかも知れないのであるが、そういうわけにもいかないので、ここでは、一見すると、前衛芸術と全くもって無関係であるように思える滝井の文学の特質を取り上げて、その特質が、芥川の「詩的精神」の意味と合致するということを確かめてみたい。ここまでの論によって、芥川の「詩的精神」の意味は明らかになっていると考えられるので、そのことを確かめることができれば、先述の多種多様な作家・作品に対してもまた、もとより、個々に相違は存在するであろうが、ほぼ同様の意味を芥川が見出していたであろうと推定することができるのである。

芥川は、前掲の「滝井君の作品に就いて」において、「滝井君の作品の面白味は一つには又トリヴィアルな事実を並べることに存するのです。たとへばいつか滝井君のお父さんのことを書いた小説にしても、艶っぽい坊さんが出て来たり何かするのは或はトリヴィアリズムとも言はれるでせう。けれどもあのトリヴィアリズムを除いたとしたならば、滝井君の作品はどの位美しさを減ずるかわかりません」、「若しユニイクと云ふ点から云へば、滝井君の作品などは頗るユニイクなものです」と述べている。滝井の作品に見られる「ユニイク」な面白味・美しさは、「トリヴィアルな事実を並べること」の中にあるということが記されているのである。

では、芥川が指摘する「トリヴィアルな事実を並べる」滝井の特徴とはどのようなものであるのか。「滝井君の作品に就いて」の傍線部は、滝井の「ゲテモノ」(大14・9『改造』)という作品を指すので、「ゲテモノ」を例にとって具体的にそのことを考えてみたい。もともと、中村明編『作家の文体』(昭52・12、筑摩書房)所収の「実感」という作品において、「自分の経験だとしっかり書けるような気がするんだが、想像だと、どっか腑に落ちないというか、あやふやで、自分に納得がいかないんだな」と自作を解説している通り、滝井が、実体験をそのまま書くことを信条としている作家であることは周知のことであるが、この作品も、滝井自身の実体験が直接に描かれている。作品の中心となる話は、大まかにいえば、博覧会を見物するために、主人公である仙造の家に、田舎の父、叔母、叔父とその息子の四人が訪れ泊まったこと、その三年後に、仙造が田舎の父の所に帰り、法事の手伝いをしたことの二つのみであり、この他に目立った事件や出来事は記されていない。その代わり、芥川がいうように、作品の中心的な話とは直接に関わらない「トリヴィアルな事実」が多く盛り込まれている。例えば、芥川のいう「艶っぽい坊さん」とは、仙造が田舎に帰る途中で偶然遭遇する人物である。

美濃町で身ぎれいな僧が一人加はつた。その坊さんは「この村の松茸は一番よい」と云つて道端で松茸を買つた。見たところ色つぽい此人は、街道筋の名高い勅願所の禅寺の住職であつた。

この後、昼食宿で仙造と昼飯を食べ、萩原町に帰る描写が僅かにあるだけで、作品の中からこの「坊さん」は姿を消す。「坊さん」の存在は、作品の展開に一切関わらない、描かれるべき必然性のないものであったといえる。この他にも、仙造の家に泊まりに来た父と叔父の息子が病気になること、父の家で仙造の隣に座った、話し上手の住職による知人の話なども、これとよく似た例であり、こうした例は枚挙に遑がない。というよりも、作品全体が、話の展開に関係しない場面の連続で成り立っているといったほうがよい。つまり、作品に書かれる様々な挿話の殆どは、一つの主題として統一されるべき役割を果たしておらず、全体との間の有機的な繋がりを持っていない。

このことは、別の観点からいえば、滝井が、普通の人ならば看過するような「トリヴィアルな事実」の中に自らに特有の意味を感じていた、ということを示している。例えば、仙造が久しぶりに田舎に帰った時の風景は、次のように描かれている。

> 或る唐物屋の若い細君はとほる男を一瞥した。この髷の女は娘時代はとかくの噂の主で今は婿をとつたと思はれた。仙造は町筋を見直す目で見た。店々のかざり付は一体黒くくすんで、中の色彩は厭に目立つた。「なんて憂鬱な見世〱だ」と仙造は思つた。がその憂鬱は特有のもので、仙造は面白かつた。心持《ムード》があつた。

久しぶりに帰った町の「店々」の様子が「憂鬱」であったことも、後の展開と関わらない「トリヴィアルな事実」であるに違いない。だが、ここで、仙造は「店々」の「憂鬱」さの中に「特有のもの」を認め、「面白」く感じている。滝井は、事実を忠実に描くことを信条とした作家であるので、こうした仙造の感想もまた、滝井の実感に根差したものであったと見てよいだろう。右のような「憂鬱」は、常識的な「憂鬱」とは異質のもので、「トリヴィアルな事実」を私心なく眺めることで初めて得られる滝井に固有の実感であったといえるのである。

前掲の『作家の文体』では、中村明が、滝井の「松島秋色」（昭27・8『群像』）の「俥賃は、二百五十円と云つたが、三百円やつた」という描写を取り上げ、これは「作品の流れの上で欠かせない内容」とはいえないのではないか、という疑問を滝井に投げかけている。それに対して、滝井は「そういうことは僕なんかには非常に珍しい経験だったもんだから、そんなことまで書いたわけです」と答えている。これは、昭和二十七年という大分後年の作品についての発言であるが、「ゲテモノ」の手法にも当て嵌まるものである。滝井にとって、大切なことは、作品に取り上げる事実が「作品の流れの上で欠かせない内容」であるのか否かという点にはなく、むしろ、自分にとって「珍しい経験」であるのか否かという、極めて主観的な点のみにある。全体との有機的な繋がりを持たない「トリヴィアルな事実」であっても、それが自らに看過できない実感をもたらすものであれば、そのことが描く動機となる、ということである。その結果、必然的に、滝井の作品には小説が本来持つ立体感が薄れるのであるが、それと引き換えに、滝井独特の「知覚空間」（前掲の柄谷論文）が形成されることになる。芥川が、「トリヴィアルな事実を並べる」滝井の作品に「ユニイクな」面白さ・美しさを見出すのも、滝井の作品が、こうした創作態度によってもたらされる独特の「知覚空間」を備えている、ということをよく理解していたからに他ならない。

## 第5節

もっとも、「ゲテモノ」の考察を通して得られたこうした結論は、未だに推測の域を出ないものであるのかも知れない。そこで、滝井の創作に対する考え方の特質を取り上げて、この結論を補強したい。さて、先に滝井は、事実をありのまま描くことを信条としている作家であると述べた。ただ、滝井にとって事実をありのまま描くということは、普通に考えられるよりも深い意味を持っている。「酔峰君」（昭6・3『週刊朝日』）には、大正中期頃の自らの創作に対する考え方を、次のように紹介した記述がある。

例えば、向ふの岡の上の松の木を見て絵に描いたやうな松といふ風に眺めたら、ハツと自分を省みねばならぬ、つまり絵を髣髴として絵に使つて見てゐるので真実の松の木を見たとはいへないから見直さねばならん、自分の目で赤裸々に観察しなければいかん、（以下略）

滝井には、表面的な事実を模倣的になぞるのではなく、先入観に囚われず、純粋に事物を凝視しようとする強い意志がある。この意志こそが、滝井の創作を一貫して支えている。そして、その意志の背後には、「秋深し」（昭10・9・27、28「都新聞」）の次のような考え方が存在するだろう。

風景事物は、眺める各自の心持に依り、享受の感銘はちがひ、すべては皆んな幻影だ。

これは、昭和十年の発言ではあるが、この直後に「『すべては幻影ではないのか』と云ふことは、以前から分かつてゐた」と書かれているので、従来からの一貫した考え方であるといえる。つまり、滝井は、「風景事物」は客観的な姿や形として存在するのではなく、「各自の心持」によって異なる見え方をするものであるが故に、先入観に惑わされずに、事実を「自分の目で赤裸々に観察しなければ」ならないと考えているのである。

その結果、先にも述べたように、部分と全体との密接な関係に留意する小説本来の様式は捨て去られ、独自の「知覚空間」を獲得することが目指されるようになる。「志賀さんの文学」（昭31・5『群像』）では、「小説の『和解』には、和解に至る所の不和の方が描いていないとか、『蝕まれた友情』は、主人公の心持だけだと云はれるが。これはくだくだしい小説を作ることよりも、先づ書きたい所だけ書いて、その内的衝迫を大切にした表現で、主題《テーマ》よりも動因《モチーフ》が大切だとした、これが真当の作品ではないかと思ふ」として志賀の作品を賞賛し、そこに自らの理想的な小説のあり方を見出している。滝井にとって、あくまでも、現実に直接的に肉薄し、そこから受ける自己の「内的衝迫」に忠実になることが大切である。部分と全体との有機的な繋がりに気を配りながら展開を組み立て、それにより主題を提示していくという創作の方法は、小説の様式という固定観念に引き摺られて、その「内的衝迫」を歪めることを意味していた。

こうして見てくると、滝井の創作に対する考え方は、先述の前衛芸術に通底する精神と重なり合っているということに気付く。実際、そのことは、滝井自身がよく意識するところであった。「処女作『父』の回想」(昭50・2『人間』解説)には、「私は、ヂカにヂカに材料に肉薄する体当たりの手法は、大正四年から大正七年まで、河東碧梧桐先生の俳句雑誌『海紅』の編集を手伝って、俳句の方で、私はヂカにものをつかむ方法を身につけた」のであるが、それは「絵で云へば西洋画に似たもので」あったと記されている。さらに、「大正初年にはモダン・アートもさほど沢山見たわけではないが、碧梧桐先生も私共も、新しい型破りの俳句に目ざめた心持が、自づと西洋のモダニズムと感通したやうで」あったとも記されている。具体的にいえば、碧梧桐の「蠣飯冷えたりいつもの細君」という句や、自らの「けふも歩けば日が照る不忍の鴨が鳴く」という句などが、「ピカソの絵の女に似た句、風景に人物の動きのある句」であるとして示されている。そして「この俳句の方から取得した手法で、大正九年に書いた処女作『父』には、独自の文体筆使ひ」をして「自分の実感を忠実に現は」そうとしたとも述べられている。滝井の小説の「ヂカに材料に肉薄する」手法は、河東碧梧桐の新傾向俳句の影響によって得られたものであるが、それは、西洋の「モダン・アート」とも通じるものであると感じているのである。前掲の「志賀さんの文学」の引用箇所の直後には、「内的衝迫」を重視する志賀の文学は「セザンヌやゴッホの絵」と共通するものであると指摘していることも踏まえれば、「内的衝迫」に基づき「ヂカに材料に肉薄する」手法や精神と、前衛芸術の手法や精神との間に共通性があることを、滝井は理解していたといえるのである。

勿論、「大正初年にはモダン・アートもさほど沢山見たわけではない」と記される通り、大正期の滝井が、創作においてどれほどその「モダン・アート」から影響を受けていたのかは定かではない。しかし、「文学的自叙伝」（昭11・5『新潮』）では、大正十一年頃「ぼくはセザンヌ画集を借りて来て毎日見ながら仕事をし」ていたのであるが、その「手本を見ることは刺激になり」、「技術上に無駄のはぶける点で役立つた」とも回想されているので、少なくとも、大正十一年頃には、ある程度「モダン・アート」を意識して、その手法を自らの作品に役立てていたと考えてよいだろう。となると、芥川が、セザンヌやピカソの作品と滝井の作品の両方に、共通の「詩的精神」を認めていたとしても、決して不思議ではないといえるのである。

先述の通り、芥川は、「若い批評家達」に刺激を受け、既存の枠組みに囚われず、「主観的に生活現実を」「把握表現しようとする精神」を「詩的精神」と呼ぶようになった。「トリヴィアルな事実を並べる」ことによって「ユニイクな」美しさ・面白さを表現しているとする滝井の作品に対してもまた、そのような「詩的精神」を見出し、惹かれていたのである。それは、芥川が、セザンヌやピカソの作品に惹かれる理由と同じである。このことは、芥川の「詩的精神」の意味するところは、セザンヌやピカソの作品のみならず滝井の文学の特質とも合致していた、ということを示している。となれば、ここから、芥川が「詩的精神」を有すると述べていた本章の第1節で挙げた多種多様な作家・作品に対しても、芥川は同様の意味を見出していたという結論を導き出すことができるだろう。

## 第6節

では、「詩的精神」の必要性を訴える芥川の考え方は、晩年の芥川に何をもたらしたのであろうか。そのことを知るために、芥川の「歯車」（昭2・6『大和』、昭2・10『文藝春秋』）に簡単に触れておく。「歯車」は、晩年の芥川が抱える不安や恐怖を材料にした作品で、主人公の「僕」が、現実の何気ない光景に様々に接していく度に、狂的な連想に取り憑かれ、神経をすり減らしていくところが表現されている。具体的にいえば、「僕」は、街の中で、「レエン・コオト」、「地玉子、オムレツ」、「ビルデイング」、「オオル・ライト」、「モオル」、「Black and White」、「エエア・シツプ」、「人工の翼」などの様々な事物や言葉に遭遇するのであるが、それらは、「僕」の主観を通して特殊な意味が与えられる。例えば、「歯車」の四「まだ？」の次のような二つの描写を取り上げてみる。

冬の日の当つたアスファルトの上には紙屑が幾つもころがつてゐた。それ等の紙屑は光の加減か、いづれも薔薇の花にそつくりだつた。僕は何ものかの好意を感じ、その本屋の店へはひつて行つた。

アスファルトの上に落ちた紙屑は時々僕等人間の顔のやうにも見えないことはなかつた。すると向うから断髪にした女が一人通りかかつた。彼女は遠目には美しかつた。けれども目の前へ来たのを見ると、小皺のある上に醜い顔をしてゐた。のみならず妊娠してゐるらしかつた。僕は思はず顔をそむけ、広い横町を曲つて行つた。

最初の引用は短編を書き上げて満足した直後に、続く引用は自らを「気違ひ」と自嘲した直後に、「僕」が目にした光景である。紙屑は、「僕」の主観を通して薔薇の花や人間の顔に変化し、そのことでまた「僕」の感情は揺さぶられる。清水康次「『歯車』論――コンテキストを失った言葉――」(平4・2『国文学』)は、この引用箇所を「通常なら取るに足りないもの、消え去っていくだけのものが、『僕』によって、『僕』のコンテキストを与えられて、立ち上がってくる」と的確に指摘している。不安定な内面を抱えた「僕」が、瑣末な事物の一々の中に、「僕」に固有の独特の意味を見出していくのであるが、そのことが実に生々しく表現されている。その意味で、芥川は、既存の枠組みに囚われずに、「主観的に生活現実を」「把握表現しようとする精神」の必要性、つまり、「詩的精神」の必要性を訴える自らの創作に対する考え方を利用して、「歯車」の「僕」の姿を形作っていたと解釈することもできるのである。実際、先に「歯車」から引用した箇所は、前衛芸術の主張と重なり合うところがある。例えば、未来派の次のような説を挙げておく。

未来派の画家は、視覚の二重の力を其の芸術の上に応用したり。即ち、彼等の視覚は、X光線に等しき効果を現出したり。／彼等は、或る人と会談しつゝあるときに、相手の頬の上に、街路を通り行く馬の姿を見ることもあらん。また、或る店頭を眺めつゝあるときに、其の店の飾窓の中に自動車の突進するを見ることもあらん。

(前掲の『新芸術』第四節)

「歯車」では、全編を通して、こうした「僕」による独特の主観的な世界が描かれ、それらが非論理的な脈絡で繋ぎ合わされることによって成り立っている。実存的な不安と虚無感に支配される「僕」の姿、その不安と虚無感とを助長する現実が、晩年の芥川の姿や現実と重なり合う、差し迫った問題として表現されている。これにより、芥川は、「散文である小説の言葉が、これほど詩的に加工された例は、日本の近代文学では、芥川以前には少ない」

（前掲清水論）と指摘されるような、先駆的な作品を形成することができた[11]。

ところで、芥川は、「詩的精神」が、各々の人間に必ずしも意識することのできない領域、つまり、各々の人間の生来の資質と深く関わるであろう、無意識的な領域に根ざすものであると考えていた。そのことは、第1章の第8節で引用した通り、「文芸的な」の五における、志賀は必ずしも意識していないかも知れないが、「詩的精神」が志賀の作品に満ちているという芥川の言葉から確かめることができる。また、「文芸的な」の十二における、「詩的精神」の浄火を燃え立たせるために「精進の力などは存外効のないもの」で、それは「天賦の才能による」べきものなのかも知れないという芥川の言葉からも確かめることができる。芥川が、こうした考え方を持つのは、「詩的精神」の意味を追求しようとする以上、自然なことである。なぜなら、既存の枠組みに囚われずに、芸術家に固有の現実感を把握・表現するという試みは、知識や観念によって事物の姿や形を強いて歪めることを意味するわけではないからだ。むしろ、「絵画にある平面を変形すると云ふ事は我々の全人格である。この平面が反衝を起して観者の理解の上に人格を反映する」（木村荘八『未来派及立体派の芸術』「立体派の思想及芸術」、大4・3、天弦堂）という記述、「新しい観方とは同時に新しい存在の発見である。新しい『生き方』である」（前掲の川路「新文学の方向」）という記述に見られる通り、その試みは、芸術家の「人格」・「観方」・「生き方」に大きく左右されるものである。ということは、その試みによって、芸術家にも十分に意識し得ない、自らの生来の資質が問われるようになる、ということである。従って、「詩的精神」を求める芥川の姿勢は、知識や観念とは別の次元にある、自らの存在そのものの意味を問う姿勢を必然的に導いていくのである。

しかし、その姿勢は、芥川に自らの限界を強く意識させる結果を招いていく。「詩的精神」の浄火を燃え上がらせることを「天賦の才能による」ものと考えていた芥川は、逆に、「天賦の才能」の欠如、つまり、「詩的精神」の欠如を痛感する心境に傾いていくのである。そのことは、例えば、前掲の「文芸的な」の五や「歯車」の記述から窺い知ることができる。まず、「文芸的な」の五についていえば、「詩的精神」を持つ志賀の作品に対して「僕に最も及び難い」という感想を口にしている。「詩的精神」を追い求める姿勢が、理想と乖離した自らのあり方を痛感する心境をもたらしていくのである。また、「歯車」についていえば、「歯車」では「歌集『赤光』の再版を送りますから」という一文を見て、「僕」が「打ちのめ」される場面がある。関口安義『芥川龍之介　実像と虚像』（昭63・11、洋々社）の第八章で論じられている通り、芥川は、嘗て、「僻見」というエッセーの「斎藤茂吉」の項（大13・3『女性改造』）で「僕の詩歌に対する眼は誰のお世話になつたものでもない。斎藤茂吉にあけて貰つたのである」と書き記し、茂吉の『赤光』を絶賛していた。『赤光』に「打ちのめ」される「僕」の姿は、「詩的精神」に溢れる『赤光』の力強さの前に自らの非力を痛感するようになる芥川の心境が投影されていると考えられるのである。

そのことと関わって、茂吉についてもう少し言及するならば、茂吉は「写生」は「生を写す」ものであると定義し、「内面の真」を写し出すことを大切にしていた。さらに、そのことが、前衛芸術の方法と重なり合っていることも自覚していた。「短歌に於ける写生の説」第四「『短歌と写生』一家言」（大9・9『アララギ』）では、「自然を飽くまで尊重する流派」である「表現主義《エキスプレッショニズム》、神秘的立体派《キュビズム・オルフィック》あたり」でも、「視覚」に囚われず「内面の真」を重視しているが、「理論としてはそれが本当」であると論じている。芥川は、茂吉が「『人工の翼』ではない」、「本質に根ざした強さ」を持って、そうした「内面の真」を実際に作品化していることを羨望し、その茂吉と比較した自らの非力に失望するのである。

勿論、芥川の批判は、主として谷崎に向けられている。しかし、先述の通り、「文芸的な」の二では、「僕が僕自身を鞭つと共に谷崎潤一郎氏をも鞭ちたいのは（中略）材料を生かす為の詩的精神の如何である」とも記されていた。このことは、「詩的精神」の欠如に関する批判の鞭は自らにも向けられていた、ということを意味している。「文芸的な」の三では、「僕の持つてゐる才能はかう云ふ小説（筆者注――「話」らしい話のない小説）を作ることに適してゐるかどうかは疑問である。のみならずかう云ふ小説を作ることは決して並み並みの仕事ではない」とも記されている。芥川にとって、「『話』らしい話のない小説」は、そうした小説を作る資質など備えていないかも知れない自らを「鞭」って追求されるべき試みであった。昭和二年三月二十八日付の斎藤茂吉宛書簡には、「唯今の小生に欲しきものは第一に動物的エネルギイ、第二に動物的エネルギイ、第三に動物的エネルギイのみ」という一文も見られる。「動物的エネルギイ」という、本能的・無意識的な力に対する切実な要求は、「詩的精神」の「浄火」を燃え上がらせる力が欠如することを嘆く心境に由来しているといえるだろう。

晩年の芥川は、各々の人間の生来の資質と深く関係しているだろう、無意識的な領域を絶えず意識しつつ、その領域に根差した表現を求めていかざるを得なかった。しかし、そもそも、それは無限に困難な試行錯誤である。なぜなら、無意識は、それを意識しようとした段階で無意識であるとはいえないからである。無意識的な領域を意識的に求めていこうとする試み自体の中に、既に矛盾が存在している。「動物的エネルギー」を強く欲していた晩年の芥川は、理知や観念の桎梏から自らを解き放つ境地には、最後まで到達することができないまま、「詩的精神」の欠如ばかりを痛感する心境に陥っていたのではないかと考えられるのである。

## 第7節

第1章の第10節で引用した通り、晩年の芥川は、「『刺青』の谷崎氏は詩人だつた。が、『愛すればこそ』の谷崎氏は不幸にも詩人には遠いものである」と述べていた。「詩人」であるということは、つまり、「詩的精神」を有しているということである。では、芥川は、何故に、「刺青」は「詩的精神」を有していると感じ、「愛すればこそ」には「詩的精神」が欠如していると感じたのであろうか。続いて、この問いについて考えていかなければならない(12)。

まず、「刺青」に関していえば、そもそも、「刺青」に「話」の要素が存在しないとは筆者には感じられない。もともと、「刺青」は江戸時代を舞台とした刺青師の話である。谷崎の現実が直接的に描かれているわけではなく、物語性を備えている。となると、「刺青」は「詩的精神」を持っているとする芥川の指摘には、理屈の通らないところがある、という見方もあるいはできるのかも知れない。しかしながら、第5章で指摘した通り、芥川は、自らの現実をそのまま記しているのか否か、自己をあるがまま告白しているのか否か、私小説であるのか否かといった違いに本質的な意味は存在しないと考えていた。また、本章の第1節で指摘した通り、「話」を備えているのか否かということもまた重要な問題ではないと考えていた。そのため、現代を舞台にしていない、「話」をある程度備えた作品であったとしても、そこに、既存の枠組みに囚われない、作家に固有の現実感が存在するのであれば、その作品は「詩的精神」を持っているとして賞賛の対象となったといえるのである。

実際、「刺青」に関する、第2章で論じた以下の三点に目を向ければ、「詩的精神」がある作品として、芥川が「刺青」を賞賛することも肯けると思われる。まず、第一は、「刺青」では、作品を形成する各々の要素を繋ぐ関係に不明確さがあるという点、つまり、部分と全体との密接な繋がりに固執せずに、清吉の深淵の定かではない得体の知れない狂気を、この作品の非遠近法的な世界と調和するような形で実に生き生きと描き出しているという点である。第二は、第2章の筆者の言葉を繰り返せば、「『ほんたうの美しい女』という、未だに作り上げたことのない美の対象を表現しようとする清吉の願望、女の『肥料』になるという無意識的な清吉の願望が、作品の中で少しずつ達成されていくという緊張感を孕んだ展開は、まだ定かではない、理想とする耽美的世界を、手探りで摑み、必死になって表現しようとしていたであろう若き谷崎の初々しい感性、ひたむきな希求を何よりもよく伝えている」という点である。つまり、「刺青」では、「初々しい感性、ひたむきな希求」に根差した谷崎の「如何ともする事の出来ない」固有の現実感が表現されていた、という点である。しかも、「ほんたうの美しい女」を作り上げることによって初めて、混沌としていた自らの願望の意味を知るようになる清吉は、「渾沌」とした内面の真の姿を示してくれる「表現」を求めていた芥川の芸術観を体現するような存在であった。第三は、「刺青」には、この作品の妖しい美しさに相応しい華麗な表現が巧みに用いられているという点である。これらの三点は、芥川の「詩的精神」が、遠近法の枠組みを否定するところから出発する、前衛芸術の精神と共通性を有すものであったということ、既存の枠組みに囚われずに、作家に固有の現実感を表現していくことを求めるものであったということ、かつ、第1章で述べた通り、洗練された「表現」の力をも必要としていたということと合致している。芥川が「刺青」に「詩的精神」を感じるのは、そのためであったと解釈し得る。

それに対して、芥川は、「愛すればこそ」を批判している。では、芥川は「愛すればこそ」の何が不満であったのか。まず、「愛すればこそ」は、第3章で論じた通り、当時の谷崎の「哀れ」な感情を道具として用いつつ、展開を緊密に組み立てた、あくどい刺激に満ちた作品であった。それに加えて、単行本の『愛すればこそ』は、谷崎の「最初のベストセラー」でもあった。そのため、谷崎に固有の現実感が純粋に表現されているとは言い難いという不満、むしろ、一般読者を強烈に引き込むことばかりを狙った俗悪なものになっているという不満を、芥川が「愛すればこそ」に感じていたのではないかという解釈を、ここから導いてくることができる。「愛すればこそ」に読者を引き込む力があることは間違いないことであるし、また、実際に、『愛すればこそ』が大ヒットしたことも、当時の文壇にいた芥川であってみれば周知のことであったろうから、そのような解釈は十分に成立する。芥川が、「詩的精神」が欠如するとして、この作品を批判の対象とするのも、芥川の立場からすれば自然なことであるといえるのである。

「刺青」と「愛すればこそ」の世界には、このように明確な質の相違が存在し、そのことが芥川の両作品に対する評価の違いとなっていた。特に、「刺青」が、まだ作家として成功を遂げていなかった谷崎の、理想とする耽美的世界を表現しようとする切実な欲求が託された作品であったのに対して、「愛すればこそ」が、作家として既に一定の成功を収めていた谷崎の、一般読者を引き込むことをも恐らくは狙い、かつ、巧みな筋立てで、実際にそのことに成功した作品であったという違いは、芥川の評価の違いを決定付ける要因になっていたのではないだろうか。

こうして、晩年の芥川は、谷崎が、「刺青」の頃の輝きを失ってしまったこと、換言すれば、「愛すればこそ」のような俗悪な作品ばかりを量産する傾向にあることを批判するようになる。「詩的精神」を持つ作品は、「愛すればこそ」ではなく、「刺青」であるということを、「芸術は表現である」という自らの説を摂取した谷崎に、しかも、実際に、抜群の「表現」の力を有している谷崎に、最後に訴えようとしていたのである。では、芥川のこうした訴えは、谷崎にどのように響いたのであろうか。「小説の筋」論争を戦わせていた時の谷崎は、芥川の批判や主張を徹底的に退けようとするばかりであった。芥川の批判や主張は、谷崎にしてみれば、何の説得力も魅力も備えていないと感じられたはずである。しかし、谷崎は、芥川に反発するだけの姿勢を、その後も貫き通すことができたわけでは決してない。というのも、芥川が、この論争がはっきりとした決着を見ない段階で、突如として自殺してしまったからである。芥川の自殺に大きなショックを受けた谷崎は、芥川の批判や主張を受け入れることこそなかったものの、芥川の苦悩と向き合いつつ、そのことを足掛かりにして、新たな文学世界を切り開いていこうとするようになるのである。その意味で、芥川の最後の訴えそれ自体に谷崎が同意したわけではなかったけれど、しかし、「表現」をめぐる共鳴と対立の密接な関係にあった芥川の突然の死は、確実に、谷崎を動かす力を持っていた。次章では、そのことに焦点を当てて論じていきたい。

**注**

（1）「文芸的な」二十九では、「僕は小説や戯曲の中にどの位純粋な芸術家の面目のあるかを見ようとするのである。

（『話』らしい話を持つてゐない小説――たとへば日本の写生文脈の小説はいづれも純粋な芸術家の面目を示してゐるとは限つてゐない。）『詩的精神云々の意味がよく分らない』と言つた谷崎氏に対する答はこの数行に足りてゐる筈である」と記されている。ここでいう「純粋な芸術家の面目」は、「詩的精神」とほぼ同義で用いられていると考えてよい。ここから、芥川が、「『話』らしい話を持つてゐない小説」でありさえすればそれでよいと考えていたわけではなく、そこに「詩的精神」が備わっていることが必要であると考えていたということを知ることができる。

（2）もっとも、芥川は、セザンヌやピカソの作品に対して、直接的に「詩的精神」に満ちているという言い方で賞賛しているわけではない。だが、「文芸的な」の一で、「『話』らしい話のない小説」と共通の芸術性を持つ作品の具体例としてセザンヌの作品を持ち出した芥川、また、「二人の紅毛画家」（昭2・6『文藝春秋』）で、現状を打破しようとするピカソの姿勢や作品に自分の理想を見る芥川が、両者の作品に純粋なる「詩的精神」を見出していることは確実である。

（3）『芥川龍之介全集』第二十二巻の後記には、次のような記述がある。すなわち、「滝井君の作品に就いて」の「文末には『（大正十五年）』とある。一九二六（大正一五）年六月頃に『著者』が『腹を下してゐる』ことは、その時期の幾つかの書簡からうかがえる」という記述である。「滝井君の作品に就いて」では、「文末」に、執筆時期が「大正十五年」であると記されており、かつ、「腹を下してゐる」ことも記されていた。大正十五年六月頃の「幾つかの書簡」で、この時期に芥川が「腹を下してゐる」ことは確かめられるので、「滝井君の作品に就いて」が大正十五年六月頃に執筆されたと分かる。

（4）その中で、『辻馬車』同人の作品に西洋的な「詩的精神」があると述べた。『辻馬車』の作品には、小野十三郎「待ちもうける精神異常者」（大14・9）、神崎清「建築批判」「少女詩章」（大14・10）などの如く、本論で触れる前衛芸術に通じる、作家固有の現実感の表現に生命を託したような作品が見られる。

（5）　ここでは、「詩的精神の欠乏」という言葉を、「若い批評家達」の論からの直接的な引用と考える必要はない。「若い批評家達」がこぞって「詩的精神の欠乏」という言葉を用いて論を形成していたとは考えにくいからである。「詩的精神の欠乏」に反対する「若い批評家達」の論、あるいは、「詩的精神」の必要性を訴える「若い批評家達」の論があることを総称して、芥川は「若い批評家達は『詩的精神の欠乏』と云ふことに反対して居る」と述べたまでであると考えてよいだろう。ちなみに、芥川は、他文献からの引用に際して、その文献の言葉を忠実に引用することに厳格であったわけでは必ずしもない。例えば、芥川は、「萩原朔太郎君」（昭2・1『近代風景』）において、「萩原君は嘗て佐藤春夫君の詩に『十年前の詩』と云ふ苦言を呈した」と記しているのであるが、厳密にいえば、朔太郎は春夫に対して「彼の詩から嗅ぐものは、十年以前の詩壇であり、詩想も、趣味も今の詩人の神経に触れてゐない」（「一九二五年版日本詩集総評」大14・7『日本詩人』）と述べたのであって、芥川の引用は必ずしも正確ではないといえる。となると、芥川の「詩的精神の欠乏」という言葉もまた、正確な引用であったとは限らないということになるので、そうであればなおのこと、「詩的精神の欠乏」という言葉をそのまま用いた「若い批評家達」の論がどこかに存在したはずであるという考えに固執する必要はないといえる。

（6）　ただし、念のために断っておけば、「詩的精神」という言葉を初めて用いる大正十五年よりも前の時期にはまだ、「詩的精神」の必要性を訴える晩年の主張と同じような考え方を、芥川が全くもって持っていなかったということを、ここで論じているのではない。そうした考え方は、晩年よりも早い時期から芥川の中に芽生えていたと見てよいだろう。しかし、そうだからといって、その考え方を言い表すのに最適な言葉として「詩的精神」に着目するようになったということの意味を軽視することはできない、ということもまた確かである。なぜなら、「詩的精神」という言葉に着目し、その言葉を繰り返し用いるようになったということは、以前から存在していたであろう右のような考え方がより確固としたものとして芥川の中に定着するようになった、ということを示していると考えられるからだ。そこで、本章では、芥川が「詩的精神」という言葉を使い始めたきっかけがどこにあり、その時期がいつであったのかということに重きを置いて考察した。

（7）神谷忠孝「昭和十年代の『散文精神』論」（昭47・10『北海道大学国語国文研究』）や『近代日本文学小辞典』（昭56・2、有斐閣）参照。なお、『岩波小辞典』（昭33・6、岩波書店）や「文芸用語の基礎知識」（昭63・11『国文学解釈と鑑賞』）では、広津和郎の「散文芸術の位置」（大13・9『新潮』）において、また、関口安義「散文精神と構成力」（『日本文学講座』2「文学史の諸問題」所収、昭62・5、大修館書店）の一では、昭和十年代の『人民文庫』同人によって、この「散文精神」という言葉が最初に用いられたとしているが、前者に関していえば、広津の「散文芸術の位置」の中に「散文精神」という言葉は見られないこと、後者に関していえば、それ以前に、春夫の「散文精神の発生」の中で「散文精神」という言葉が用いられていることから、誤りであるといえる。

（8）佐藤康邦『絵画空間の哲学』（平9・1、三元社）によれば、「十九世紀末」に近付くにつれ、「西洋絵画において確実に遠近法からの逸脱の兆しは見えはじめ」てはいる。しかし、「十九世紀末」までは未だ「遠近法が『絵画の手綱であり舵である』ことをやめてしまったというわけではない」。「全面的な遠近法の解体」は「十九世紀末」以降のことである。「遠近法の解体」は、「十九世紀末」に、ゴッホやゴーギャンらの後期印象派の画家によって進められたが、その中でもとりわけ、「セザンヌこそがルネッサンス的遠近法のもっとも根底的な破壊者で」、「遠近法の解体」に関して「特別の意義を持つ存在」である。そして、セザンヌの試みが二十世紀の前衛芸術に大きな影響を与えたという。

（9）念のために断っておけば、ここで、芥川が前衛芸術の特定の流派から影響を受けたと論じているのではない。前衛芸術の中に通底する精神が、芥川の「詩的精神」と共通性を有していたということを述べている。

（10）とりわけ、立体派の芸術は、「明白にセザンヌの芸術（と彼等の思為するところ）に基元を置き、その開発に時代的色調を加味して事を行つてゐる。（中略）嘗てセザンヌは『自然は球体、尖円形、円筒形を以つて追求される』云々と云つた。立体派にとつて之は恐る可き先師の予言であらう」（前掲の『未来派及立体派の芸術』の「立体派の思想及芸術」の序）と指摘されるほどに、セザンヌの芸術から大きな影響を受けた。

（11）同時代の流派としては、新感覚派との間に類縁性があると考えられる。ただ、芥川は「文芸的な」三十三で述べるように、新感覚派の「新感覚」は、感覚それ自身の新しさの産物というよりは、理知の産物であるので、「必しも敬服し難い」と考えている。

（12）ただし、筆者の感覚からいえば、芥川が「詩的精神」に満ちていると賞賛した作家・作品は、個々に特有の性質を持っている。そのため、芥川がこれらの作家・作品を、「詩的精神」という共通の言葉で一括りにして賞賛する時、その賞賛は、客観性・合理性を備えているとは感じられない。むしろ、その賞賛は芥川の主観に偏したものであった、ということは認めざるを得ないのではないだろうか。ただ、たとえ、芥川の賞賛が主観に偏したものであったとしても、少なくとも芥川の中では、そうした賞賛を行う上での基準が存在した、ということもまた確かである。それは、先述の通り、既存の枠組みに囚われずに、「主観的に生活現実を」「把握表現しようとする精神」を備えているのか否かという基準である。そのため、晩年の芥川が「刺青」と「愛すればこそ」に与えた評価の意味を、たとえその評価が主観に偏したものであったとしても、解釈していくことは可能である。以下では、こうした立場から、解釈を試みていく。

# 第7章

# 芥川の死と谷崎

## 第1節

昭和二年七月二十四日、芥川は三十五歳の若さで服毒自殺をした。芥川の自殺が社会に与えた衝撃の大きさは、前掲の三好行雄『芥川龍之介論』「遺されたもの——死とその時代——」によって次のように述べられている。

新聞の論説が、文学者の死を対象にした最初の例かもしれない。文壇の内外にあたえた衝撃も大きく、『文芸春秋』をはじめ『中央公論』『改造』『新潮』などの特集号があいついで編まれた。ひとはさまざまな言葉で龍之介の死を悼み、また、あげつらったわけだが、自殺という尋常でない終焉のかたちはそれとして、ひとりの小説家の死のもたらした波紋の大きさは、絶後とはいえぬまでも、やはり空前のことであった。

谷崎もまた、芥川の死に強い衝撃を受けた一人である。ちょうどこの頃、谷崎は「小説の筋」論争を芥川と戦わせていた。それだけになおのこと、谷崎にとって、芥川の自殺は、自責の念を呼び起こす、痛恨のできごとであった。そのことは、例えば、「いたましき人」(昭2・9『文藝春秋』)というエッセーの次の記述から十分に窺うことができる。

それから間もなく東京へ帰ると、（筆者注――芥川は）菊版で二冊になつてゐる「即興詩人」を贈つて来た。此の本は私が欲しがつてゐたもので、先日神戸の古本屋で見つけて買はうと思つてゐるうちに買はれてしまつたと話したのを、「菊版でさへあれば初版でなくつてもよござんすかね」と云ひながら聞いてゐたが、それをちやんと忘れずに、自分の蔵書から割愛してくれたのである。断つておくが従来芥川君は自分の著書以外に品物の贈答などはしない人だつた。だから私は、どうして突然此の本をくれたのか全く不思議でならなかつた。さうかうするうち今度は又英訳のメリメの「コロムバ」を贈つて来た。これも私が「コロムバを読んだことがない」と云つたのを、いつの間にか小耳に挟んでゐたのであらう。いよいよ変だと思つてゐると、更に追つかけて仏蘭西語の印度の仏像集が届いた。そしてそれには御丁寧にも「丸善でゴヤのエッチングの集を買つてお送りしようと思つたのだが、値段が高いから此の本にしました」と云ふ手紙がついて来たのである。／白状するが、私は実にイゴヂな人間で、親切には感謝したけれども、苟くも論戦をしてゐる最中に品物を贈つて来られたのが――おまけに今迄つひぞ一度もなかつたことなので、――ちよつと気に喰はなかつたのである。そしてそのためにツムジを曲げて、もう書く気ではなかつたのに、再び「饒舌録」の中で君に喰つてかかつたのである。思へば芥川君は論戦なぞを少しも気にしてゐたのではなかつた。死ぬと覚悟をきめてみればさすがに友達がなつかしく、形見分けのつもりでそれとなく送つてくれたものを、誤解した私は何と云ふネヂケた者であつたらう。此の一事、私は今にして故人の霊に合はす顔がない。浅ましきは私のツムジ曲りである。

谷崎にしては珍しく感傷的な文章であり、芥川の死を悼む心境が伝わってくる。こうした谷崎であるだけに、「論戦」を繰り広げ、お互いの芸術観を最後にぶつけ合ったことを思い出しつつ、芥川が残していった課題をどう継承・発展させていくのかということを、芥川の死後に考えることが、確実にあったのではないかと予想される。

そのように予想した時、芥川の訃報に接した谷崎が、前掲の「饒舌録」において、生前の芥川との次のようなやりとりを回想している点が気にかかる。

今からもう十何年も前、嘗て芥川君はこんなことを云つたことがある。――／「あなたは創作をしてゐる途中で、いつたい己は何の為めに骨を折つてこんな仕事をするんだらう。これを書いたところで何になるんだらうと、そんな気が起ることはありませんか。シエンキウイツチは、もしもさう云ふ気が起つたら悪魔だと思へと云つてゐますね。」／私はそれに対して何と答へたか覚えてゐないが、多分私もさう云ふ経験がないことはない。さうしてそれは、創作熱の最も衰へてゐる際に起る気持で、云ふ迄もなく作家に取つては甚だ危険な時期であり、誰しも一度はさう云ふ経験があるであらう旨を述べたと記憶してゐる。／芥川君は此の、シエンキウイツチの所謂「悪魔」に見込まれたのであらうか。（中略）思ふに神経質な故人は、シエンキウイツチの所謂「悪魔」に附け込まれさうな運命にあることを、甚しく恐れてゐたのであらう。実際君の作風には、いかにも悪魔が狙ひさうな弱々しい傾向が早くから見えてゐた。（九月号所載）

谷崎は、「シエンキウイツチの所謂『悪魔』」について言及した芥川とのやりとりを印象深く心に留めていた。芥川とのこうしたやりとりは、さらに、「春琴抄後語」（昭9・6『改造』）でも紹介されている。

作家も年の若い時分には、会話のイキだとか、心理の解剖だとか、場面の描写だとかに巧緻を競ひ、さう云ふことに夢中になつてゐるけれども、それでも折々、「一体己はこんな事をしてゐてい丶のか、これが何の足しになるのか、これが芸術と云ふものなのか」と云うやうな疑念が、ふと執筆の最中に脳裡をかすめることがある。私は往年芥川龍之介に此れを語り、「君はさう云ふ経験がないか」と尋ねたことがあつたが、芥川は「いや、大いにある」と言下に答へた。そして、「シエンキウイツチも矢張それを云つてゐるが、さう云ふ疑念が萌した時は悪魔に取り憑かれたと思つて、匆々に払い除けるやうに警めてゐるね」と云ふのであつた。事実、大概の作家が、そんな場合には慌てゝ左様な忌むべき不安を追つ払ふやうに努め、ひたすらそれに目を閉ぢてしまふのであるが、現在の私は、それを「悪魔と思へ」と云ふシエンキウイツチの説には賛成し難くなつてゐる。

もっとも、創作をしている時に、「疑念」に支配されることがないかということを相手に尋ねた人物が、「饒舌録」では芥川に、「春琴抄後語」では谷崎になっていて、谷崎の記憶に変化が生じている。谷崎のどちらの記憶が正しいのかは、他に根拠を見出すことができないので不明とせざるを得ない。ただし、右の「疑念」に支配された時に、それを、「シエンキウイツチ」は「悪魔」と考えて、拒絶しようとしていた、ということを芥川が谷崎に伝えていたという点は、「饒舌録」と「春琴抄後語」において共通している。この点にも記憶違いが含まれている可能性はないわけではないが、この点を否定する材料は存在しないので、事実である可能性が高いと見て差し支えないだろう。

それにしても、「シエンキウイツチ」を持ち出しながら、創作上の「疑念」に言及する芥川は、その「疑念」を、自らに付きまとう問題として深く受け止めていたという印象を受ける。芥川のこの「疑念」は、芥川自身のどのような問題に根差したものであったのであろうか。その点についていえば、次の記述に示された芥川の問題に根差していると考えられる。

レルモントフは「自分には魂が二つある、一は始終働いてゐるが一つは其働くのを観察し又は批評してゐる」

といつた。僕も自己が二つあるやうな気がしてならない。さうして一つの自己はもう一つの自己を、絶えず冷笑し侮辱してゐるンだもの、僕は意気地のない無価値な人間なンだもの、（中略）僕は酔つてゐる一方においては絶えず醒めてもゐる。僕は囚はれてゐる一方に於いては常に解放せられてゐる。（中略）まるで反対なものがいつも同時に反対の方向に動かうとしてゐる。僕は自ら聡明だと信ずる、唯其聡明は呪ふべき聡明である。

（明治四十四年と推定されている山本喜誉司宛書簡）

一かどの英霊を持つた人々の中には、二つの自己が住む事がある。一つは常に活動的な、情熱のある自己である。他の一つは冷酷な、観察的な自己である。この二つの自己を有する人々は、ややもすると創作力の代りに、唯賢明な批評力を獲得するだけに止まり易い。（中略）私も私自身の中に、冷酷な自己の住む事を感ずる。この嘲魔を却ける事は、私の顔が変へられないやうに、私自身には如何とも出来ぬ。

（「点心」の「嘲魔」大10・2『新潮』）

芥川は、行為する情熱が起こるや否やたちどころに、もう一人の自己がそれを批判し、行為を抑制してしまうという問題を抱えていたということが分かる。しかも、右の引用の記述が、明治四十四年と大正十年になされていることを踏まえれば、それが一時的なものではない、一貫した問題であったということも、ここから知ることができる。芥川が谷崎に伝えた先述の「疑念」は、創作しようと思いながら、創作の意味を冷静に分析してしまい、創作の情熱が奪われていくという状態に由来するものであった。その状態は、情熱的な自己に対して、もう一人の冷静な自己が冷や水を浴びせかけるような状態といえるので、右に引用した山本喜誉司宛書簡や「点心」の記述に示されている、芥川自身の問題とぴたりと重なっている。谷崎とのやりとりの際に、「シエンキウイツチ」を持ち出しながら、創作上の「疑念」に言及したのは、その背後で、こうした問題が芥川の中に存在していたからであると解釈することができるだろう。

もっとも、こうした解釈の妥当性をより確固としたものにするためには、「シエンキウイッチの所謂『悪魔』」に触れた芥川の言葉の出典が何であるのかを知る必要があるだろう。従来、この出典調査の作業は等閑に付されてきた。しかし、右の解釈の妥当性を高めるためには、つまり、芥川の抱えていた問題をより明確にするためには、その出典調査が行われなければならない。そこで、筆者は、その出典調査を行った。その結果、その出典の可能性が最も高いのは、後に詳しく紹介するが、「シエンキウイッチ」の *Without Dogma* であると分かった。ただし、そうはいっても、*Without Dogma* は、残念ながら、間違いなく右の出典であると断定し得るほどには、先述の芥川の言葉と完全に合致した描写を備えているわけではない。そのため、「シエンキウイッチの所謂『悪魔』」に触れた芥川の言葉の出典と呼ぶことができるような、「シエンキウイッチ」の作品が、*Without Dogma* とは別に存在しているという可能性、あるいは、芥川の念頭にあったのは、実際には「シエンキウイッチ」*Without Dogma* とは別の作家であったにもかかわらず、芥川か谷崎かの記憶違いが原因で「シエンキウイッチ」の名が挙げられてしまったという可能性も存在しないわけではない。ただ、仮に、芥川の念頭にあったのが「シエンキウイッチ」とは別の作家であったのであれば、その時には、その別の作家を特定することは、残された情報が少な過ぎるために、断念しなければならないのであるが、芥川の念頭にあったのが、芥川が述べる通り「シエンキウイッチ」であったと考えてよいのであれば、筆者の「シエンキウイッチ」の作品に関する調査によれば、*Without Dogma* が出典である可能性は最も高いのである。

ただし、「シエンキウイッチの所謂『悪魔』」に触れた芥川の言葉の出典を明らかにすることが、本章の目的にとって絶対に不可欠であるというわけではない。むしろ、芥川が、「シエンキウイッチ」を持ち出しながら、創作上の「疑念」に言及するのは、その背後に、もう一人の自己が行為の情熱を奪っていくという苦悩があったからであるという解釈が妥当であるということを示すことこそが、本章の目的にとっては不可欠である。その際、先に引用した山本喜誉司宛書簡と「点心」の記述から、その解釈はほぼ妥当であるといえるので、出典を調査し、明らかにすることは、その解釈をより確実なものとする役割を担っているに過ぎない。仮に、その出典が *Without Dogma* であるとしてよいのであれば、右の解釈はさらに確固としたものになるはずであるし、その出典を *Without Dogma* と断定することはできないということであったとしても、右の解釈が妥当であることに変わりはないだろう。

こうした前提を確認した上で、「シエンキウイツチの所謂『悪魔』」に触れた芥川の言葉の出典に関して、その可能性が最も高いのは、*Without Dogma* であることをまずは述べておく。その後に、芥川が、「シエンキウイツチ」を持ち出しながら、創作上の「疑念」に言及するのは、その背後に、もう一人の自己が行為の情熱を奪っていくという苦悩があったからであるということを論じていきたい。そこから、谷崎が、芥川の抱えるその苦悩に関わる問題をどう継承・発展させていったのかということを考察していく。

## 第2節

「シエンキウイツチ」(Henryk Sienkiewicz　1846～1916)は、ポーランドの小説家で、明治三十年頃より、日本でも翻訳や紹介が徐々に行われるようになる。代表作は、暴君ネロの治世下にあるローマ帝国を舞台にした歴史小説「クオ・ヴァディス」(1895)で、日本でも多くの読者を獲得した。ただし、当時の日本の文壇でポーランド語の原文を読解することができた者は多くなかったはずであるので、殆どの場合は、「シエンキウイツチ」の英訳された作品から、翻訳・紹介がなされていたと考えられる。英語以外の語学に精通していなかった芥川もまた、「シエンキウイッチ」の英訳の作品に接していたと考えてよい。日本近代文学館の芥川龍之介文庫には、「シエンキウイッチ」の作品として、*Her Tragic Fate*（1901）と*Quo Vadis ?*（刊行年不明）という、英訳本の二作品が収められている。芥川の読書範囲の中に、「シエンキウイッチ」の英訳の作品が含まれていたことがここから分かる。ただし、この二作品には、先述のような「疑念」と悪魔との関係に言及した箇所が存在しているわけではない。それ故、「シエンキウイッチの所謂『悪魔』」に関する芥川の知識は、「シエンキウイッチ」の別の作品から得たものであったと推定される。このように推定すること自体は決して不自然ではない。というのも、芥川が、芥川龍之介文庫にある書物しか読まなかったとはとても考えられないからである。芥川は、小説やエッセーの中で、衒学的といえるほどに古今東西の文学作品に言及する作家であるが、そこで言及する作品は芥川龍之介文庫の中にある書物に限定されてはおらず、芥川の読書範囲はさらなる広がりを有している。そのため、「シエンキウイッチ」に関しても、前掲の二作品以外の作品を芥川が読んでいて、そこから、「シエンキウイッチの所謂『悪魔』」に関する知識を得ていたと考えることは可能であろう。

では、この当時に、「シエンキウイッチ」の英訳作品として何が存在したのか。そのことを知るためには、前掲の*The National Union Catalog Pre-1956 Imprints*を参考にすることができる。谷崎と芥川が「シエンキウイッチ」についてのやりとりをしたのは、昭和二年の「饒舌録」の中で「今からもう十何年も前」とされていて、大正六年以前のことであるとされている。ただし、時期に関する谷崎の記憶に間違いがあるとも考えられるので、ひとまず、大正十年までの時期、つまり、一九二一年までの時期を想定しつつ、この目録に記載されている「シエンキウイッチ」の英訳作品のうち、大正十年以前に出版されたものを、このたび、可能な限り調査してみた。(1)その結果、先述の通り、「シエンキウイッチの所謂『悪魔』」に触れた芥川の言葉の出典の最も有力な候補は、Iza Young によって英訳された、*Without Dogma A Novel of Modern Poland*（1893　以下、*Without Dogma*とする。原題は*Bez Dogmatu*）であるということが判明した。
この作品の主人公は Leon Ploszowski という三十五歳の男である。彼は、裕福な家庭に生まれ、物質的には何不自由のない生活を送ることができた人物である。作品は、苦悩に満ちた人生の体験を書き記した Leon の日記がそのまま載せられているという体裁を備えている。この作品の内容についていえば、Leon と Aniela との悲劇的な愛についての話が軸となって進められている。作品のおおよその展開を紹介すると、次の通りである。――Leon と Aniela とは、ある舞踏会で知り合いになり、お互いに惹かれ合うようになる。二人の結婚の準備は伯母により着実に進められていた。しかし、Leon が、Aniela に結婚を申し込むものと思われていたのであるが、Leon は、そのことから逃げて、しばらくの間、Aniela の前から姿を消してしまった。それは、後述する通り、「自己を凝視し、判断を下し、批判する」もう一人の自己が、行為に踏み出す情熱を奪ってしまったからである。こうして、二人の関係は完全に終わってしまい、失意の中にいた Aniela は、Kromitzki という男と結婚することになる。しかし、その噂を聞いた Leon は、不安を募らせ、Aniela への愛を再燃させる。そこで、Leon は、結婚生活を送るようになった Aniela と接触する機会を多く持つようになる。Aniela は、誰にもいえない心の内側では、Leon のことを愛していた。しかも、夫である Kromitzki との結婚生活に幸福を見出せなかった。しかし、Kromitzki の妻になった以上は、Leon に本心を打ち明けることはできないと考え、自らへの愛を示唆する Leon に冷淡に振る舞うばかりである。こうした関係がしばらく続いた後、Kromitzki の死が伝えられる。詐欺を働いていたことが発覚し、収監されそうになったために、自殺をしたのである。しかし、ちょうどその頃、妊娠の徴候が現れていた Aniela も病気になり、死を迎えることになる。彼女は、死ぬ直前に、Leon のことを愛していることを初めて彼に伝えた。Leon は、自分がもっと違った人間であったならば、彼女は死ぬこともなかったという自責の念に駆られる。そして、自らも命を絶つことを最後に示唆して、Leon の日記、つまり、*Without Dogma* は幕を閉じる。――

さて、この梗概に示されている通り、この作品の中心は、Leon と Aniela の愛の問題なのであるが、その愛を阻む要因になったもの、両者の悲劇をもたらす要因になったものこそが、Leon の特殊な性質である。すなわち、過剰な自意識のために、行為を導く強い感情が起こるや否やただちに、もう一人の自己が、それを批判的に分析して、行為する力を奪い取ってしまうという性質である。これは、Leon の生き方を決定付けていく本質的な性質であり、彼は、生まれつき、芸術的な気質と豊かな才能に恵まれていたにもかかわらず、何も生み出すことができないとも設定されているのである。この作品の序には、そのことが次のように記されている。拙訳によって示しておく。

ここに、全ての印象を心に焼き付けるほどの鋭敏な性質を持ち、芸術家肌の気質を備え、高い才能を天から賦与された人間がいるのだが、しかし、彼は何も生み出しはしない。この何も生み出すことのない性質の秘密は、行動を起こすのに必要とされる強い感情の全てを、徹底的に、分析し、哲学的に思索するという傾向にあるのかもしれない。この男は二つの明確に区別できる自己を持っている。一方は、感情的で活発であり、もう一方は、絶えず、自己を凝視し、判断を下し、批判することに従事している。一方が、もう一方を麻痺させる。彼は、無任所大臣（筆者注――各省大臣として行政事務を分担管理しない国務大臣の俗称）というものがいるのとちょうど同じように、自らを作品集なき天才と定義している。(2)

こうした性質こそが、Leon を常に苦しめ続けるものの正体であり、ひいては、Aniela との悲劇的な関係をもたらす最大の要因であった。Leon のこの性質は、この作品に繰り返し描き出されている。というよりも、その性質に関わる問題しかこの作品には描き出されていない、といったほうがよいのかも知れない。

Leon のこの性質がもたらす苦悩は、前掲の山本喜誉司宛書簡と「点心」の記述に示された芥川の苦悩と全く同じものであり、この作品は、間違いなく芥川の興味を引き付ける内容を備えている。となると、「シエンキウイッチの所謂『悪魔』」に触れた芥川の先の言葉は、この作品の、ROME, 11 January. に記された次の一節を踏まえたものであったのではないかと考えることができる。拙訳と原文を順に記しておく。

私は文学や芸術の世界に多くの知人を持った。そして、彼らと同じ知的な生活を送った、より正確にいえば、未だにそのような生活を送っている。生まれつきの興味に刺激されて、私は多くの本を読んだ。そして、私は読んだものを吸収する能力を持っているので、私は、読んだものからかなりの恩恵を得ているといってよいし、当時のあらゆる知的な動向に歩調を合わせることができるといってよい。／私の自己に対する意識は高度に発達している。時々、第二の自己を悪魔にくれてやりたくなる。というのも、この第二の自己は、どのような感覚に屈することをも許さず、常に、全ての行動、感情、喜びまたは情熱を見つけては批判してばかりいるからだ。「汝自身を知れ」というのは賢い格言であるかもしれないが、自己の中に常に用心深い批評家を抱えて生きるというのは、感情を抑圧し、いわば心を二つに分離するようなことである。このような精神状態で生きるということは、鳥が一つの羽で空を飛ぶのと同じくらい難しい。その上、過剰に発達した自意識は、行為する力を弱くする。（中略）私に関していえば、それは、不注意な失敗から、私を守り、救ってくれるのであるが、しかし、それよりもしばしば、私を疲れさせ、一つの行為に完全に集中することを妨げる。

I made many acquaintances in the literary and artistic world, and lived their life, or rather I live it still. Prompted by innate curiosity I read very much, and as I have the faculty of assimilating what I read, I may say that I derived considerable benefit from it and am able to keep step with every intellectual movement of the time. ／My consciousness of self is highly developed. At times I feel inclined to send that second self to the devil, that self which does not permit yielding to any sensation, but is always there, searching, criticising every action, feeling, delight, or passion. "Know thyself" may be a wise maxim, but to carry about one's self an ever watchful critic deadens the feeling, dividing as it were your soul in two parts. To exist in a state of mind like this is about as easy as for the bird to fly with one wing. Besides, selfconsciousness too much developed weakens the power of action....As far as I am concerned, it sometimes protects me or saves me from heedless slips, yet more often tires me, preventing absolute concentration upon one point of action.

ここで、全ての行為や感情を批判する自己のことが「第二の自己」と名付けられている。その上で、この「第二の自己」は、何らかの決断や行為に向かおうとするや否や、ただちにそのことを分析し、批判するので、決断や行為の力を弱める結果をもたらしてしまうとされている。特に、「私は文学や芸術の世界」にいる知人と同じような知的な生活を送っているという箇所に留意するならば、Leon が「文学や芸術」の素質を持ちながら、作品を生み出すことができない状態にあること、そうした状態にあるのは、この「第二の自己」のためであるとされていることも見えてくる。Leon は、こうした「第二の自己」のために出口の見えない苦悩に囚われていくのである。さて、ここで、傍線部に着目すると、彼は、この第二の自己を悪魔にくれてやりたいと感じている、ということが分かる。後述することも根拠とするならば、この傍線部が、先の「シエンキウイッチの所謂『悪魔』」に触れる芥川の言葉の出所であったといえるのではないだろうか。

勿論、創作を妨げるような「疑念」に支配された時に、それを「悪魔」と思って振り払うように「シエンキウイッチ」は述べていたとする芥川の言葉と、この傍線部の記述との間には未だに隔たりがあるように感じられることも事実である。とはいえ、傍線部の記述の意味を汲み取れば、芥川がいう言葉に十分に接近したものになる、ということもまた確かである。傍線部は、直訳すれば「第二の自己を悪魔にくれてやりたくなる」となるのであるが、実際に悪魔が出現したわけでもないので、これは比喩的な表現であると考えてよい。例えば、“go to the devil”は、直訳すると「悪魔のところへ行く」という意味になるのであるが、実際には、「落ちぶれる」、「(命令形で)くたばれ」を意味する成句であると、どの英和辞典にも記載されている。それ故、直訳すると「〜を悪魔にくれてやる」となる“send 〜 to the devil”という英語表現にもまた、「〜を滅ぼす」という意味が含まれ得ると見てよいだろう。実際、そのことは、齋藤秀三郎『和英大辞典』(昭3・6、日英社)において、“Tsubureru”の項目の、“My withdrawal would send the school to the devil”という例文に対して「俺が居なくなつたら学校は潰れて了ふ」という訳が付されていることからも窺える。従って、傍線部の意味するところは、「第二の自己」を滅ぼしたいということ、つまり、「第二の自己」を排除したいということであったといえる。同時に、文脈から見て、この「第二の自己」は、悪魔にくれてやるのが相応しい、忌々しいものと意味付けられてもいる。そのことを踏まえれば、ここでいう「第二の自己を悪魔にくれてやりたくなる」というのは、行為の力を失わせる「第二の自己」は、悪魔にくれてやりたいほど忌々しい対象であり、それを排除したいということであったと考えられる。そう考えると、この傍線部の記述は、先の「シエンキウイツチの所謂『悪魔』」に触れた芥川の言葉とほぼ等しいことになる。

直訳すると「悪魔にくれてやりたくなる」となる、“send 〜 to the devil”を右のように理解してよいということを、別の用例を参考にして確認しておきたい。以下は、一八三五年九月十九日に、弁護士であり、かつ、作家でもあったJohn P. Kennedyが、作家としての成功を勝ち得ながら、生きる価値を見出せずに絶望する、友人のEdgar Allan Poeを励ますために、Poeに宛てて書いた書簡の文章である。Mary Newton Stanardの *The Dreamer: A Romantic Rendering of the Life-story of Edgar Allan Poe* (1925)にこの書簡が載せられているので、そこから引用するとともに、この引用箇所の訳を、三上紀史『夢みる人　エドガー・アラン・ポーの生涯』（昭53・6、牧神社）から挙げておく。

It is strange that just at the time when every body is praising you and when Fortune has begun to smile upon your hitherto wretched circumstances you should be invaded by these villainous blue devils. ── It belongs, however, to your age and temper to be thus buffeted, ── but be assured it only wants a little resolution to master the adversary forever. ── Rise early, live generously, and make cheerful acquaintances and I have no doubt you will send these misgivings of the heart all to the Devil.

だれもが君をほめ、運命の女神が、これまでの君のみじめな境遇にほほえみかけているときに、つまらないゆううつの虫にとりつかれているとは不思議なことです。しかし、このように苦しむのは、君くらいの年令の人、特に君のような気質の人にはよくあることです。それには、ふさぎの虫という敵を永久に追放しようとするちょっとした決意が必要なだけだ、ということを心しておくとよいでしょう。はやく起きあがって、心をひろくもって生き、楽しく人とつきあいなさい。そうすればきっと、君は胸のつかえをすべて悪魔にくれてやることでしょう。

原文の傍線部の訳は、ここに示した通り、「胸のつかえをすべて悪魔にくれてやる」となる。ただし、ここでも、「悪魔にくれてやる」というのが比喩的な表現であることは明白である。傍線部は、文脈から見て、二重傍線部の「ふさぎの虫という敵を永久に追放」するということとほぼ同義であり、その意味するところは「胸のつかえ」を排除するということである。同時に、「悪魔にくれてやる」という表現が使われているので、この「胸のつかえ」は、悪魔にくれてやるのが相応しい、悪魔の如き忌々しいものと意味付けられているとここでも見てよい。実際、そのことは、この「胸のつかえ」が、波線部の「ゆううつの虫」＝"blue devils"とほぼ同義のものと位置付けられ、悪魔のイメージを連想させるものであった、ということによっても補強されるだろう。そう考えると、「はやく起きあがって、心をひろくもって生き、楽しく人とつきあ」えば、悪魔の如き忌むべき「胸のつかえ」を排除することになるだろうということを、ここで述べていたということになる。こうした用例を見れば、*Without Dogma* の傍線部の意味を、先述のような形で理解することが決して不自然ではないということを知ることができる。「シエンキウイツチの所謂『悪魔』」に触れた芥川の言葉は、*Without Dogma* の傍線部の意味内容と近似しているといえるだろう。

もっとも、*Without Dogma* が、当時の文壇で全く読まれることのなかった作品であったならば、芥川が *Without Dogma* を読んでいたとすることにはなお慎重な留保が必要となるのかも知れない。しかしながら、実際のところは、この作品は当時の文壇においてそれなりに広く読まれていた。八木光昭「ポーランド文学が日本近代文学に与えた影響」（阪東宏編『ポーランド入門』所収、昭62・6、三省堂）では、正宗白鳥が「一年間の世界の小説」（明36・1『文芸界』）の中で *Without Dogma* を紹介しているということ、彼の代表作である「何処へ」が *Without Dogma* から影響を受けているかも知れないということ、田山花袋もまた『太平洋』という雑誌に掲載された「西花余香」というコラムの、明治三十四年九月三十日に発表された文章の中で、この作品を詳しく解説しているということを指摘している。この他にも、島崎藤村による明治三十七年三月三十一日付小山内薫宛書簡からは、藤村がこの作品を読んでいたということ、小山内も読んでいたであろうということを知ることもできる。この書簡には、「かの夜御約束のシエンキウイッチ『ウイズアウト・ドグマ』別に小包にて御送致し候。何卒最後の章まで御一読被下度、多少の御慰藉を見つけたまふこともあらば本懐不過之候」という一節が見られる。『藤村全集』第十七巻（昭43・11、筑摩書房）の注によれば、藤村がこの手紙を書いた頃、小山内は、嘗ての恋人のこと、友人のこと、家族のことなどで苦悩を抱えていた。藤村は小山内と神田の定宿で会合した際に、小山内のその苦悩と関わるような芸術上の話題を持ち出したようである。「ウイズアウト・ドグマ」を読んで、「多少の御慰藉を見つけたまふこともあらば」と小山内にこの書簡で伝えているのも、そのことと関わる言葉であったのであろう。Leon の苦悩に触れることは、小山内が苦悩から脱する手掛かりを与えるとでも感じて、藤村は彼に *Without Dogma* を送ったのかも知れない。さらにもう一例を挙げれば、志賀直哉「稲村雑談」（昭23・8・10、23・11・15、24・3・1『作品』）の「読書」にも、若き日の読書体験を回想した次のような一節が存在する。

シェンキウィッチの「ウィズァウト・ドグマ」という小説なども主人公が余り意気地がないのが気に入らず、三分の一位で止めて了つた。今でも覚えてゐるのは「自分は神から立派な弓と矢とを与へられてゐる。然しそれを射る力を与へられなかつた」と自分で書いてゐる。日記の形式の長篇で、今だつたら、案外面白く読めるものかも知れない。

主人公の「意気地がないのが気に入らず」に、途中で読むのをやめてしまったというのは、自我の強さを持ち味とするいかにも志賀らしい感想で面白いが、その点はともあれ、途中でやめてしまったとはいえ、志賀もまたこの作品を読んでいたことをここから知ることができる。志賀が引用した箇所は、具体的にいえば、ROME, 10 January. の “God has given us bow and arrow, but refused us the power to sting the bow and send the arrow straight to its aim.” である。志賀は、優れた素質を持ちながら、行為する力を獲得することができずに苦しむ主人公の状態を後年まで記憶していたといえる。それは、この作品を読んだ者であれば誰しも、主人公のその状態を記憶に深く焼き付けることになるといっても過言ではないほどに、その状態が、作品の中で実在感を持って繰り返し描かれているからであるだろう。*Without Dogma* を読み、主人公のその状態を記憶に焼き付けていた芥川が、そこから、先述の「シエンキウイツチの所謂『悪魔』」に言及するということは、大いにあり得ることであったといえるのである。*Without Dogma* は、以上のように、当時の文壇に浸透していたので、芥川が読んでいて然るべき作品であったといえるだろう。

*Without Dogma* が先述の芥川の言葉の出典であった可能性が高いことは、この作品において、行為する力を持てずにいる、Leon の状態に対する比喩として、“geniuses without portfolio”（＝作品集なき天才）という言い回しが三回（ただし、geniuses が単数形になっている場合もある）、“artists without portfolio”（＝作品集なき芸術家）という言い回しが六回（ただし、artists が単数形になっている場合もある）も用いられている、ということによっても確かめられる。芸術家の気質を持つとされる Leon には、芸術を生み出すことのできない芸術家というイメージが一貫して与えられているのである。実際、12 June. では、ピアニストの Clarah が、Leon に対して「あなたもまた芸術家です。あなたは、演奏したり、絵を描いたりしないのかも知れません。しかし、あなたはやはり芸術家です[4]」と語っていることからも、そのことは分かる。芥川が「シエンキウイツチ」の名前を持ち出したのは、芸術を生み出すことを妨げるような「疑念」に支配される状態が話題に出た時であったのであるが、この状態は、右のようなイメージを持つ Leon の姿と重なり合っている。

以上から、「シエンキウイツチの所謂『悪魔』」に触れた芥川の言葉の出典は、*Without Dogma* である可能性が高いといえる。*Without Dogma* は、芸術を生み出す力も含めた、行為する力が、「第二の自己」によって決定的に奪われていく主人公の姿を、作品を貫くテーマとして描き出したものであるので、自らの創作行為に懐疑的になる状態が話題に出た際に直ちに思い浮かべられる「シエンキウイッチ」の作品として、*Without Dogma* ほどに最適なものは考えにくい(5)のである。

このように、芥川の言葉の出典を *Without Dogma* としてよいのであれば、谷崎に伝えた先述の芥川の言葉の背後に、もう一人の自己が行為の情熱を奪っていくという苦悩が存在していたという解釈は、妥当なものとして確実に認められる。もっとも、先述の通り、芥川の言葉と *Without Dogma* の記述との間にはなお隔たりがあり、芥川の言葉の出典を *Without Dogma* と断定することはできないという反論もあるいは出てくるのかも知れない。ただ、仮にそのような反論が出されたとしても、先述の山本喜誉司宛書簡や「点心」の記述を踏まえれば、右の解釈が妥当である、という点に変わりはない。たとえ芥川の言葉の出典が *Without Dogma* でなかったとしても、芥川が谷崎に伝えていた言葉の背後には、その書簡や「点心」に示されていた苦悩、つまり、*Without Dogma* の Leon と同じような先述の「もう一人の自己が行為の情熱を奪っていくという苦悩」が紛れもなく存在していたと指摘することはできるのである。

## 第3節

芥川が谷崎に伝えた「シエンキウイッチの所謂『悪魔』」についての言葉の背後に、芥川に付きまとう深刻な苦悩があったということを、谷崎がどれほど深く理解していたのかはよく分からない。ただ、芥川の自殺を念頭に置いて、「芥川君は此の、シエンキウイッチの所謂『悪魔』に見込まれたのであらうか」と推し量る谷崎は、芥川の言葉の中に、芥川の人生や文学を行き詰まらせる要因があることを嗅ぎ取っていたことは確かである。では、谷崎は、こうした芥川の言葉をどのように受け止め、どのように自分の中に消化していったのであろうか。まず、確認しておきたいのは、「饒舌録」を執筆する昭和二年の頃から「もう十何年も前」の時には、「シエンキウイッチの所謂『悪魔』」を排除することが、自らを含めた創作家の課題であると考えていたのであるが、「春琴抄後語」を執筆する昭和九年の頃には、「『悪魔と思へ』と云ふシエンキウイッチの説には賛成し難」いと考えるようになっている、ということである。「春琴抄後語」に従って具体的にいえば、「会話のイキだとか、心理の解剖だとか、場面の描写だとかに巧緻を競う」創作姿勢、つまり、「小説的な作品」を書こうとする野心的な創作姿勢を嘗ては持っていたのであるが、近年はそうした創作を行うことを面倒と思う心境になっているということ、しかし、そうした心境になることを、「シエンキウイッチ」のように「悪魔」に取り憑かれたと感じて忌避するのではなく、むしろ、成熟した作品を完成させるために必要な変化と受け止めているということが記されている。何故に、そのように受け止めることができるのかというと、「小説的な作品」は「どんなに巧く書いてあつても、巧さの底が知れてゐ」て、「ウソらしく」見えると感じるようになっているから、むしろ、「小説的な作品」を書くことを面倒と思う心境に身を任せるように、「物語風や随筆風」の書き方をしていくならば、そこには、「枯淡な」味わいが生まれると感じるようになっているからであるという。(6) 例えば、「小説的」に「会話」と「地の文」を明確に区別するのは「眼障り」であり、「物語風や随筆風」に「会話と地の文」の区別を曖昧にした方が「日本文の美しさ」と「ほんたうらしい」実感が出ると述べている。これは、昭和初期以降の谷崎が日本の古典的世界により深く魅了されるようになってきた、ということと密接に関わる傾向である。その意味で、谷崎に伝えた芥川の言葉が、谷崎に決定的な変化をもたらしたというわけではない。むしろ、日本の古典的世界に魅了されるようになった谷崎の文学的な傾向がまず最初にあって、その過程で、芥川の言葉を思い出しながら、芥川を苦しめてきた問題を、新たな傾向を支える意味を持つものとして受け止めようとしていたものと思われる。

「春琴抄後語」の頃の谷崎にも、「小説的な作品」を「久しく」「書かずにゐることに不安を感じ」ること、「自分はいつかさう云ふものが書けなくなつてゐるのではないか」「など、云ふ疑念」が起こることはあるという。これは、小説を書くことのできない小説家の状態に近いので、ある意味では、"geniuses without portfolio"、"artists without portfolio"と記されるLeonの状態と通じるところがある。ただ、谷崎は、こうした状態に身を任せた「横着」な書き方の中に「ほんたうらし」い実感や感動、日本的な「枯淡」な味わいや余情が生まれるということ信じて、その状態を肯定的に受け取ろうとするのである。

これは、この時の谷崎が到達した一つの文学観である。この時の谷崎にとって、その文学観は、自らの文学活動を支える極めて重要なものであった。そのことは、「卍」(昭3・3〜昭4・4、6〜10、12〜昭5・1、4『改造』)、「吉野葛」(昭6・1、2『中央公論』)、「盲目物語」(昭6・9『中央公論』)、「蘆刈」(昭7・11、12『改造』)、「春琴抄」(昭8・6『中央公論』)などという、本格的な小説とは趣の異なる「物語風や随筆風」の作品や書き方が、この時期に求められていたというよく知られた事実によって確かめることができる。それに加えていうならば、谷崎のこうした文学観を投影したであろう主人公を、この時の谷崎が描き出しているということを見ても、そのことは裏付けられる。その主人公とは、「吉野葛」の「私」である。この「私」は、もともとは、野心的に歴史小説を書こうとしていたのであるが、やがて書くための熱意が奪われていき、その代わりに、最終的に「随筆」を発表するに至った人物である。「吉野葛」は、「私」のこうした創作過程それ自体をモチーフにした作品である。「春琴抄後語」に記された文学観を、当時の谷崎が大切にしていたからこそ、この「吉野葛」の「私」のような人物は書かれたものと考えられる。そのことをさらに裏付けていくために、本論の展開からいえばやや遠回りすることになるが、「吉野葛」の右のモチーフを最後に確認しておきたい。

この作品の梗概を、「谷崎潤一郎全作品事典」(『谷崎潤一郎必携』平13・11、学燈社)を参考にして記すと以下の通りである。――今から二十年ほど前、吉野を舞台とした、後南朝の歴史小説を計画していた語り手の「私」は、友人の津村に誘われたのを機に、秋の吉野を訪れることとなった。津村と落ち合った「私」は、静御前のゆかりの初音の鼓を所持しているという菜摘の里の大谷家に向かい、その鼓を見せてもらう。それから、津村は、義経千本桜に出てくる有名な場面を想起しながら、あの鼓を見ると自分の親に会ったような思いがすると述べて、以下のような自らの身の上話を「私」に語り出す。曰く、津村は大阪の旧家に生まれ、幼くして両親を失い、母を恋ふる気持が強かった。彼は、義経千本桜や葛の葉の子別れなど、狐にまつわる芝居に強く惹かれていき、「母――狐――美女――恋人」という連想が自分の中にあるという。ある日、彼は、祖母の遺品の中から古い手紙を見つけ、秘されていた母の出自を知った。そこには、母の生国が吉野の国栖であり、生家は紙漉きを生業としていたということ、母は少女の頃、大阪の色町に身売りされたということが記されていた。面影も知らぬ母への思いがいよいよ増してきた彼は、国栖を訪ね、長い間夢見ていた母の故郷の土地を踏んだ。そして、その地で、彼は遠縁の少女お和佐を知った。紙漉きであかぎれたお和佐の手を見ると、祖母から母に宛てた「かかさんもおりとも此かみをすくときはひびあかぎれに指のさきちぎれるよふにて」という手紙の一節が思い起こされ、津村は彼女に亡き母を重ねるようになっていた。津村は、こうしたことを「私」に語った後、これからお和佐に求婚しようと考えていると、「私」に述べた。結局、その後、津村はお和佐を妻とすることになったのであるが、一方、吉野を舞台とした「私」の歴史小説は書けずに終わってしまった。それ故、その時の旅行は、「私」よりも津村にとって上首尾をもたらしたということになる。――このように、この作品は、歴史小説を書くことができなかった「私」が、その書くことができなかった経緯を、「二十年ほど」してから改めて思い返しつつ、その時の体験談として発表した、という枠組みを持っている。それ故、この作品の内容は、過去の体験をなぞる形で書かれた「私」の随筆であると設定されている(8)。

ところで、「私」は、吉野に向かうまでは、「遠隔の地にゐて調べられるだけの事は調べてしまつた訳であるから、もしあの時分に津村の勧誘がなかつたら、まさかあんな山奥まで出かけはしなかつたであらう。此れだけ材料が集まつてゐれば、実地を踏査しないでも、あとは自分の空想で行ける。又その方が却つて勝手のよいこともある（以下略）」と考えて、吉野に行かずとも今すぐにでも歴史小説を書くことができると確信していた。そうであるにもかかわらず、吉野に行き、帰った後、歴史小説の執筆を断念することになったのは何故であるのか。後述する通り、この作品の最後は「あの旅行は、私よりも津村に取つて上首尾を齎した」と締めくくられている。この言葉は、吉野への旅行が、「私」に「上首尾を齎」さなかったということ、つまり、歴史小説の執筆を妨げたということを示すものであろう。これは、「実地を踏査」すると、「却つて勝手」の悪いことになる場合があると当初から危惧していた、という右の引用の文脈と対応している。このことから、「私」が歴史小説を書くことができなかった要因として、やはり、吉野という「実地を踏査」したことを挙げることができる。

では、何故に、「実地を踏査」したことが、歴史小説の執筆を困難にするのか。それは、「私」が、眼前の現実を、主観や空想を優先させる形で歪めて理解することをよしとしない、合理的な思考の持ち主であった、ということと関係している。そのことは、例えば、人形浄瑠璃の「妹背山婦女庭訓」の舞台となった背山と妹山を実際に見た時に、「此の辺りの川幅は、芝居で見るよりも余裕があつて、あれほど迫つた渓流ではない。仮に両方の丘に久我之助の楼閣と雛鳥の楼閣があつたとしても、あんな風に互に呼応することは出来なかつたらう」と冷静に考えている点、芝居で出てくる初音の鼓を実際に所蔵していると信じる大谷家に、その初音の鼓を見せてもらったところ、主人はそれを実物と信じて疑わないにもかかわらず、それが実物でない証拠を直ちに見出していく点などによく示されている。「私」は、こうした合理的な性質を持っているので、「実地を踏査」すれば、文献や伝聞によってこれまで獲得してきた知識とは食い違う事実をしばしば発見することになり、これまでの知識に基づいた考え方の変更を余儀なくされることがある。実際、南朝の遺臣が北朝の襲撃を恐れて移ってきたとされる三の公谷を実際に訪れた時には、次のような心境になっている。

しかしいかに南朝の宮方が人目を避けてをられたとしても、あの谷の奥は余りにも不便すぎる。「逃れ来て身をおくやまの柴の戸に月と心をあはせてぞすむ」と云ふ北山宮の御歌は、まさか彼処でお詠みになつたとは考へられない。要するに三の公は史実よりも伝説の地ではないであらうか。

吉野に行くまでは、文献や伝聞を信頼していたので、文献や伝聞によって集めたこの「三の公」に関わる知識は史実であると信じて疑わなかった。しかし、現場を見ることによって、その信頼は崩れていく。史実とされている事柄であったとしても、それが実際にどれほど事実に根差しているのかは疑わしいという心境が、現場を見ることによって生まれていたと考えられるのである。

このことは、歴史小説を書く「私」の動機を減退させる要因となり得るものである。というのも、「私」は、歴史小説は史実を根幹に据えて作られなければならないと考えていたからである。勿論、歴史小説を書く上で、「少しばかりの潤色を施」すことを、「私」は否定してはいない。しかし、それは、史実と思っていた材料が確実に史実であるという大前提がまずあって、その上で、そこに「少しばかりの潤色を施」して面白味を与えようとしていたのであって、史実であると思っていた材料が史実ではないのかも知れないのであれば、それは「私」にとって望ましくなかったはずである。そのことは、例えば、自天王を取り上げるに際して、自天王が「実際におはしましたことは専門の歴史家も認めるところで、決して単なる伝説ではない」と述べて、史実に根差していることを強調する姿勢、あるいは、自天王をめぐる様々なエピソードを取り上げるに際しても、これらは「南山巡狩録、南方紀伝、桜雲記、十津川の記」などに書かれており、しかも「上月記や赤松記」という「当時の実戦者が老後に自ら書き遺したものか、或はその子孫の手に成る記録」にも書かれているので、史実として「疑ふ余地はない」と念を押す姿勢、あるいは、「吉野王を扱つた作品が一つか二つ徳川時代にあるさうだけれども、それとて何処まで史実に準拠したものかは明らかでない」として却ける姿勢などから、はっきりと窺うことができる。こうした姿勢を持っていた「私」にとって、歴史小説の根幹に据えるべき史実としての材料それ自体に疑いが生じてくるとなると、歴史小説の創作に意欲が持てなくなるのは必然的である。

この作品の最後は、「私」が歴史小説を断念した経緯を、ごく簡単に次のように記している。

私の計画した歴史小説は、や、材料負けの形でとう〳〵書けずにしまつたが、此の時に見た橋の上のお和佐さんが今の津村夫人であることは云ふ迄もない。だからあの旅行は、私よりも津村に取つて上首尾を齎した訳である。

「材料負け」という言葉は、「材料」を使いこなすことができなかったといった意味であろう。ここでは、何故に「材料」を使いこなすことができなかったのか、その理由は明確に記されていない。ただ、「私」が歴史小説を書くことができなかったのは吉野という「実地を踏査」したからである、ということがこの作品では示唆されていたわけであるから、「材料」を使いこなすことができなくなったその背後に、現場を見たが故に、「材料」が本当に史実であるといえるのかという疑問が生まれてきて、そのために、「材料」を組み立てていく作業に対して嘗てのような熱意を持つことができなくなったという側面があると考えることができる。[9] 史実であることが疑わしく思えてきた「材料」を「都合よく配列」して、歴史小説を作ったところで、現場を体験した時に得られた興味や実感から乖離するばかりで、リアリティが欠如する。吉野に行くまでに既に、「材料」を「配列」するだけで作品を完成させることができる状態にあったにもかかわらず、「配列」することすらできなかったのは、「配列」することを疑問視する心境が新たに生まれたからである。「私」は、眼前の現実を冷徹に合理的に観察する性質を持つ故に、「材料」に対する見方を変えてしまい、当初は強く持っていた、「材料」を組み立てる創作意欲を持てなくなってしまった。

それから「二十年ほど」して、「私」は、この時の体験を随筆として発表した。何故に、この時の体験を随筆の形で発表する必要があったのか、また、何故に、随筆として発表するのに「二十年ほど」の時間が必要であったのか、その理由は作品に明瞭に示されてはいない。ただ、真実味が感じられない「材料」を組み立てて歴史小説を書く、ということに熱意を持てなくなったとなると、そこから、体験した嘗ての事実を、実際に感じたことに基づいて飾ることなく書くことに惹かれるようになるのは自然なことである。しかも、その体験には、津村の母恋いにまつわる興趣ある話を直接に見聞したことも含まれているのであるから、それはなおのことである。「私」は、「二十年ほど」の時間が経過してから、ふと嘗ての体験を振り返った時、虚構を施すことなく、素直にそれを描き出すことによって、懐かしい情趣を添える、味わい深い読み物となり得るだろうと感じるようになったのではないだろうか。

もっとも、そうはいっても、「私」にとって、発表したこの随筆は、優れた作品としてその価値を誇るようなものであったわけではない、ということもまた確かなことである。というのも、「あの旅行は、私よりも津村に取って上首尾を齎した」と最後に述べているからである。もともと、「あの旅行」によって、「私」は歴史小説を断念したことは事実であるが、同時に、津村との「あの旅行」が、「私」のこの随筆を生み出す源となっていた、ということもまた事実である。にもかかわらず、「私」は、「あの旅行」がこの随筆を生み出したということを、「上首尾を齎した」こととして、つまり、一つの成果として位置付けることはない。仮にこの随筆に作品としての自負を持っていたのであれば、こうした締め括り方にはならなかったであろう。その意味で、こうした締め括り方になっているのは、この随筆にそれなりの趣きがあることを感じていたであろうその一方で、この随筆は、歴史小説を完成させることのできなかった挫折の産物であり、そこに文学的な価値が存在するとは考えなかった、ということを示している。それは、この随筆は、過去の実際の体験を書き写したに過ぎないとする心境が「私」にあったからであろう。「私」は、歴史小説を書くことに熱意を持てなくなってしまった心境と一繋がりの、「横着」であっさりとしたこうした心境に身を任せる形で、過去の体験を随筆として書き、それを発表したに過ぎないのである。

しかしながら、こうして発表された「私」の随筆は、実際には、文学的に何の価値もないと位置付けられるようなものであったわけでは決してない。というのも、「私」が発表したこの随筆は、読者が今読み終えたばかりの、「吉野葛」であると設定されているからである。「私」は、傑作意識もないままに、あっさりとした心境に身を任せる形で随筆を書いた。その随筆が、味わい深い情趣を持っていること疑いのない「吉野葛」であった、と設定されているのである。勿論、「吉野葛」は、「私」による随筆であると設定されているものの、実際のところは、谷崎による虚構の小説である。つまり、「吉野葛」は、谷崎自身の随筆でないことは確実であるし、また、そもそも、谷崎があっさりとした心境に身を任せる形で書いたものであったとも必ずしもいえない。しかし、実際のところはどうあれ、あっさりとした心境で書いた「私」の「随筆」が味わい深い「吉野葛」であったという設定にしているのは、「小説的な作品」を書くことを面倒と思う淡泊な心境に身を任せる形で、「物語風や随筆風」の書き方をするならば、それによってかえって、本当らしさや余情に溢れる作品が生まれてくるという当時の谷崎の文学観を活かそうとしていたからである、ということはいえる。「吉野葛」において右のような設定がわざわざ用いられていることを見ればそれだけで、その文学観が当時の谷崎にとって大きな意味を持つものであったということを知ることができるのである。

「吉野葛」では、「私」は、眼前の現実を冷徹に合理的に観察する性質を持つ故に、「歴史小説」を執筆する熱意を持てなくなったのであるが、その熱意を持てなくなってしまった心境と一繋がりの、あっさりとした心境に身を任せる形で、嘗ての体験を随筆として執筆したという設定、その随筆こそが味わい深い情趣を持っていること疑いのない「吉野葛」であるという設定にしていた。こうした設定は、「春琴抄後語」で示された谷崎の文学観と等しい意味を持っている。当時の谷崎が「春琴抄後語」の文学観を重視していたからこそ、「吉野葛」の「私」のような人物を描いたのである。「吉野葛」の「私」のこうした描かれ方に着目することによって、「春琴抄後語」の文学観が、当時の谷崎の創作を支える大きな役割を担うものであったということを改めて確認することができる。

こうした文学観は、日本の古典的世界に魅了されるようになってきた谷崎自身の傾向に基づく考え方である。しかしながら、その文学観の形成を背後から支えていた要素が別にあったと考えることはできる。その要素こそ、芥川が谷崎に伝えた、先述の「シエンキウイッチの所謂『悪魔』」についての言葉である。この頃の谷崎が芥川のこの言葉を印象深く心に留めていたことを踏まえるならば、谷崎のその文学観の背後には、「何の為めに骨を折つてこんな仕事をするんだらう。これを書いたところで何になるんだらうと」と感じる芥川の苦悩、つまり、眼前の現実を理知的に分析する、「第二の自己」の声のために、創作行為に向かう情熱が奪われていき、その結果として、虚無感に囚われていくことの多かった芥川の苦悩が存在していたと見ることができる。芥川が残した言葉があったからなおのこと、谷崎は、その虚無感と等質のあっさりとした「横着」な心境に身を任せた「物語風や随筆風」の書き方の意義を求めようとしたのではないだろうか。具体的にいえば、芥川の言葉があったからこそなおのこと、前掲の「卍」「吉野葛」「盲目物語」「蘆刈」「春琴抄」などの「物語風や随筆風」の作品や書き方を求めようとする意欲がかき立てられたということ、さらには、「私」が「随筆」を発表するようになった経緯それ自体を取り上げた「吉野葛」の設定に思い至ったということを指摘することができるのである。谷崎は、芥川を苦しめてきた問題を自分なりに受け止め、それを、このような形で、自らの創作に活かしていた。生前の芥川の苦悩と課題とを、より成熟した作品に到達するための足掛かりにしようとしていたのである。そこには、芥川の死の意味を受け止める谷崎の真摯な姿勢が存在していたのではないだろうか。

勿論、「春琴抄後語」に記されている、谷崎の「横着」な心境を、谷崎が述べている通りにそのまま信用し過ぎることもまた危険である。例えば、谷崎が、*Without Dogma* の Leon の状態を完全に肯定して、その状態に留まっていることを本当によしとしたならば、相当の労力を費やして執筆したであろうこの時期の数多くの名作が誕生することなどあり得なかったはずである。「シエンキウイッチ」や芥川がいう、行為を妨げる虚無感に取り憑かれることが時にあったとしても、それをはねのける旺盛な創作熱が谷崎の内側に秘められていたことは間違いない。その意味で、その虚無感を肯定するのは、小説を書く情熱を完全に涸渇させてしまってよいと感じていたからでは決してない。むしろ、その虚無感が「物語風や随筆風」の小説を書くために必要であると谷崎に感じられていたからであるに他ならない。「横着」な書き方をした作品もまた、谷崎の苦心の産物である。「吉野葛」が、「私」による「横着」な心境に身を任せた随筆であると装いながら、実際には、谷崎によって相当の労力を費やして書かれた小説である、ということを見るだけでもそのことは分かる。谷崎は、行為に向かうことに懐疑の目を向けてしまいがちな芥川の虚無感を肯定しつつ、芥川が挫折したその場所に創作の新たな可能性があることを感じながら、虚無感とは無縁の野心を胸に秘めてその可能性を探っていくのである。

以上のことを踏まえて、最後に、この「芥川の死と谷崎」というテーマを、ここまで論じてきた「表現」についての考察と関連させて整理してみたい。もともと、繰り返してきた通り、芥川は、「芸術その他」において、「芸術は表現に始まつて表現に終る。絵を描かない画家、詩を作らない詩人、などと云ふ言葉は、比喩として以外に何等の意味もない言葉だ」と主張していた。もっとも、こうした主張を行っていたからといって、「絵を描かない画家、詩を作らない詩人」を、自らとは無関係の存在として、高みの立場から批判することができたわけではない。むしろ、先述の山本喜誉司宛書簡の記述や「点心」の記述や「シエンキウイッチの所謂『悪魔』」に触れた芥川の言葉を見れば、実際には、芥川自身が、行為の情熱に冷や水を浴びせかけるもう一人の自己のために、「絵を描かない画家、詩を作らない詩人」と呼ぶべき状態に陥ってしまわざるを得ない苦悩を抱えていた、ということを知ることができる。その意味で、芥川が「芸術その他」における右のような主張を行うのは、一つには、芥川自身が「絵を描かない画家、詩を作らない詩人」になってしまう苦悩を抱えており、それ故に、そうなってしまうことからの脱却を切実に希求していたからである、と考えてよいだろう。「芸術その他」の主張の背後には、芥川のこうした苦悩と希求の両方が存在していたと理解し得るのである。それに対して、谷崎は、大正九年の「芸術一家言」において、芥川の「芸術その他」の主張を摂取した。先述の通り、芥川のその主張は、自らの芸術観の形成を支える、示唆に富むものであると考えたのである。ただ、谷崎は、昭和二年に芥川の死を経験し、それに伴って、生前の芥川の苦悩と課題とを受け止めようとする心境に傾いていく。その際、谷崎は、「シエンキウイッチの所謂『悪魔』」に触れた芥川の言葉を深く心に焼き付けていたのであるから、「絵を描かない画家、詩を作らない詩人」と呼ぶべき状態に陥ってしまわざるを得ないところに、芥川の苦悩があったということを嗅ぎ取っていたと考えられる。そこで、そうした状態からの脱却をむやみに求めるのではなく、そうした状態になることをむしろ前向きに捉えていくことを主張しようとするのである。

芥川は、「絵を描かない画家、詩を作らない詩人」と呼ぶべき状態に陥ってしまうことを拒否しようとしがらも、否応なく、その状態に陥ってしまう苦悩を抱えていた。それに対して、芥川の「芸術その他」の主張を摂取した谷崎は、その状態に陥ってしまうことを、芥川と同じように嘗ては拒否していたのであるが、芥川の死を経験した頃より、芥川の苦悩を意識しながら、やがて、その状態を肯定的に受け止めようとする態度を装うようになり、それと同時に、そこから、新たな創作の方向性を獲得しようとする。「芸術は表現である」という説を共有していた谷崎と芥川との密接な関係は、最後に、このような展開を辿っていくこととなる。「表現」は、芥川の死を受け止める谷崎の姿勢を理解する上でも、決して見落とすことのできない意味を持っていたといえるのである。

## 注

（1） 今までに調査し得た、Sienkiewicz の英訳本を列挙すると以下の通りである。

1 *After Bread; A Story of Polish Emigrant Life to America, by the Author of "Quo vadis"* translated by A. Hlasko and Thomas H. Bullick, New York, R. F. Fenno & company, 1897（*After Bread* 以外にも、*An Excursion to Athens* を収録）（筆者注――*After Bread* は6の *For Daily Bread* と8の *Her Tragic Fate* と21の *For Bread* と内容が同じ）

2 *Children of the Soil* translated by J. Christian Bay, Boston, Little, Brown and company, 1895（筆者注――12の *The Irony of Life; the Polanetzki Family* と内容が同じ）

3 *The Deluge. An Historical Novel of Poland, Sweden, and Russia. A Sequel to "With Fire and Sword"* translated by Jeremiah Curtin, Boston, Little, Brown and company, 1897

4 *Dust and Ashes: or Demolished* translated by Jeremiah Curtin, New York, F. Tennyson Neely, 1899（筆者注――11の *In Vain* と内容が同じ）

5 *On the Field of Glory ; An Historical Novel of the Time of King John Sobieski* translated by Jeremiah Curtin, Boston, Little, Brown and company, 1906

6 *For Daily Bread, and Other Stories* translated by Iza Young, Philadelphia, H. Altemus, 1898（*For Daily Bread* 以外にも、*An Artist's End, A Comedy of Errors* を収録）（筆者注――*An Artist's End* は7の *Lux in Tenebris Luce* と14の *Light in Darkness* と内容が同じ）

7 *Hania* translated by Jeremiah Curtin, Boston, Little, Brown and company, 1897（*Hania* 以外にも、*Tartar Captivity,*

*Let Us Follow Him, Be Thou Blessed, At the Source, Charcoal Sketches, The Organist of Ponikla, Lux in Tenebris Lucet, On the Bright Shore, That Third Woman* を収録）（筆者注――*On the Bright Shore* は10の *In Monte Carlo* と、*Charcoal Sketches* は17の *The New Soldier or, Nature and Life* と内容が同じ）

8 *Her Tragic Fate* translated by J. Christian Bay, New York, Hurst & company, 1901

9 *In Desert and Wilderness* translated by Max A. Drezmal, Boston, Little, Brown and company, 1912

10 *In Monte Carlo* translated by S.C. de Soissons, London, Greening & co.ltd., 1899（筆者注――18の *On the Bright Shore* と内容が同じ）

11 *In Vain* translated by Jeremiah Curtin, Boston, Little, Brown and company, 1899

12 *The Irony of Life; the Polanetzki Family* translated by Nathan M. Babad, New York, R. F. Fenno & company, 1900

13 *The Knights of the Cross* translated by Jeremiah Curtin, Boston, Little, Brown and company, 1901

14 *Let Us Follow Him, and Other Stories* translated by Vatslaf A. Hlasko, Boston, Little, Brown and company, 1897（*Let Us Follow Him* 以外にも、*Sielanka, Be Blessed, Light in Darkness, Orso, Memories or Mariposa* を収録）

15 *Life and Death, and Other Legends and Stories* translated by Jeremiah Curtin, Boston, Little, Brown and company, 1904（*Life and Death; A Hindu Legend* 以外にも、*Is He the Dearest One ?, A Legend of the Sea, The Cranes, The Judgement of Peter and Paul on Olympus* を収録）

16 *Lillian Morris, and Other Stories* translated by Jeremiah Curtin, Boston, Little, Brown and company, 1894（*Lillian Morris* 以外にも、*Sachem, Yamyol, The Bull-fight* を収録）（筆者注――*Lillian Morris* は21の *Across the Plains* と24の *Where Worlds Meet* と内容が同じ）

17 *The New Soldier or, Nature and Life* translated by J. Christian Bay, New York, F. Tennyson Neely, 1901

18 *On the Bright Shore* translated by Jeremiah Curtin, Boston, Little, Brown and company, 1898

19 *Pan Michael. An Historical Novel of Poland, the Ukraine, and Turkey. A Sequel to "With Fire and Sword" and "The Deluge"*. translated by Jeremiah Curtin, Boston, Little, Brown and company, 1898

20 *Quo Vadis ?*（*Whither Goest Thou ?*）*A Tale of the Time of Nero* 訳者・出版年不明

21 *Sielanka; A Forest Picture, and Other Stories* translated by Jeremiah Curtin, Boston, Little, Brown and company, 1898（*Sielanka* 以外にも *For Bread, Orso, Whose Fault ?, The Decision of Zeus, On a Single Card, Yanko the Musician, Bartek the Victor, Across the Plains, From the Diary of a Tutor in Poznan, The Light-house Keeper of Aspinwall, Yamyol, The Bull-fight. A Reminiscence of Spain, Sachem, A Company of Errors, A Journey to Athens, Zola* を収録）（筆者注―― *The Decision of Zeus* は22の *The Verdict* と *On a Single Card* は22の *Win or Lose* と内容が同じ）

22 *So Runs the World* translated by S.C. de Soissons, London, New York, F. T. Neely, 1898（*Zola, Whose Fault ?, The Verdict, Win or Lose* を収録）

23 *The Third Woman* translated by Nathan M. Babad, New York, J. S. Ogilvie publishing company, 1898

24 *Where Worlds Meet* translated by J. Christian Bay, New York, F. T. Neely, 1899

25 *Whirlpools; A Novel of Modern Poland*. translated by Max A. Drezmal, Boston, Little, Brown and company, 1910

26 *With Fire and Sword. An Historical Novel of Poland and Russia* translated by Jeremiah Curtin, Boston, Little, Brown and company, 1890

27 *Without Dogma. A Novel of Modern Poland* translated by Iza Young, Boston, Little, Brown and company, 1893

28 *Yanko, the Musician and Other Stories* translated by Jeremiah Curtin, Boston, Little, Brown and company, 1893（*Yanko, the Musician* 以外にも、*The Light-house Keeper of Aspinwall, From the Diary of a Tutor in Poznan, Comedy of Errors, Bartek the Victor* を収録）

なお、*The National Union Catalog Pre-1956 Imprints* に記載されたものには、右に列挙した作品と、刊行年は異なるものの、同じ訳者による、同一のタイトルの作品が多数含まれるが、*National Union Catalog Pre-1956 Imprints* に記載された頁数や目次から判断して、それらに別の作品が収録されていないと考えられる場合には、それらを調査の対象から除外している。また、異なる訳者による、異なるタイトルを持つ同一の作品については、そのことを注記した。その上で、一九二一年年以前、つまり、大正十年以前に英訳された作品のうち、*The National Union Catalog Pre-1956 Imprints* に記載されていて、未だに閲覧することができていない作品を示すと以下の通りである。

29 *An Excursion to Athens* New York, R. F. Fenno & company, 1897

30 *The Fate of a Soldier* translated by J. Christian Bay, New York, J. S. Ogilvie publishing company, 1898

31 *The Field of Glory. An Historical Novel.* By Henryk Sienkiewicz. Tr. from the Polish by Henry Britoff New York, J.S. Ogilvie publishing company, 1906

32 *In the New Promised Land* translated by S.C. de Soissons, London, Jarrold & sons, 1900

33 *The Judgment of Peter and Paul on Olympus ; A Poem in Prose* translated by Jeremiah Curtin, Boston, Little, Brown and company, 1900

34 *The Light-house Keeper of Aspinwall* translated by Jeremiah Curtin, New York, 1898

35 *On the Sunny Shore, by the Author of Quo Vadis*（*Henryk Sienkiewicz*）Tr. from the Polish by S.C. de Soissons. New York, R. F. Fenno & company, 1897

36 *Paul* translated by W. R. Thompson, New York,1884

37 *Peasants in Exile*（*For Daily Bread.*）From the Polish of Henryk Sienkiewicz by C. O'Conor-Eccles. Notre Dame, Ind, The Ave Maria,1898

38 *Tales From Sienkiewicz* translated by S.C. de Soissons, London, G. Allon, 1901（*A Country Artist, In Bohemia, A Circus Hercules, The Decision of Zeus, Anthea, "Be Blessed!", Whose fault ?, True to His Art, The Duel* を収録と目次に記載されている）

39 *Through the Desert* translated by Mary Webb Artois, New York, Cincinnati, Benziger brothers, 1912

40 *Trilogy* . Translated from the Polish. Boston, Little, Brown,1898

ただし、タイトルからして、29は1の *An Excursion to Athens* と、31は5の *On the Field of Glory* と、33は15の *The Judgement of Peter and Paul on Olympus* と、34は21の *The Light-house Keeper of Aspinwall* と、35は7や18の *On the Bright Shore* と、37は6の *For Daily Bread* と、38の *The Decision of Zeus* は21の *The Decision of Zeus* と、38の *"Be Blessed!"* は14の *Be Blessed* と、38の *Whose Fault ?* は21の *Whose Fault ?* と、39は9の *In Desert and Wilderness* と同じ作品であることはまず間違いない。また、40の *Trilogy* とは、26の *With Fire and Sword* と3の *The Deluge* と19の *Pan Michael* の三部作であることはよく知られている。そのため、実質的には、30と32と36と38の *A Country Artist, In Bohemia, A Circus Hercule, Anthea, True to His Art, The Duel* の調査のみが残されていることになる。なお、「シエンキウイッチの所謂『悪魔』」について言及した芥川の言葉を読む限り、芥川が参照したのは、「シエンキウイッチ」の虚構作品の中の文章であったのではなく、「シエンキウイッチ」の実際の体験談を記した、日記や随筆や談話などの文章であったようにも見える。しかし、現在までのところ、創作欲を奪っていく「悪魔」について語った「シエンキウイッチ」の体験談としての文章は見付けられていない。

（2） 原文を以下に記す。

Here is a nature so sensitive that it photographs every impression, an artistic temperament, a highly endowed organism; yet it produces nothing. The secret of this unproductiveness lies perhaps in a certain tendency to analyze and philosophize away every strong emotion that should lead to action. Here is a man in possession of two distinct selves,—the one emotional, active; the other eternally occupied in self-contemplation, judgment, and criticism. The one paralyzes the other. He defines himself as "a genius without a portfolio," just as there are certain ministers-of-state without portfolios.

なお、*Without Dogma* の拙訳については、以下に示すものも含めて藤吉清次郎氏に添削していただいた。厚く御礼申し上げる。

（3） "send ～ to the devil" という、直訳すると「～を悪魔にくれてやる」となる表現が、「悪魔の如き～を排除する」という意味内容を含む可能性があることは、ドストエフスキー『罪と罰』（*Преступление и Наказание* 1866）五章の四において、ラスコーリニコフが、老婆を殺害した動機をソーニャに語ったことで知られる、次の場面によっても確かめることができる。英語の表現とロシア語の表現とを単純に比較することはできないのかも知れないが、本稿の論旨に適応する例を偶然見つけることができたので、大阪大学外国学図書館が所蔵する一九七〇年刊行の本書該当箇所と岩波文庫『罪と罰』（平12・2）の江川卓訳の該当箇所を順に掲げて、考察を試みることにする。

Я догадался тогда, Соня, —продолжал он восторженно, — что власть дается только тому, кто посмеет наклониться и взять ее. Тут одно только, одно: стоит только посметь! У меня тогда одна мысль выдумалась, в первый раз в жизни, которую никто и никогда еще до меня не выдумывал! Никто! Мне вдруг ясно, как солнце, представилось, что как же это ни единый до сих пор не посмел и не смеет, проходя мимо всей этой нелепости, взять просто — запросто всё за хвост и стряхнуть к черту! Я... я захотел осмелиться, и убил... я только осмелиться захотел, Соня, вот вся причина!

「ぼくはそのとき気づいたんだよ、ソーニャ」彼は有頂天になってつづけた。「権力は、あえて身をかがめて、それを拾いあげるものにだけ与えられるとね。そこにはひとつ、ただひとつのことしかない、つまり、あえて断行しさえすればそれでいいんだ！ そのときぼくにはひとつの考えが生まれた、生涯にはじめて、ぼく以前にはだれひとり考えつかなかったような考えが生まれたんだ！ だれひとりだよ！ ぼくにはふいに、太陽のようにはっきりと見えた、つまり、どうしていままでただのひとりとして、こうした不合理のそばを通りながら、その尻尾をつかんで、ぽいとほうり捨てるという、実に簡単なことさえ、思いきってやろうとしなかった、いや、いまもしていないのか！ ぼくは・・・ぼくは思いきってやりたかった、だから殺した・・・ぼくはね、ソーニャ、ただ思いきってやりたかったのさ、それが原因のすべてだ！」

筆者は、ロシア語についての知識がなく、素人の憶測を重ねたに過ぎない結果になることを恐れるが、傍証としての役割を果たすことを期待して、あえて右の原文と訳との関係を踏まて考察してみたい。ここで、原文の傍線部“с-тря-хнуть к черту”に着目すると、“стряхнуть”＝振り払う、“к”＝～へ、“черту”＝悪魔であるので、直訳すると「悪魔の方へ振り払う」となる。しかしながら、江川訳では、傍線部の通り、“к черту”＝「悪魔の方へ」という部分を訳出していない。この点は、江川訳だけではなく、他のあらゆる訳者の訳においても同様である。それは、『研究社露和辞典』（昭63・9、研究社）に記されている通り、“к черту”が「（俗）外へ、向こうへ、離れて」という意味を持つ慣用句として定着しているからである。この点について、『研究社露和辞典』からさらに類語を例示するために、“посылать к черту”という表現に着目してみる。“посылать”＝送る、“к”＝～へ、“черту”＝悪魔であるので、“посылать к черту"は、直訳すると、「悪魔の方へ送る」となるはずである。しかし、『研究社露和辞典』では、"посылать к черту"に対して、「(俗)追い払う、(要求を)きっぱりとはねつける」という訳が載せられているばかりである。それは、"к черту"が、先述の通り、「(俗)外へ、向こうへ、離れて」という意味を持つ慣用句として定着しているからであるに他ならない。こうした例を見ても、"к черту"を「悪魔の方へ」と訳出する必要がないことが分かる。しかしながら、「悪魔の方へ」と訳出する必要がないからといって、"к черту"という句を含む文脈に悪魔のイメージが全く含まれていないのかというと、そういうわけではないだろう。例えば、「~を悪魔の方へ送りつける」という時、「~」は悪魔に送りつけるのが相応しい忌むべきものとイメージされているだろうことは、先述してきた通り、大いにあり得ることである。実際、先の引用箇所の傍線部を改めて見てみると、その少し前の波線部に"хвост" = 「尻尾」という、悪魔を連想させる言葉が置かれている。つまり、「ぽいとほうり捨てる」べき対象に対して、すなわち、ここでは、二重傍線部の"нелепости" = 「不合理」に対して、悪魔のイメージが託されているのである。その意味で、直訳すると「不合理を悪魔の方へぽいとほうり捨てる」となる言葉が意味する内容は、「悪魔の如き忌むべき不合理をぽいとほうり捨てる」になると考えられる。直訳すると「~を悪魔にくれてやる」となる表現が、「悪魔の如き~を排除する」という意味内容を含む可能性は、こうした例を見ればより高いといえるのである。

(4) 原文を示すと、"You too are an arist. You may not play or paint, but you are an artist all the same."である。

(5) *Without Dogma* には、この他にも、「第二の自己」によって行為する力が奪われてしまう Leon の状況と、悪魔とを関連付けて述べる描写が見られる。例えば、日記の 18 June では"Criticism of ourselves and everything else is corroding our active power."(=我々自身や他の全てのことに批判の目を向けることは、我々の行為の力を蝕んでいく)と述べた上で、こうした批判精神は、あらゆる偶像の破壊をもたらすと説明し、その偶像が破壊された結果として、"Most likely on the huge, clean-wiped slate the devil will write sonnets."(=恐らくは、過去を消し去ってしまったことによって生じた大きな空白に、悪魔がソネットを書き込むようになるだろう）と記している。あるいは、29 April. には、悪魔についての記述ではないけれど、悪の領域と虚無とを結び付けた、“Thousands of years ago it was known to the world that virtue and righteousness alone give power to life ; that emptiness and nothingness dwell in the realm of evil.”（＝何千年も前に、徳と正義だけが人生に力を与え、空虚と無は悪の領域に住みつくものであるということは、世界の人々に知られていた）という記述も見られる。

（6）谷崎のいう「物語風や随筆風」の小説は、「小説的な作品」から脱却しようとしている点で、芥川が晩年に主張した「『話』らしい話のない小説」に近いもののように受け取ることができる。ただし、芥川が、「第二の自己」からの解放を希求しつつ、理知や意識の及ばない、純粋な「詩的精神」を重視して、そうした精神が自ずから流れ込むような作品を求めていたのに対して、谷崎は、その種の求道的な姿勢とは無縁であって、内心には創作に対する野心を秘めつつも、「第二の自己」に支配されることを是認する姿勢を装いつつ、「横着」な書き方を実践しようとしている。

（7）谷崎は、前掲の「春琴抄後語」において、本格的な小説と、「物語風」の小説と、「随筆風」の小説とを区別している。このうち、本格的な小説を厭うようになるとともに、「物語風や随筆風」の小説を求めるようになっていると記されている。しかし、注（8）でも言及する通り、実際のところ、何が本格的な小説で、何が「物語風」の小説で、何が「随筆風」の小説であるのかを、厳密に区別することはできない。そのため、ただ、谷崎の漠然としたイメージの中で、これらが区別されていたと理解すればそれでよいだろう。谷崎のイメージを具体的にいえば、「物語風や随筆風」の小説では、本格的な小説の書き方とは異なり、会話と地の文との区別を付けないということ、「会話のイキだとか、心理の解剖だとか、場面の描写だとか」を深く求めないということ、さらに、「随筆風」の小説になれば、「物語風」よりも「一層枯淡」になり、地の文さえ簡略にするということが述べられている。「春琴抄後語」では、こうした「物語風や随筆風」の書き方をした作品として、「卍」と「盲目物語」と「蘆刈」と「春琴抄」とが挙げられているので、これらを、谷崎の定義に従って、「物語風や随筆風」の小説と位置付けることはできるだろう。それに加えて、紀行文風の導入部分を持つ「吉野葛」もまた、本格的な小説とは考えにくく、谷崎のいう「物語風や随筆風」の小説に分類することができるだろう。

（8）この作品は、「私」の随筆というには、小説的に過ぎるという見方もあるいはできるだろう。ただし、もともと、随筆と小説の相違といっても、それは便宜的な区分であるに過ぎない。「私」の眼前に映る光景を、仮に「私」が忠実に再現しようとしたとしても、それはあくまでも「私」に特有の感覚に基づいた再現であり、第三者からは現実が全く異なるように見えている可能性もある。それ故、「私」の随筆が、第三者から見て主観に偏っていたり、奇妙に歪められていたりするということがあったとしても、不思議ではない。「私」の随筆が小説とも見なされ得る余地は、ここに存在する。とはいえ、少なくとも、「私」が自らの体験に基づいて随筆を書いたという枠組みが、この作品に与えられている点は動かないので、そのことを前提にして以下では論を進めていく。

（9）「私」が歴史小説の執筆を放棄した理由として、津村の母に関わる話を直接に見聞した結果、それを小説の「材料」にしようとする興味も生まれてきたので、これまで集めてきた「材料」と併せて、「材料」が多くなり過ぎてしまい、一つのまとまった歴史小説を形作ることができなくなった、という側面もあると考えられる。ただし、先述の通り、津村の母に関わる話を見聞する以前の段階で、既に「材料」は揃っていて、それを配列するだけで歴史小説を書くことができたのであるから、もし、本当に歴史小説を完成させるという意欲さえあれば、津村の母に関わる話を除外して、これまで集めた「材料」を配列しさえすればよかったはずである。そうすることができなかったということは、津村の母に関わる話に興味を惹かれるようになってきたことと呼応する形で、これまで集めた「材料」を配列する熱意がそもそも失われていったということを意味している。

補論

# 谷崎と孝子説話

## 第1節

谷崎の「不幸な母の話」（大10・3『中央公論』）は、孝の思想に対する谷崎の関心をよく伝えてくれる作品である。作品の主要な登場人物は、母とその息子である兄と弟と、兄の妻の四人で、弟が作品の語り手である。ストーリーを紹介すると、次の通りである。――母は、苦労知らずに育った箱入り娘だったので、五十才になっても駄々っ子気分が抜けなかった。何かにつけて、子供が親孝行することを要求するところがあったが、それが、一種の愛嬌ともなっていた。兄は、そんな母のために孝行を尽くしてきた。そうしたある日、兄はある女性と結婚することとなり、二人して新婚旅行に向かった。息子を溺愛していた母は、周囲が制止するのも聞かずに、兄と妻の新婚旅行の旅先を訪問するのであるが、その際、三人を乗せた船が難破するという事故に遭遇してしまう。海の中に投げ出された時、何人かの人が兄に縋り付いたが、兄は自分の目の前で妻が溺れているのに気付いたので、それらを払いのけて無我夢中で妻を救出する。その際、母のことも心配であったが、二人を同時に救出しようとすれば、結局、三人とも溺れてしまうので、まずは、妻を救出し、その後、母を捜そうと考えた。妻を救出した後、母を助けようと海を見回したが、母の姿は見えない。兄は半ば狂乱状態になり、必死に母を捜したが、それでもついに見つけられなかった。しかし、その後、しばらくして、母が別の人の手によって無事に救出されたということが分かった。その一件があって以来、母は別人のように暗い性格となり、他者に対して心を開かなくなったまま、その後、間もなく亡くなってしまった。そして、兄も、それから自殺してしまった。兄の遺書には、事故の時、助けを求めて、自分の手に誰かが縋り付いてきたのであるが、それは、今思えば母であったように感じられる、自分は、妻を助けるのに必死で、縋り付いた母を誰とも知らず振り切ってしまったのかも知れない、事故の時以来、母の性格が一変したのはそのためである、そう考えると、母が絶えず自分のことを責めているような気がして苦しい、などということが書かれていた。——以上があらすじである。どこまでも自分に孝行を尽くすことを求める母と、結果として、その母の孝行の期待を裏切ってしまった兄との間に生じたすれ違いによる悲劇が語られている。

もともと、兄は母に対して孝行を尽くそうとする義務感を強く持つ人物であった(1)。兄にとって、その義務感による母との結び付きは、愛情による妻との結び付き以上に強い拘束力を持つものであった。そのことは、自殺を決めた兄が、事故を振り返って次のような言葉を遺書に残していることから知ることができる。

私はなぜ、母を見分けることが出来なかつたか？母を忘れるほど妻を愛して居たのだらうか？私は決してそうは思はない。若し私の手に、妻より先に母が抱かれて居たならば、私はきつと妻を見分ける余裕を持たなかつたゞらう。その場合にたとひ妻が私に縋り着いて来やうとも、『私は母を助けなけりやならない。』さう云つて彼女を見殺しにしたゞらう。さうして又、私をあれ程愛して居る妻は、私の母の為めならば喜んで死んでくれたゞらう。けれども不幸にして、あの時真つ先に私の手に縋り着いた者は妻だつたのだ。今や溺れかゝつて居る妻だつたのだ。私の頭は『妻の命を救ふ』と云ふことで一杯になつてゐたのだ。『兎に角二人だけでも生きなけりやならない。』私がその時さう思つたのは不自然だらうか？私でなくとも、誰でもさう思ひはしないだらうか？たゞその『二人』のうちの一人が母でなくて妻だつたこと、その偶然が私に恐ろしい過誤と不幸とを齎したのだ。

兄は、事故の際、無意識のうちに手を振りほどいた相手が偶然にして母であったことを不運と感じ、その不運を嘆いている。その相手が母であったがために、その後、母に自らの不孝を責められなければならない立場に立たされてしまったと考えている。逆に、仮に、事故の際、手を振りほどいた相手が妻であったならば、兄に献身的な愛を向けていた妻は、事故の際の如何ともし難い状況をよく理解した上で、母を助けるために喜んで死んでくれただろうと考えている。その結果、妻が自分の行為を恨み、自分を責め立てていると思うこともなく、それ故、自分の苦しみもずっと軽減されていたであろうと兄は感じている。妻であれば、母のために喜んで死んでくれたであろうというのは、妻の気持ちを無視したいささか虫のよい、自己中心的な感情に過ぎないとも思えるのであるが、愛する妻に対して、こうした感情を向けずにはおれないほどに、母に不孝を責められていると感じる苦しみは、計り知れないものがあったわけである。

谷崎は、孝行の義務に圧迫される兄の息苦しさを、強い実在感をもって描き出している。この作品には、孝の思想に対する谷崎なりの関心が色濃く表現されている。そこで、以下では、「不幸な母の話」の成立過程や背景を考察する。そのことを手掛かりにして、谷崎とその思想の関わりについて考えてみたい。

## 第2節

青年期の谷崎は、放蕩の限りを尽くし、親不孝な行為を繰り返した。両親との衝突は絶えることがなく、また、周囲に不義理を重ねてばかりいた。しかし、放埒な生活に歯止めがかからなかったとはいえ、両親を悲しませることに対しては、心の奥底で痛みを覚える感情も持っていた。そのことは、後述する通り、谷崎自身が、「親不孝の思ひ出」というエッセイーにおいて、少年期や青年期の自らの中にそうした感情があったことを書き記しているので分かる。さらにいえば、作家の実際の感情と作品の登場人物の感情とを安易に結び付けることはできないものの、以下に取り上げるように、谷崎の小説作品において、そうした感情を持つ登場人物の姿が多く描き出されているということも、そのことを補強する参考材料になるだろう。例えば、作家デビュー直前の谷崎の姿を描いた自叙伝小説である前掲の「異端者の悲しみ」では、谷崎自身をモデルにした主人公の章三郎が、平生は、親不孝なことを繰り返していながら、「終日の労働と心配に疲れ果てゝ、敗残の余生を纔か夜間の熟睡に托して居る」両親の寝姿を見た時、突然、次のような感情に襲われている。

「章三郎や、どうぞ私たちを助けておくれ。お前は私の子ではないか。広い世間にお前より外、私たちを救つてくれる人は居ない。どうぞ私たちを可哀さうだと思つておくれ。どうぞ心を入れ換へて、私たちに孝行をしておくれ。」――／せち辛い世の苦しみに喘いで居るやうな、とぎれ〳〵の寝息の音が、彼には何となく斯う云ふ文句に聞えるのであつた。自分はなぜ、こんな悲しい人たちを邪慳にしたり、忌み嫌つたりするのであらう。こんな惨めな親たちに、なぜ反感を持つのであらう。…さう考へると、章三郎は胸が一杯になつた。／「世の中に己のやうな悪人は又とあるまい。己こそ本当の背徳漢だ。天にも神にも見放された人間なんだ。…お父つあんおつ母さん、どうぞ私を堪忍して下さい。」／彼は覚えず両手を合はせた。

「とぎれ〳〵の寝息の音」に、親孝行して欲しいという両親の切実な哀訴の声を聞く章三郎は、親不孝な行為を繰り返すことに対する罪悪感を心の中に抱えている。親を悲しませたくない、親孝行でありたいという思いは、章三郎の心から消えてしまったわけではない。にもかかわらず、両親の前では素直になれず、自己の欲求に身を任せて、親を悲しませるようなことばかりを相変わらず続けてしまう。親不孝であることに対する章三郎のこうした罪悪感が、青年期の谷崎の感情そのままであると断定することはできないのかも知れないが、少なくとも、この種の罪悪感を、エッセーや小説の中で谷崎が描き続けているということを踏まえれば、その罪悪感は、谷崎自身の感情に根差した、文学の重要な素材として谷崎に認識されていたということは確かである。

もっとも、「両親」と一括りにして述べたが、母と父に対する谷崎の感情は相違する。「異端者の悲しみ」の右の引用では、両親に対する罪悪感が描かれているが、母に対する罪悪感が描かれることの方がはるかに多い。それは、後掲の「親不孝の思ひ出」に、「父の遣り方がまことに下手で、私を怒らせるやうにばかり仕向けた」、「分けても父と激しく衝突」したと記される通り、当時の父と谷崎の対立が相当に根深かったからであるだろう。無論、父に対しても心の底では肉親としての繫がりの深さを感じていた。そのため、「異端者の悲しみ」の右の引用の如く、父に対しても、不孝なことばかりしてきた罪悪感や自責の念が意識されることもあったであろう。しかし、対立が根深かったので、父に対する罪悪感や自責の念を素直に作品に描き出す心境にはなかなかなれなかったものと思われる。(2) 一方、母に対しては父よりも深い愛情を感じていた。それは、幼少期の谷崎を優しく包み込んでくれた若き母の姿が記憶に残っていたからであるのかも知れない。そのために、母に対しての罪悪感の方が谷崎作品ではずっと多く描かれるのである。

そのことを具体的に確認してみる。例えば、「少年」(明44・6『スバル』)では、母に嘘をついて、西洋館に入った主人公の「私」が、西洋館の中の不気味な光景を目にして、恐怖のあまり、「神様、私は悪い事を致しました。もう決してお母様に嘘をついたり、内証で人の家へ這入つたり致しません」と夢中で口走る場面があり、母に背く行為をすることに心の疚しさを覚えていた「私」の感情が描かれている。また、「ハッサン・カンの妖術」(大6・11『中央公論』)では、最後の場面で、「予」こと「谷崎」が、ハッサン・カンの魔法によって、自分の身体から精神を遊離させ、宇宙をくまなく見ることができるようになったのであるが、その際、「鹹海中の弗婆提の洲に住んで居る、我が亡き母の輪廻の姿」である一羽の鳩を目撃することになる。その時の鳩と「私」のやりとりは、次のように描かれている。

母は一羽の美しい鳩となつて、その島の空を舞つて居た。さうして、たま〳〵通りかゝつた予の肩の上に翼を休めて、不思議にも人語を囀りながら、予に忠告を与へるのであつた。「わたしはお前のやうな悪徳の子を生んだ為めに、その罰を受けて、未だに佛に成れないのです。私を憐れだと思つたら、どうぞ此れから心を入れかへて、正しい人間になつておくれ。お前が善人になりさへすれば、私は直ぐにも天に昇れます。」――かう云つて啼く鳩の声は、今年の五月まで此の世に生きて居た、我が母の声そつくりであつた。／「お母さん、私はきつと、あなたを佛にしてあげます。」／予は斯う答へて、彼女の柔かい胸の毛を、頬に擦り寄せたきり、いつ迄も其処を動かうとしなかつた。

「予」は母の生前に悪徳を重ねた罪を詫びつつ、心を入れ替えて、母を成仏させようと決意する。母に不孝なことばかりしてきたことに対する「予」こと「谷崎」の良心の呵責の念が、明確に描き出されている。同様のことは、「母を恋ふる記」（大8・1・18～8・2・19『大阪毎日新聞』、大8・1・19～8・2・22『東京日日新聞』）からも読み取ることができる。この作品では、「十年も二十年も」戻らない息子の帰りを待つおぞましく不気味な老婆が、三十四歳の「私」の夢の中に登場する。この老婆は、三十四歳の「私」の母に該当するとされている。(3) それ故、その姿には、母に対して不孝なことばかりしてきた「私」の良心の呵責が投影されていると見ることができる。また、「痴人の愛」（大13・3・20～6・14『大阪朝日新聞』、大13・11～大14・7『女性』）では、ナオミの色香に溺れて身を持ち崩していた譲治が、母の死によって、「お前の母が今死んだのは、偶然ではないのだ。母はお前を戒めるのだ、教訓を垂れて下すつたのだ」と考えるようになり、母に「済まない事をした」と感じるようになる場面が描かれている。母の死が、母を裏切るようなことをしてきた罪悪感を強く意識させるのである。逆に、「友田と松永の話」（大15・1〜5『主婦之友』）では、主人公の儀助は、母が亡くなったことが契機となって、背徳的な西洋趣味に耽溺し、家を飛び出してしまう。このことは、儀助の中に、ともに暮らす母の前で、母に背く行為をすることを後ろめたく思う気持ちがあった、ということを示している。ほんの数例を挙げたに過ぎないが、これらは、母を裏切ること、あるいは、裏切ったことに対して、苦しみや罪悪感を覚える主人公の感情に焦点が当てられている、という点で共通している。

彼らがこうした苦しみや罪悪感を覚えるのは、彼らが母に対して心の中で温かな愛情を持っていたからであるが、同時に、「本当は親孝行でなければならない」という思いを持っていたからでもある。彼らが、しばしば、自らの親不孝を意識したり、親不孝であることに苦しみを覚えたりするのは、そのためである。彼らのこうした思いは、谷崎自身の感情をそのままの形で表現したものであるとまではいえなくとも、谷崎の文学作品の重要な素材となるほどに、谷崎にとって大きな関心事であったことは間違いないので、谷崎の中にあった感情の一面を投影したものであったと考えることはできる。

実際、谷崎が「本当は親孝行でなければならない」という感情を持っていたことは、後掲の「親不孝の思ひ出」に明確に記されているし、それだけでなく、前掲の「異端者の悲しみ」の「はしがき」にもそのことは示されている。具体的にいえば、この「はしがき」では、谷崎と千代夫人との間に子どもが生まれたことを踏まえつつ、「親不孝の予は、せめて予が妻と娘とに、予の代理として、出来るだけ」、両親に対して「孝行をして貰ひたかつた」と述べている。自らの「親不孝」を前提としているので、結局のところ、谷崎のわがままの域を出ない発言であるというべきであろうが、しかし、ここに、谷崎の両親に対する愛情を見て取ることができるし、また、「本当は親孝行でなければならない」という苦々しい感情を見て取ることもできる。両親、特に、母に対する愛情があるからこそ、孝行に対する義務感は意識され、それが重くのしかかっていくというのは、谷崎自身の感情に根差した重要な作品素材であったといえるだろう。孝行に対する義務感を強く持ちながら、結果として、母の孝行の期待に応えることができず、苦しみに囚われる「不幸な母の話」の兄のような人物が描かれたのは、そのためである。

## 第3節

谷崎の中に、孝の思想に無関心でいられない一面があったということは、「不幸な母の話」の成立過程や背景を見ればより確かめられる。というのも、「不幸な母の話」を書くにあたり、どうやら、谷崎は、『今昔物語集』「住河辺僧値洪水棄子助母語」を参考にしていると考えられるからである。「住河辺僧値洪水棄子助母語」を、池辺義象篇の校註国文叢書『今昔物語集』上巻（大4・7、博文館）本朝の部巻第九[4]によって全文を記すと次の通りである。

今は昔、□の比、高塩上りて淀河に水増りて、河辺の多の人の家流ける時に、年五六歳許にて色白く、形ち端正にして心ばへ厳かりける男子を持て、片時も身を不レ離れず愛する法師有り、而る間其の水に此の法師の家押し被レ流れにけり、然れば其の家に年老たりける母の有けるをも不レ知ず、此の愛する子をも不レ知ずして、騒ぎ迷けるに、子は前に流れて母は一町許下て浮び沈みして流下けるに、此法師色白き児の流れけれを見て、彼れは我が子なめりと思て、騒ぎ迷て游を掻て流れ合て見るに、我が子にて有れば、喜び乍ら片手を以て子を提て、片手を以ては游を掻て岸様に来て著むと為る程に、亦母水に溺ひて流れ下るを見て、二人を可レ助き様は無かりければ、法師の思はく、命有らば子をば亦も儲てむ、母には只今別れては亦可レ値き様無しと思て、子を打弃て母の流る、方に掻き着て、母を助けて岸に上せつ、母水呑て腹脹たりければ、蹠ひ助くるに、妻寄り来て云く、「汝は奇異き態しつる者かな、目は二つ有り、只独り有て白玉と思つる我が子を殺して、朽木の様なる嫗の今日明日可レ死をば何に思ひて取り上げつるぞ」と泣き悲むで云ければ、父の法師「現に云ふ事理なれども、明日死なむずと云とも、何でか母をば子には替へむ、命有らば子は亦も儲てむ、汝ぢ嘆き悲む事無かれ」と誘ふと云へども、母（筆者注――ここでは妻のことを指す）の心可レ止きに非ずして、音を挙て泣き叫ぶ程に、母を助たる事を仏哀とや思食けむ、其子をも末に人取り上げたりければ、聞き付て、子をも呼び寄せて、父母相共に無レ限く喜びけり、其の夜法師の夢に、不二見知一ぬ止事無き僧来て、法師に告て宣はく、「汝が心甚だ貴しとなむ讃め給ふ」と見て夢覚にけり実に難レ有き法師の心也とぞ、此れを見聞く人皆讃め貴びけるとなむ、語り伝へたるとや。

この話の展開は、「不幸な母の話」と近似している。男の母と子（筆者注――「不孝な母の話」では母と妻）が不意の災難で溺れてしまったという状況の中で、男は二人同時に助けることができないので、一方のみを救出し、他方の者を払いのけた（筆者注――「不幸な母の話」では、兄は無意識のうちに母の手を払いのけたと思われると述べている）という点、その他方の者も、後に別の人の手によって救出されたという点、男が母に孝行を尽くさなければならないと強く感じているという点、母に対する孝行と子どもに対する愛情（筆者注――「不孝な母の話」では妻に対する愛情）の葛藤の問題が描かれているという点、母の立場と妻の立場の対立関係が描かれているという点など、話の大枠は重なり合っている。新日本古典文学大系『今昔物語集』四の注は、この「住河辺僧値洪水棄子助母語」の出典を未詳としていて、これとは別に同種の話が他にも存在するのかも知れないが、日本の古典文学に精通していた谷崎が『今昔物語集』をこの当時から読んでいたことは確実で、(5)「不孝な母の話」の典拠は「住河辺僧値洪水棄子助母語」であると考えてよいだろう。(6)「住河辺僧値洪水棄子助母語」のような、愛する我が子を犠牲にしてまでして、親に孝行を尽くす法師の姿を賞賛する、過酷な孝子説話に興味を持ち、それを作品の典拠にするということの中に、孝の思想に無関心ではいられなかった谷崎の一面が示されている。

勿論、話の大枠が重なり合っているからこそ、「不幸な母の話」と「住河辺僧値洪水棄子助母語」の根本的な相違が際立ってくるという点を看過することはできない。原話は、極限の状況の中でも、母への孝行を貫徹させた法師の行為を賞賛する、典型的な親孝行譚であった。それに対して、「不幸な母の話」では、兄は、母への孝行に努めながら、結果として母の孝行の期待に叶う行為をすることができず、その苦痛から自殺してしまった。谷崎は、原話に基づきながら、その根幹を決定的に改変している。それは、先述の通り、親不孝、特に、母に不孝なことばかりしてきたことに対する苦しみや罪悪感というものが、谷崎にとって大きな関心事であったからに他ならない。極限状態の中にあっても親孝行を貫いた「住河辺僧値洪水棄子助母語」に興味を持って、それを作品の典拠とした理由、その典拠を右の如くに改変した理由は、正しくここにある。

では、このような、親孝行でなければならないという義務感、あるいは、親孝行ではないことに伴う苦しみや罪悪感が谷崎に意識されるようになったきっかけは何であるのか。その点については、前掲の「親不孝の思ひ出」(昭32・9、10『中央公論』)という、少年時代や青年時代の親不孝を回想したエッセーの中で叙述されている。その中で、谷崎は、自分の親不孝を意識するようになった経緯を次のように述べている。

それはさうと、私が自分の親不孝を意識するやうになり、そのことで良心の苛責を覚へるやうになり出したのは、いつ頃からで、何が原因であつたらうか、と考へると、先づ何よりも思ひ出されるのは、遠い昔の小学校時代の修身の時間のことである。(中略)私の時代の修身と云へば、殆ど天皇に忠義を尽すこと、父母に孝行を尽すこと、を説き聴かすことに、大部分の時間を費やしてゐたやうな気がする。尋常科時代の私の級を受け持つてゐたのは岡山県生れの野川誾榮と云ふ先生であつたが、いつも修身の時間になると、私はこの先生から支那や日本の古い孝行息子の物語を数限りなく聴かされたことを思ひ出す。私は文天祥や楠正成のやうな忠臣の物語にはそれほど動かされなかつたが、孝子の話は親と云ふ対象が身近にあるので、それだけに切実に感じたし、先生の方もひとしほ身を入れて説いたやうに思ふ。

その上で、親孝行に努める子供の話として、「支那の聖人の舜」の話、「古今著聞集巻八の孝行恩愛の項」にもある「摂政藤原兼家の随身下毛野の武則と子の公助の逸話」、あるいは、「平家物語の重盛諫言の条」、「曾我兄弟の仇討苦心談」、「鈴鹿峠の孝子萬吉の話」、「二宮金次郎の話」などがあることを紹介しつつ、これらは少年期に「耳に胼胝《たこ》が出来るほど聞かされた」と述べている。さらに「反対に親が子を思ふ方では、孟母三遷や断機の話、小楠公の母の話、子を食ひ殺した虎の棲みかを尋ねて行つて、左の腕を噛ませながら右手で虎を刺し殺した膳巴提便の話、などが教科書に載つてゐたことを思ひ起すことが出来るが、これらも結局は親の有難さを教へて、だから子たるものは親に孝行をしなければいけない、と云ふ風に説かれたものであつた」とも記している。この時以降、谷崎はことあるごとに「自分の親不孝を意識するやうになり、そのことで良心の苛責を覚へるやうに」なったわけであるから、修身の時間に聞かされた孝子説話が、谷崎にいかに大きな影響を与えたのか、ということを知ることができる。

そのことは、右の引用に続ける形で、次のように記されていることからも分かる。

かう云ふ数々の孝行に関する説話は、それを始めて聞かされた頃は全く無邪気に、子供らしい感銘を以て受け取つたゞけのことであつたが、たび〳〵繰り返して聞かされて行くうちに、次第にそれが親たちに対する自己の行為を規制する尺度として働き、心に重く蔽ひかぶさるやうにならずにはゐない。そして私はいつからともなく、「自分は親不孝の子である」と云ふ苛責の念を、絶えず感ずるやうになつた。今から考へると、いくらあの頃の教育が儒教主義的であつたからと云つて、あんなにまで孝道を力説しなくてもよくはなかつたかと思ふ。親たちも亦何かと云ふと、「親に楯をつく」「親を馬鹿にする」「罰あたりだ」「云ふことを聴かない奴だ」「今にロクな者になりはしない」など、云ふ語をすぐ口にした。親たちはそれほど深い考があつて云ふのではなく、簡単に口から出るのであらうが、聞かされる子は学校の修身の話が身にこたへてゐるので、やはりそれらの親の叱言が苛責の種にならずにはゐない。(7)

ここでは、両親に対して「古い孝行息子の物語」の如くに振る舞えない現実を前にして、その物語に圧迫を感じるようになったということが述べられている。しかし、その圧迫は、親孝行の必要性を感じなくなるという方向に作用したわけでは勿論ない。むしろ、圧迫を感じるのは、親孝行でなければならないという義務感が、心を支配し続けていたということを意味している。そのために、「『自分は親不孝の子である』と云ふ苛責の念」をいよいよ強くするのである。

もとより、こうした圧迫感は、親孝行を要求されることに対する反発心に容易に転化し得るものである。実際、「親不孝の思ひ出」によれば、「十二三歳の折に」両親に「御飯炊き」などの「煩雑な家事の手伝ひ」をさせられるようになった谷崎は、「よく、二宮金次郎の幼時の話を思ひ浮かべたりしたが、それに依つて奮起させられるどころではなく、どう考えても貧乏はつくぐ〜嫌なものであると、云ふ風にばかり感じさせられた」と考えるようになっている。しかし、こうした反発心の一方で、当時の谷崎は次のようにも考えていた。

当時の私の小さな胸の中には、私を早くから立ち働かして自分たちは寝床にゐる二親の仕打ちを恨む気持と、かりにも親を恨まうとする己のねぢくれた根性を咎め、出来れば自分も金次郎や萬吉のやうなあつぱれな子になりたい、そして親たちを喜ばせ世間の人に褒められたいと云ふ気持とが交互に入り乱れた。

親孝行を要求されることに対して反発を覚える心持ちが芽生える一方で、やはり、修身の授業の影響で、親孝行でなければならないという義務感は強く心を支配していたのである。

少年期の谷崎は、修身の授業で聞いた孝子説話に影響されて、親孝行でなければならないと考えながら、なかなかそうなり得ず、「自分は親不孝の子である」という思いに囚われた。同じように、大正十年の谷崎は、同種の孝子説話である「住河辺僧値洪水棄子助母語」[8]に刺激を受け、母に孝行を尽くそうと努めながら、その孝行の期待に応えることができず、苦しみを抱えることになった「不幸な母の話」の兄を描いた。少年期と大正十年の谷崎は、同種の孝子説話に接した時、前者では圧迫感を実際に受けるという反応、後者では圧迫感を受ける人物を描き出すという反応を示したのであり、その意味で、よく似た反応を示しているといえる。先述の通り、谷崎が親不孝であることの罪悪感を意識し始めたきっかけは、修身の授業であったと述べていること、また、大正期の谷崎作品においては、「不幸な母の話」以外にも、母に背く行為をすること、したことに対する罪悪感が多く描かれていたことを踏まえれば、修身の授業が谷崎に与えた影響の大きさを窺うことができる。昭和三十二年に至ってなお、修身の授業で聞いた孝子説話の数々を列挙することができ、しかも、その時の心境をよく覚えていたということは、その影響の大きさを示しているだろう。

## 第4節

そうなると、何故に、当時の修身の授業が谷崎にそれほど大きな影響を与えたのかということを考えておくことが必要になる。果たして、修身の授業に、谷崎少年がこれほどまでに、引き付けられたり、圧迫を感じたりした理由はどこにあるのか。その第一の理由は、「孝子の話は親と云ふ対象が身近にあるので、それだけに切実に感じた」と述べる先の谷崎の言葉に示されている。谷崎の心の中には両親に対する愛情があったために、両親のために身を尽くす子どもの話を我が身に置き換えて理解する傾向があり、そのために心動かされるのである。それに加えて、第二の理由は、「編年体・評伝谷崎潤一郎」(『谷崎潤一郎必携』)より引用すれば、「谷崎家の繁栄を一代で築き上げた祖父」が「明治二十一年」に亡くなってからというもの、商才のない父の倉五郎の相次ぐ事業の失敗により、「一家は次第に経済的に逼迫」するという状況にこの時期の谷崎は陥っていた、という点を挙げることができる。「はじめは祖父から分け与えられたそれなりの財産もあり、伯叔父たちの世話で相当な暮らしを営んでいたが、明治二十七年、『南茅場町の二度目の家』に逼塞したころから、谷崎家はいよいよ零落しはじめた」のである。先述の通り、こうした状況の中で、一家を支えるために、親孝行をしなければならないという義務感や圧迫感が、谷崎の中に芽生えるようになり、実際に、両親の方でも、谷崎に家事を強制するようになっていた。修身の教えが心に響きやすい環境に、この時の谷崎はいたわけである。

さらにいえば、第三の理由は、修身の時間には、「殆ど天皇に忠義を尽すことゝ、父母に孝行を尽すことゝを説き聴かすことに、大部分の時間」が費やされていたと記される通り、谷崎が尋常科で教育を受けた明治二十五年から明治三十年において、親孝行を子の当然の義務として奨励する思想教育が浸透していた、という点を挙げることができる。この点については、例えば、芥川が、「明日の道徳」（大13・10『教育研究』）の中で、谷崎が「親不孝の思ひ出」で三度にわたり言及している二宮金次郎に触れつつ、小学校時代の修身教育の思い出を、次のように述べていることからも確かめられる。[9]

私の小供時代の道徳は、今日から見れば、封建時代の道徳が沢山に残つて居りまして、其為め尠からざる迷惑をしたのであります。其の最も著しい例は、最近他の物にも書きましたが、私は小学校の時代に、二宮金次郎を教へられました。金次郎のおやぢ、――おやぢと言つては失礼でありますが、お父さんは如何なる人か分らない。兎に角貧乏であつた事は事実であります。それが為めに金次郎は、田を植えたり草鞋を作ったりして、其の間に本を読んで、あゝ云ふ偉い人になつたと教へられました。私共も金次郎の轍を履んで、如何なる難儀辛苦をしても、本さへ読めば偉くなる事と思ひましたが、併しあれは今日考へると、親の為めには甚だ都合が好くて、子供の為めには都合が悪い道徳であります。今日は不幸にして小学校の教科書を失つて、読む機会がありませぬが、金次郎を讃美する前に、田を植ゑたり草鞋を作つたりしなければならぬ家庭に、金次郎を陥れた、金次郎の父並に母に憤慨を感ずるだらうと思ひます。

芥川が小学校で教育を受けたのは、明治三十一年から三十八年で、谷崎よりもやや後になるが、芥川もまた、今日から見れば「封建時代の道徳」と呼ぶべき道徳が、この当時には教えられ、子どもたちの頭の中に植え付けられていたと考えている。こうした道徳教育こそが、この時代には必要とされていたのである。

右の第三の理由を補足するために、当時のあるべき道徳を体現した理想的人物として、この二宮金次郎が明治二十年代あたりから徐々に注目されるようになっている、ということに言及しておきたい。中村紀久二『教科書の社会史――明治維新から敗戦まで――』（平4・6、岩波書店）第五章には、次のような記述がある。

修身教科書の検定が開始された一八九三、九四年頃から、修身教科書のいくつかが「二宮金次郎」（「二宮尊徳」）を取材するようになる。池永厚・須永和三郎編『高等小学　修身教範』（一八九四年検定）は、「治産（二課）」「慈善」「経験」「孝行」「寛愛」「励精」「和順」「推理」「共利」「友愛」の一一課にわたって二宮尊徳を記述し、諸徳を備えた人物として登場させている。その「孝行」には、「尊徳、幼き身なれど、日日、草鞋をつくりて、銭にかえ、父の好めるものなればとて、酒をかいて、夜ごとにすゝめければ、父よろこぶことかぎりなし」とある。（中略）一九〇〇（明治三三）年前後になると、ほとんどの修身教科書に「二宮尊徳」が登場し、尊徳をあらゆる徳目をそなえた人間とする傾向がいっそう強まり、尊徳は理想的人間とあがめ、たてまつられるようになる。教育研究所編『高等小学　修身教典』巻一（一八九九年検定）では、二五課中の一六課が「二宮尊徳先生」でうめつくされている。

二宮金次郎は、明治三十七年から始まる国定教科書において取り上げられる機会がさらに増えるのであるが、「一八九三」年頃から、つまり、明治二十六年頃から、このように少しずつ理想的な人物として着目されるようになっていた。中村は、この点について、「尊徳が明治中期以降に教科書登場人物の主流となった背景には、報徳社運動の隆興と、それを支持した明治政府の影響がある」と指摘している。具体的には、「尊徳の高弟の一人である報徳社社長、岡田良一郎は一八九〇（明治二三）年の第一回帝国議会衆議院議員に当選し」、「その子にのちの文部大臣岡田良平」と「内務大臣一木喜徳郎」がおり、報徳社と明治政府との結び付きは密接なものがあったということ、そのために、二宮金次郎の生き方を讃える話は、検定教科書や国定教科書に採用されやすかったということを論じている。事実、やや後の話ではあるが、「岡田良平の文部省内における出世と教科書の尊徳教材の増加が一致して」いるという状況があり、そこに「なにがしかの関与」があると指摘されている。また、明治二十四年十一月には、明治天皇は、二宮金次郎に対して従四位を贈っている。「勤勉と倹約を強調して農民の生き方を教える尊徳の態度」は、「施政者にとってもまことにつごう」がよく、国民の思想を教育し、安定した治世の礎を築くための絶好の人物として二宮金次郎に関心を寄せていたのである。

もっとも、時の権力者と二宮金次郎との結び付きは、もう少し以前からある。二宮金次郎の一番弟子である富田高慶が、一八五六年に脱稿した二宮金次郎伝である『報徳記』が既に、時の権力者の目に留まっていた。井上章一『ノスタルジック・アイドル二宮金次郎　モダン・イコノロジー』（平元・3、新宿書房）によれば、『報徳記』は、「伊地知正治、西郷隆盛といった明治の元勲たち」に「回覧され」ていたという。また、明治十三年には「明治天皇に献上されるにいたった」。この『報徳記』を明治天皇が気に入ったからか、翌年の明治十四年の「東北巡幸にさいし、福島で富田高慶を引見している」。さらに、明治十六年にはこの『報徳記』が「宮内省の勅版として刊行され」、明治十八年には「農商務省も」『報徳記』を刊行している。こうした二宮金次郎を重視する時の権力者の姿勢が、修身教科書の検定の時代になって以降、徐々に浸透し、波及していったと考えられる[10]。

以上のように、谷崎が尋常科で教育を受けた明治二十五年から明治三十年の頃には、二宮金次郎を理想的人物として着目する傾向が、少しずつではあるが強まってきている。それは、先述の通り、「報徳社運動の隆興と、それを支持した明治政府の影響」があったからである。換言すれば、「明治政府」が「支持」するということに示されている通り、二宮金次郎のような、勤勉と倹約と親孝行に徹する姿勢こそが、この時代の施政者から最も強く要請されたものであったからである。こうした時代状況と一家の零落が顕著になってきた現状の中で、親孝行を子の当然の義務とする考え方が、谷崎家にも波及していくのは必然的であった。それだけに一層、修身の授業内容が谷崎の身に沁みて感じられたのである。

## 第5節

もっとも、ここまでで述べてきたような第一から第三の理由があったからといって、そもそも、修身の授業内容が無味乾燥であったならば、孝子説話が谷崎少年の心に響くことはなかったであろう。中勘助「銀の匙」(大2・4・8〜6・4(前編)、大4・4・17〜6・2(後編)『東京朝日新聞』)の主人公の次のような反応は、谷崎少年に十分にあり得るものであった。

私のなにより嫌ひな学課は修身であつた。(中略)載せてある話といへばどれもこれも孝行息子が殿様から褒美をもらつたの、正直者が金持ちになつたのといふ筋の、しかも味もそつけもないものばかりであつた。おまけに先生ときたらただもう最も下等な意味での功利的な説明を加へるよりほか能がなかつたので、折角の修身は啻に私をすこしも善良にしなかつたのみならず、かへつてまつたく反対の結果をさへ引き起した。

しかし、実際には、谷崎は、修身の授業で孝子説話を野川先生から「始めて聞かされた頃」には、「全く無邪気に、子供らしい感銘を以て受け取つ」ていた。それは、谷崎にそういう気質があったからではあるが、それと同時に、野川先生の話す内容や語り口は、少なくとも谷崎には、そうした「子供らしい感銘」を与え得るものであったからでもある。野川先生から聞く孝子説話に触発されるが故になおのこと、親孝行でなければならないという圧迫感や、親孝行であり得ないことに対する罪悪感が谷崎に強く意識されてくるのである。それ故、谷崎が修身の授業に大きな影響を受けた理由をより正確に理解するためには、野川先生の授業の何が谷崎を惹き付けたのか、ということを知ることが必要になる。

谷崎は、そのことに関して、「尋常一年か二年の折に聞いた支那の聖人の舜の話」を例にとりながら、次のように述べている。

おぼろげな記憶を辿つて行くと、最も古いところでは、尋常一年か二年の折に聞いた支那の聖人の舜の話がある。舜は大昔の五帝の時代の帝王であるが、生れながらの天子であつた訳ではない。本来は微賤な人であつたが、堯と云ふ天子が彼の人物や徳行のすぐれてゐることを認め、丹朱と云ふ実子があるのを斥けて、彼に天下を授けたのである。舜は稀に見る聖人で、あらゆる徳に秀でゝゐたが、分けても彼の親孝行は模範的で、さま〴〵な逸話が伝はつてゐる。舜の父は瞽叟と云つて盲人であつたが、舜の母が死んでから後妻を娶つて象《しよう》と云ふ子を生んだ。瞽叟は後妻の子象を愛して舜を憎み、後妻や象と相談してしば〳〵舜を殺さうとする。しかし舜はその度毎に知恵を働かして巧い工合に難を避ける。而も父や継母や弟に事へて逆らはない。舜が歴山と云ふ所で耕してゐると、歴山の人が皆畔を譲つた。雷澤と云ふ所で魚を漁つてゐると、雷澤の人が皆場所を譲つた。河のほとりで陶器を焼くと、皆形の美しい器になつた。舜がゐる所は一年にして村落になり、二年にして邑になり、三年にして都になつた。堯がその噂を聞いて感心し、二女を妻はせたが、その女も婦道を守り、帝堯の娘でありながら、驕らず、舜の親戚たちに事へた。堯は舜に衣と琴とを賜ひ、廩《くら》を築いてやり、牛や羊を与へた。すると瞽叟はなほ舜を殺さうとして、彼に廩の壁を塗るやうに命じ、舜を屋根に上らせて下から火をつけて廩を焼いた。舜は予め二つの笠を用意しておいて、それを鳥の両翼のやうにひろげて下に飛び降り、辛うじて逃れた。瞽叟は又舜に井戸を掘らせて生き埋めにしようとしたが、舜はそれを察して横穴を穿つておいた。瞽叟と象とは舜が井戸の底深く這入つたのを見て土をかぶせ、今度こそ彼を殺してやつたと思つて喜ぶ。象は「この計略を考へたのは己だぞ」と云ひ、父母に謀つて舜の財産を分ち合ふ。象は、「兄貴が女房にしてゐた堯の娘と琴とは己が貰ふ。牛と羊と廩とはお父さんとお母さんに上げよう」と云ひ、舜の部屋に行つて琴を鳴らしてゐると、横穴から出て来た舜が現はれる。さう云ふ風にして舜は又しても事なきを得たが、その後も母や弟を恨むことなく、ます〳〵父と継母とを大切にし、象を可愛がる。（筆者注――舜に関する以上の内容を（A）とする）／当時の小学校の先生は大概史記や十八史略ぐらゐは読んでゐたので、野川先生は多分さう云ふ書物に基づいてこの話をしてくれたのであらう。が、根性のひねくれた父親や継母や弟が次々に奸計を設けて陥れようとするのを、賢い舜が上手に外して命を完うし、一面には世人の憎みを買はないやうに親たちを庇ふ工合などを、野川先生は随分面白く感動的に話してくれた。村の人たちは皆舜に同情して、彼が危い目に遭はないやうに、無事に切り抜けられるやうに助力してやる。彼が過重な労役を課せられると、皆が出て来て田を耕したり、草を刈つてやる。人間だけでなく、牛や馬や象の類までも舜の孝行の徳に感じて手つだふ。（筆者注――傍線部を（B）とする）先生の話には史記や十八史略にも書かれてゐない、お伽話のやうな話も出て来たのであるが、あれは先生が子供を喜ばせようとして、自分で拵へたのであらうか、或は何か出典があつたのであらうか。舜が横穴を掘つて首尾よく逃げるところなどは、幼童の頃手に汗を握りながら聞いた。

もとより、後年の回想であり、野川先生の授業内容が谷崎の記憶の通りであったという保証はないのであるが、ひとまず、谷崎の回想がおおよそ正しかったという仮定のもと、論を展開していくことにする。右の引用で、谷崎は（A）の箇所を「史記や十八史略」などに基づいて語られたものだろうと述べている。『十八史略』とは大分相違するが、『史記』五帝本紀第一と（A）の箇所はぴたりと合致している。『史記』を主要な典拠としていたと見てよいだろう。もっとも、（A）の如き舜の孝行に関わる話は、『史記』に限らず、後代の中国や日本などに数多く伝承していったことは周知のことであるので、野川先生が依拠した書物を特定することはできないのかも知れない。ただ、「当時の小学校の先生は大概史記や十八史略ぐらゐは読んでゐた」という谷崎の言葉を踏まえて、『史記』や「さう云ふ書物に基づいてこの話をしてくれた」と考えればそれでよいだろう。

一方、谷崎は、「先生の話には史記や十八史略にも書かれてゐない、お伽話のやうな話も出て来た」とも述べている。野川先生が授業で語った「お伽話のやうな話」の全貌が、右の引用の中に示されているのかどうかはよく分からないが、少なくとも、（B）は、野川先生が語った「お伽話のやうな話」の一つであろう。（B）は、確かに「史記や十八史略にも書かれて」おらず、「お伽話」のような雰囲気を伝えてくれる。谷崎は、こうした「お伽話のやうな話」は「先生が子供を喜ばせようとして、自分で拵へたのであらうか、或は何か出典があつたのであらうか」と、意外にも疑問を投げ掛けているが、少なくとも、（B）に出典があることは明白である。（B）の記述は、二十四孝の孝子説話の、舜についての話の中に出てくる。二十四孝とは、道端良秀前掲書によれば、「中国において永い歴史の間の孝子群像から、代表の孝行もの二十四人を選んで、これを二十四孝と称して世の師表として児童の教化資料としたものである」。元の郭居敬によって書かれたとされる『全相二十四孝詩選』をオリジナルとすると一般には考えられていて、(11) これがもとになり、二十四孝の孝子説話は、中国や日本や韓国に伝承していった。試みに、今泉定介・畠山健校訂の御伽草子『二十四孝』（明24・4、吉川半七）の「大舜」によって全文を記せば、次の通りである。

隊々トシテ耕レス春ニ象　紛々トシテ耘レル草ヲ禽　嗣テ堯ニ登ル寶位ニ　孝感動ス天心ヲ

大舜は至つて孝行なる人なり。父の名は、瞽叟といへり。一だんかたくなにして。母はかだましき人なり。弟はおほいに傲りて。いたづら人なり。然れども大舜は。ひたすら孝行をいたせり。ある時歴山といふ所に。耕作しけるに。かれが孝行を感じて。大象が来つて。田をたがへし。又鳥飛び来つて田の草をくさぎり。耕作のたすけをなしたるなり。扨其時天下の御あるじをば。堯王と申し奉れり。ひめ君ましします。姉をば嫁皇と申し。妹は女英と申し侍り。堯王すなはち舜の孝行なることをきこしめし及ばれ。御娘は后にそなへ。終に天をゆづり給へり。これひとへに孝行の深き心よりおこれり。

ただし、谷崎が聞いた野川先生の話では、「牛や馬」もまた舜を助けに来たことになっている。野川先生の依拠した書物では「牛や馬」が登場することになっていたのか、この部分に関しては、単なる谷崎の記憶違いであるのか、あるいは、野川先生が自ら拵えたものであっただけなのか、そのあたりのところは定かではない。

それにしても、野川先生は、何に基づいて、舜に関する右のような話をしていたのだろか。普通に考えれば、『史記』や「さう云ふ書物」によって（A）の箇所を、御伽草子『二十四孝』の「大舜」のような、二十四孝の孝子説話によって（B）の箇所を語っていたということ、つまり、（A）の箇所の典拠と、（B）の箇所の典拠とを巧みに活用して、両者を混ぜ合わせて話していたということになるだろう。もっとも、（A）と（B）の両方の要素を混在させた話が普通に流布していて、それに基づいて語っていたという可能性も否定はできない。しかし、その可能性はやはり低いと思われる。（A）は、『史記』の内容と合致している。『史記』の史実性に疑わしいところもあろうが、『史記』を一般に史書とすることに問題はない。それに対して、（B）の記述は、間違いなく、「お伽話のやうな話」であり、非現実的な夢物語としての設定である。この矛盾する二つの要素を一つの話の中に混在させた書物は、一般には見出し難いものであったと考えられる。

そのことは、中世から近代にかけての孝子説話を詳しく調査した徳田進『孝子説話集の研究　二十四孝を中心に』（中世篇（昭38・3）、近世篇（昭38・12）、近代篇（昭39・9）、井上書房）によって指摘されている。この書物の近代篇一四〇頁では、「本朝中国孝子譚を問わず、史譚としての、また伝記としての扱いは、全相二十四孝詩選に見るような童話的要素や架空的分子のあるものを避けて、大体史実に準拠する話を選ぶところになっている」と記されている。例外もあるが、一般には、「史譚」や「伝記」としての扱いを受ける書物の内容に、（B）のような「童話的要素や架空的分子」が加わることは稀であったということが分かる。では、逆に、（B）を有する二十四孝の孝子説話が拡充して、その孝子説話には本来含まれない（A）の如き豊富な内容が増補されるなどというケースがあったのかというと、そういうこともあまりなかったようである。なるほど、徳田進前掲書近世篇四〇二頁から四〇三頁では、貞享三年（一六八六年）版『二十四孝諺解』に、（A）に存在する「誠に父母共にあくにんにて弟の象と心を合舜を殺とせし事たびたび也、或時はくらのやねをふかせ下よりやき殺とし、或時は井をほらせうづみ殺としけれとも、天のめぐみにてかねてより知ければ、笠をもてやねよりとびぬけあなをこしらへ、わきより出ていよいよ孝行を尽給ふ」という記述が加えられていることを指摘してはいる。しかし、それは、あくまでも「説話的拡充」であると見なされている。しかも、「元来、舜が井戸の中に陥れられた話は、貞享三年版の二十四孝（筆者注――前掲の貞享三年（一六八六年）版『二十四孝諺解』を指す）以外の二十四孝には出て」（四三九頁）いないとも述べている。そうすると、二十四孝の孝子説話の中で、（A）のような豊富な内容をまるまる含むような書物となるとなおのこと、その存在の可能性は極めて低かったと考えられる。試みに、明治に入ってから、谷崎が尋常科にいた明治三十年頃までに刊行された二十四孝の孝子説話の舜についての話で、管見に入ったものを調査してみても、（A）の如き内容はとても見出せない[12]。

こうしたことから、野川先生は、修身の時間の中で、やはり、（A）の内容を持つ『史記』や「さう云ふ書物」と、（B）の記述を含む二十四孝の孝子説話とを組み合わせて、生徒に語るという工夫をしていたということが分かる。人物像や人間関係を詳細に記し、事件の展開を具体的に描いた前者の内容に、子どもの感情に訴え得る童話的要素を含む後者の雰囲気を加えることで、生徒の興味を引き付け、舜の親孝行譚を一つの物語として生き生きと伝えることが可能になったと思われる。あるいは、野川先生が自分で拵えた話などもそこに織り交ぜられていたのかも知れない。こうして、修身の授業にありがちな、無味乾燥な教訓の伝達に終わることのない感銘を生徒に与えることができたものと考えられる。ここからは、野川先生の、（A）の内容を持つ書物と（B）の記述を含む書物の両方に精通していた確かな教養と、修身の授業内容をできるだけ生徒に面白く伝えようとする創意工夫の跡とを窺うことができる。ほんの一例に過ぎないが、野川先生の授業の面白さを察することができるだろう。幼少の頃より、文学への関心を持っていた谷崎には、野川先生の語る孝子説話は、思想的関心のみならず、文学的関心を刺激するものであったのではないだろうか。

以上から、第一に、谷崎が両親に対して愛情を持っていて、親孝行の話が身近に感じられたという理由、第二に、谷崎家の生活が傾きつつあったという理由、第三に、親孝行を奨励する思想教育がこの時代に浸透していたという理由に加えて、第四に、野川先生の修身の授業内容が谷崎少年にとって魅力的であったという理由のために、谷崎少年は修身の授業で聞いた孝子説話に心動かされるようになった、と整理することができる。この第一から第四の理由が重なって、修身の授業が強調する孝の思想が、谷崎の心の中に刻み込まれたものと考えられる。

## 第6節

以上、「不幸な母の話」の典拠が『今昔物語集』「住河辺僧値洪水棄子助母語」であったことを指摘した上で、親不孝なことばかりしてきたことに対する苦しみや罪悪感というものが、谷崎にとって大きな関心事であったいうこと（筆者注――母に深い愛情を持っていたが故に、母に焦点を当てることが多かったけれど）、そのように大きな関心事となる最初のきっかけは、修身の授業で聞いた孝子説話であったということを論じてきた。ところで、右の苦しみや罪悪感という作品の素材は、大正六年五月に母である関が亡くなって以降、谷崎文学の一つの柱となる、母性思慕の主題とも密接に関係するものである。そのことは、自らが思慕する母によって、右の苦しみや罪悪感を癒してもらったり、癒してもらおうと願ったりする人物が、しばしば谷崎作品の中で描かれている、ということから知ることができる。母性思慕の主題の背後には、右の苦しみや罪悪感が存在していた、という見通しをここから持つことができる。そこで、孝子説話が谷崎文学に与えた影響の大きさを理解するために、最後に、その見通しを具体的に確かめておきたい。

まず、前掲の「ハッサン・カンの妖術」の最後の場面では、先述の通り、母の生前に悪行を重ねた罪に心を痛めていた「予」こと「谷崎」が登場するのであるが、この「予」は、あたかも母の懐に抱かれることを求める子どものように、最後に、「亡き母の輪廻の姿」である鳩の「柔らかい胸の毛」に頰を寄せている。母を慕って、「柔らかい胸の毛」に頰を寄せる「予」の行為は、不孝を重ねてきた罪に対して許しを求める行為でもあったといえる。ここからは、母を慕う感情の背後に、不孝を重ねてきた罪を母に許してもらいたい、その罪に伴う苦しみを母に癒してもらいたいと願う感情が潜んでいたということを窺うことができる。これと同じことは、前掲の「母を恋ふる記」にも記されている。この作品では、三十四歳の「私」の夢の中に、何十年も家に帰らない息子を待つ、おぞましく不気味な老婆が登場するということ、その老婆の姿には、母に不孝なことばかりをしてきた「私」の罪悪感が投影されているということを先に述べたのであるが、同時に、その夢の中では、老婆と別れた後に、若く美しい母も現れる。この若く美しい母は、最後に「私」との再会を喜んで、抱き合い、二人で愛情を確かめ合うことになる。この展開は、三十四歳の「私」の中に、若く美しい母を思慕する感情が存在していたということ、同時に、その感情の背後に、親不孝なことをしてきたことに対する「私」の罪悪感が存在していたということを示している。三十四歳の「私」にとって、最後の、若く美しい母との抱擁は、そうした罪悪感を洗い流し、全てを包み込んでくれる歓喜の瞬間であった。

同様のことは、「不幸な母の話」にも記されている。海に溺れていた妻を救出した後、母の姿が見当たらず、母を助けようと半狂乱の状態になって海を捜していた時に、兄は、「かえって母に救われたいと望む」次のような心境になっている。

もう其の時分には五六艘の救助船が出て、片端から客を救ひ上げて居たので、水の面には既に一人の人影もなかつた。「お母あさアーん」兄はさう云つて、淋しく暗い海上に向つて声を放つた。その時の兄は「海と云ふものが不思議に恐ろしくも懐しく思へた」さうである。「海と云ふ茫漠とした真暗な処が、自分の幼い折に住んで居た故郷であつて、自分は今そこに居る母に会ひに行くのだ」と云ふやうな気がした。水の中で声を限りに母を呼ぶ自分と云ふものが、乳を求める哀れな赤児のやうに思はれ、自分こそ母に救つて貰ひたい気がした。

野口武彦前掲書の第七章に記されている通り、兄の「無意識は永遠に母のふところに抱かれ、乳の香りにむせんでいたいという被保護本能を丸出しにし、羊水の海にただよう至福の状態の復原を求めてやまない」。兄は、事故の後、母を自らの手で救出することができなかったことに責任を感じていた。換言すれば、母に孝行を尽くすことのできなかった苦痛に襲われていた。そのことに目を向ければ、母を思慕する兄のこの時の感情の背後には、自らの幼少期の母に、その孝行を尽くすことのできなかった苦痛を慰撫してもらいたいと願う感情が存在していたとやはりいえるのである。

谷崎は、修身の授業で孝行の教えを聞かされて以来、親不孝に対する苦しみや罪悪感に無関心ではいられなかった。母の死を経験して、その苦しみや罪悪感をさらに強く意識するようになったので、そこから、その苦しみや罪悪感を癒し、全てを包み込んでくれる母のイメージを、作品の主題になり得るものとして、獲得していったものと考えられる。こうして獲得された母性思慕の主題が、やがて、前掲の「吉野葛」、前掲の「蘆刈」、「少将滋幹の母」（昭24・11・16〜25・2・9『毎日新聞』）、「夢の浮橋」（昭34・10『中央公論』）などという、谷崎のいわゆる古典回帰の時代の傑作群に結実していくことはよく知られている。となると、修身の授業で聞いた孝子説話の影響は、思いの外、谷崎文学を支える要素として、潜在し続けていたと見ることもできるのである。

芥川は、前掲の「文芸的な」の五の中で、「僕等の精神的生活は道徳的属性を加へることにより、その属性を加へない前よりも広くならずにはゐない」と述べたのに続けて、谷崎に関する次のような鋭い指摘をしている。

勿論道徳的属性を加へると云ふ意味も教訓的であると云ふことではない。物質的苦痛を除いた苦痛は大半はこの属性の生んだものである。谷崎潤一郎氏の悪魔主義がやはりこの属性から生まれてゐることは言ふまでもあるまい。〔悪魔は神の二重人格者である。〕

初期の谷崎は、異端者や背徳漢と呼ぶべき登場人物を多く描いたのであるが、異端者や背徳漢に興味を持つのは、谷崎の中に「道徳的属性」があったことをかえって示している。というのも、「道徳的属性」と無縁な人間からは、背徳の陶酔感に対する痛切な興味も生まれてこないと考えられるからだ。異端者や背徳漢を素材にした作品の形成には、谷崎の「道徳的属性」が深く関与しているといえるだろう。この点は、母性思慕を主題にした作品の形成においても同様である。そのことは、先述の通り、この母性思慕の主題の背後に、母に対する不孝の罪という、「道徳的属性」に根差した問題に対する関心が存在していた、ということから知ることができる。その意味で、谷崎文学の根底に存在するものは、この「道徳的属性」であったと考えてよいだろう。谷崎が孝子説話に興味を持っていたということ、つまり、親不孝であることに伴う苦しみや罪悪感という素材に興味を持っていたということは、そのことを如実に示すことであったといえるのである。

**注**

(1) ただし、前掲の野口武彦『谷崎潤一郎論』第七章「母性思慕の主題」は、事故の際、兄が誰とも知らず母を振り落としたことについて、兄は「幼児期の母に愛情を固着させ」てしまったがために、年老いた現実の母を無意識のうちに退けたと解釈している。こうした解釈によって、作品の深い読み方が提示されたと確かに感じられる。もっとも、事故の前から、兄は、深層心理の中で「幼児期の母」を求めていて、それ故に、事故の際に、無意識のうちに現実の母を退けてしまったという指摘は、兄の深層心理の解釈として可能なものであるとは思えるが、そのことが作品に明示されているわけではない。むしろ、作品の文脈が強調するのは、「幼児期の母」を求める感情は、事故の後、兄が、母を自らの手で救出することができなかったことに責任を感じ、激しい苦痛に襲われていた時に、初めて兄に明確に意識されてくる、ということである。つまり、作品から確実に読み取ることができることは、「幼児期の母」を思わずにはおれないほどに、母を救出することのできなかった兄の痛みが大きかったということ、それは、兄が、母に孝行を尽くさなければならないという義務感を持っていたからであるということである。本章では、その側面に着目した。とはいえ、野口前掲書の解釈を否定するものではない。仮に、兄の深層心理に、年老いた現実の母を退けたいと思う気持ちがあったとしても、それは、本人にも意識できない深奥に潜む気持ちであって、しかも、それは、孝行を尽くさなければならないことに対する抑圧感がもとになっているであろうから、兄が母に孝行をすることに強い義務感や圧迫感を持っていたという点に変わりはない。

（2） 念のため断っておくと、父に対して、不孝なことをしてきたことに対する苦しみや罪悪感がなかったといっているのではない。父に対しても、そうした苦しみや罪悪感があったことは、例えば、後掲の「親不孝の思ひ出」で、父と対立した嘗ての体験を述べる際に、「『父の悪名をたてん事ゆゝしき不孝也』と云ふ孔子の心持から云へば、こんな風に親の仕打ちを暴露することは、何にも勝る不孝の行為かも知れない」などと述べていることからも伝わってくる。

（3） 「母を恋ふる記」の老婆が、三十四歳の「私」の母に該当することは、千葉俊二「『母を恋ふる記』とその前後」（『論考谷崎潤一郎』所収、昭55・5、桜楓社）によって次のように指摘されている。すなわち、「しかしこの老婆はほんとうに『私』の母ではなかったのであろうか。それならば、少年ははじめ後向きの老婆を見て何故『私』の母であると思ったのであろうか。これは夢の中の物語であるから、少々辻褄が合わなくとも当然である、といってしまえば身も蓋もないが、その老婆はやはり『私』の母であったと考えられないだろうか。最後の一節で分るようにこの夢を見ている主体は三十四歳の『私』である。先にも述べたようにこの主人公の意識は決して単に少年の『私』の意識ばかりではなく、現在の『私』の意識でもある。そしてその夢を見ている現在の『私』の意識が、その老婆を『私』の母であると思わせたのだとするならば、それはやはり『私』の母――しかも実母であった筈である」と記されている。

（4） ただし、校注国文叢書は、本朝部だけで、天竺震旦部を欠き、従って巻数もずれている。「住河辺僧値洪水棄子助母語」は、巻第十九第二十七とされるのが普通である。

（5） 例えば、谷崎の「兄弟」（大7・2『中央公論』）の中で、「乳母」が「特に法華経の優れている所以を力説し、それを読誦すると人は前世を知ると説く。その例として、美作国の蓮尊という僧の説を披露する」ということが描かれているが、この話は「『今昔物語集』巻十四第十六『元興寺の僧蓮尊、法華経を持ち、前世の報を知る語』より取材したもの」である（長野甞一『谷崎潤一郎――古典と近代作家――』参照、昭55・1、明治書院）。また、谷崎の「恋愛及び色情」（昭和6・4〜6『婦人公論』）でも「今昔物語の本朝の部第二十九巻にある『不被知人女盗人語』と云ふものは、日本には珍しい女のサディズムの例であり」と記されていて、谷崎が『今昔物語集』に通じていたことを窺わせる。

（6）本章の初出は、「谷崎潤一郎と孝子説話」（平22・12『高知大国文』）であるが、この論文の投稿後に、廣瀬玲子「『孝』の呪縛——谷崎潤一郎『不幸な母の話』試論」（平22・10『専修人文論集』）が、つい最近になって出されたことを知り、慌てて取り寄せて参照した。この廣瀬論文では、「不幸な母の話」の典拠は、中国の文言小説『閲微草堂筆記』の第三部『槐西雑志』の可能性があることを指摘している。『閲微草堂筆記』は、ある乞食女が自分の子どもと姑とで川を渡っていた時に、姑が途中でつまずいて倒れたために、子どもを水に投げ出して、姑を背負って助けた話であり、間違いなく「不幸な母の話」や『今昔物語集』「住河辺僧値洪水棄子助母語」の類話であるといえる。ただし、「不幸な母の話」の、船の難破によって、母と妻の二人が同時に溺れそうになっていたという展開は、『今昔物語集』の、洪水によって、母と子の二人が同時に溺れそうになっていたという展開に近く、『閲微草堂筆記』の、乞食女が子どもと姑の二人を抱えて川を渡ろうとして、姑のみがつまずいて溺れそうになったという展開とは隔たりがある。また、「不幸な母の話」と『今昔物語集』はともに、溺れた二人のうち、見捨てられた一人は後に別の人によって助けられたという点で共通するが、『閲微草堂筆記』は、見捨てられた一人はそのまま死んでしまったという点でも相違する。それに、そもそも、『閲微草堂筆記』は、乞食女が姑を救う話であるという点が、男が自分の実の母を救うことを問題にしていた「不幸な母の話」や『今昔物語集』と根本のところで相違する。息子が母を思慕する、母性思慕のテーマに関心を持ち始めていたこの時の谷崎にとっては、血の繋がりを有した息子と母との間での孝行譚の方が、より心動かされる作品の素材であったのではないだろうか。谷崎が『閲微草堂筆記』を読んだ根拠を見出すことはできないのに対して、注（5）で述べた通り、『今昔物語集』は確実に読んでいるという点も考え併せると、直接の話の典拠は『今昔物語集』であったと考える方が妥当ではないかと思われる。もっとも、『閲微草堂筆記』の、孫の死を悲しんだ姑が自殺をして、それに殉ずる形で女も死ぬことになったという展開は、「不幸な母の話」の、兄の仕打ちに悲しんだ母が死に、それを苦にして兄が自殺するという展開と類似する。その意味で、『閑微草堂筆記』を谷崎が参照していたという可能性も考えられる。あるいは、『今昔物語集』や『閑微草堂筆記』と共通の型を持った、「不幸な母の話」により近い別の話がどこかに存在し、それを谷崎が参照していたという可能性もある。

（7） 道端良秀『仏教と儒教倫理　中国仏教における孝の問題』（昭43・10、平楽寺書店）では、「儒教の世界」であり、「孝の世界」であった中国に、インドから、それを「否定するような、空の哲学をひっさげて仏教が乗り込んで来」たために、「両者の衝突と、妥協と、調和の世界が展開されて」きたということ、そのため、中国では、「孝」の教えを含む「儒教的仏教」が成立したということを指摘しつつ、そこから、仏教にも儒教にも孝の教えが含まれているということを述べている。その上で、しかし、仏教と儒教の孝に対する考え方が相違することも論じている。具体的にいえば、「仏教の孝は、この父母の恩に対する感謝報恩の行為なのである。儒教の孝と異なる点は、恩ということなのである。儒教の孝は絶対者に対する、服従奉仕が中心なのである。恩ではないのである」と整理している。谷崎の孝に対する考え方は、絶対者である親に奉仕しなければならないというものではなく、心の中では両親に愛情を持っているが故に、孝行しなければならないというものであるので、さして意識していなかっただろうけれど、どちらかというと「仏教の孝」に近いように思われる。実際、注（8）で述べる通り、谷崎が刺激を受けたであろう『今昔物語集』「住河辺僧値洪水棄子助母語」は、仏法譚の枠組みを持っているし、また、「予」こと「谷崎」の悪行のために未だ「成仏」できない母の姿を描いた「ハッサン・カンの妖術」もまた、仏法譚の枠組みを含んでいる。とはいえ、そうであるからといって、谷崎が「儒教の孝」の思想に接して何の刺激も受けなかったというわけでは勿論ない。修身の授業は「儒教主義的」なものであったと述べられていたけれども、それは、親孝行に対する強い義務感や圧迫感を谷崎に与えた。それ故、谷崎にとって、「仏教の孝」であるのか、「儒教の孝」であるのかという点が問題であったわけではない。「仏教の孝」であるか「儒教の孝」であるかを問わず、親孝行でなければならないという教えそれ自体が、谷崎にとって我が身に切実な問題となっていたという点が重要である。

（8）ただし、『今昔物語集』「住河辺僧値洪水棄子助母語」は、「母を助たる事を仏哀とや思食けむ」と記され、仏法譚の枠組みになっている。一方、修身の授業で聞いた孝子説話は「儒教主義的」と位置付けられている。その意味で、両者の説話の世界に多少の相違はあるのかも知れない。とはいえ、親に孝行を尽くすことをどこまでも要求する過酷な孝子説話であるという点で、両者に大きな相違はないと考えられる。

（9）ただし、『芥川龍之介全集』十二巻（平8・10、岩波書店）後記によれば、「明日の道徳」が『教育研究』に実際に掲載れているか否かは未確認で、全集の本文は『教育研究』の切り抜きに拠っているとされている。筆者も『教育研究』は未見である。

（10）理想的人物像としての二宮金次郎のイメージが流布していくきっかけとして、薪や柴を背負いながら、読書する、よく知られた少年期の二宮金次郎の姿の図像が、この頃から出現するようになっていた、ということを挙げることもできるかも知れない。この図像の定着を促す先駆的な役割を果たしたのは、児童向けの伝記として、明治二十四年十月に博文館より刊行された幸田露伴の『二宮尊徳翁』の挿絵である。井上章一前掲書が記す通り、「のちに、小学校の校庭で銅像や石像になっていく」この「負薪読書の姿」の図像の最初の出現は、この本の挿絵ではないかとされている。勿論、「負薪読書の姿」は、露伴が影響を受け、手本にした『報徳記』の中で、文章として既に示されている。しかし、「負薪読書の姿」の図像が出現するに至ったことの意味はやはり大きいだろう。これにより、親孝行で勤勉である少年期の二宮金次郎の姿が、視覚によって捉えられ、そのイメージが人々の心の中に定着しやすくなったと考えられるからである。

（11）ただし、道端前掲書では、「従来の定説ともいわれる元の郭居敬説を否定して、三百年以上もむかしの五代ごろの成立と推定」している。

(12) 木村量実著『二十四孝童蒙必誦』(明7・2、三余堂ほか)、張瑞図校、鎌田環斎再校『新鍥類解官様日記故事大全』巻一(明13・2、前川善兵衛等)、張瑞図校、松山麻山標注『標註日記故事大全』(明14・1、麟鳳堂)、渡辺益編『廿四孝修身児訓』(明16・1、木村文三郎)、小宮山五郎編『修身二十四孝 通俗』(明16・4、文盛堂)、丸山幸次郎編『廿四孝 童蒙修身』(明17・1、丸山幸次郎)、小宮山五郎編『廿四孝 明治新刻』(明17・5、牧野惣次郎)、加藤勢喜編『修身二十四孝 少年教育 雪筍児話訳』(明24・3、弘文館)を検したが、どれも、前掲の御伽草子『二十四孝』の「大舜」と大同小異であった。

# 初出一覧

第1章　芥川と谷崎の芸術観――「小説の筋」論争の底流――（平15・10『国語国文』）
第2章　「刺青」の世界（平19・2『国語国文』）
　　　「愚」という徳――谷崎潤一郎「刺青」と「続悪魔」（平21・5『国語国文』）
第3章　「愛すればこそ」の構造（平18・3『京都大学国文学論叢』）
第4章　書き下ろし
第5章　芥川文学の変容（平23・10『京都大学国文学論叢』）
第6章　芥川龍之介と「詩的精神」（平18・1『国語国文』）
第7章　芥川の死と谷崎（平24・12『高知大国文』）
補　論　谷崎潤一郎と孝子説話（平22・12『高知大国文』）

ただし、全ての論文の初出稿に対して、大幅な訂正と加筆・削除とを加えている。本書に所収のものを定稿と位置付けていただければ幸甚である。

# あとがき

本書には、「『表現』の時代」という副題をつけた。それは、第1章で指摘した通り、本書が主として取り扱った明治末期から大正期という時期は、「『表現』の時代」と呼ぶのが相応しい時代であると考えたからである。「表現」という言葉は、明治末期から大正期にかけて一般に定着し始めた。このことは、「表現」という言葉に関わる時代の変化が、その変化の要因については未だに十分に説明することはできないけれど、何らかの形でこの時期に生まれていたことを意味しているだろう。そこで、谷崎と芥川の文学活動の背後に存在した「表現」をめぐる共鳴と対立のドラマを、こうした変化がもたらした時代思潮の一側面として位置付けたいという思い、両者の密接な関係を、『表現』の時代」というより大きな文脈の中で理解することができるのではないかという思いから、この副題をつけることにした。

もっとも、「表現」を軸にした本書所収の論文を執筆するにあたっては、構想を形に仕上げていくことの難しさ、つまり、ある意味での「表現」の難しさを痛感することとなった。構想はいつまで経ってもまとまった形にならず、同じところを行ったり来たりした。自らの不甲斐なさに嫌気が差し、しばしば途方に暮れた。また、論文を執筆するための調査も私には骨の折れる作業であった。特に、第7章で取り上げた「シエンキウイッチ」の英訳本の調査においては、ポーランドの歴史や文化についての知識が全くないこともあり、作品世界を理解できたという実感を持てなかった。限られた時間の中で膨大な作品の数を読み進めなければならなかったので、その困難は並一通りではなかった。しかも、この調査では、何かしらの成果を得ることができるという確信を持つことができないまま、ただ、一度始めてしまったからには途中で投げ出すわけにはいかないという思いだけで、いわば、調査を終わらせるためだけに、半ば意地になって調査を続けていた。そうであるだけに、芥川ではないけれど、「いつたい己は何の為めに骨を折つてこんな仕事をするんだらう」という、もう一人の自分の声が聞こえてくるような気がしたものであった。それでも、どうにか年来続けてきた研究を一つの形としてまとめることができた。今となっては、これらの悪戦苦闘の日々も、よい思い出となっている。

本書をまとめることができたのは、多くの方から研究上の刺激とお力添えとをいただいたからである。全ての方のお名前を挙げることができないのは心苦しいが、谷崎潤一郎研究会でお世話になった、千葉俊二先生、細川光洋先生、大学院時代にご指導いただいた、須田千里先生、故日野龍夫先生、大谷雅夫先生、木田章義先生、大槻信先生、大学院時代の先輩である奥野久美子さん、翰林書房へご紹介いただいた安藤公美先生、翰林書房の今井肇さん、今井静江さんには、特に深く感謝申し上げたい。

先日、仕事を終えて帰宅した私は、私の部屋の片隅に、パンパンに膨れた娘の小さなリュックサックが、色々なおもちゃに交じって置かれていたのに気が付いた。私の部屋で遊んでいた二人の娘が片付け忘れたのであろうと思いながら、リュックサックを開けてみると、その中に数冊の「シエンキウイツチ」の英訳本が入っていて、思わず吹き出してしまった。しばらく使わないまま本棚に置いてあった分厚いその英訳本は、学校ごっこをする娘たちには格好の遊び道具になっていたのであろう。思えば、家族で過ごす当たり前の毎日こそが、研究を続けていくための最も大きな力となっている。妻と二人の娘にも、感謝の気持ちを伝えたい。

平成二十七年十二月七日

田鎖数馬

『未来派及立体派の芸術』 212, 221
『未来派とは？　答へる』 201
「蝕まれた友情」 207
「明暗」 20, 21
『明治大正文学全集』第三十五巻谷崎潤一郎篇 84
『明治の日本橋・潤一郎の手紙』 59
メレジュコフスキー 48
「盲目物語」 244, 251, 262
桃川燕国 79, 81
桃川如燕 79
森鷗外 43

や

「保吉の手帳から」 176
「藪の中」 172
山本喜誉司 229, 231, 234, 242, 252
「夢の浮橋」 293
『夢みる人　エドガー・アラン・ポーの生涯』 238
吉沢英明 75, 91
吉野作造 202
「吉野葛」 244, 250~252, 263, 293

ら

「羅生門」 6, 8, 125
『立体派と後期印象派』 200, 203
「龍」 154
「良工苦心——谷崎潤一郎氏の文章——」 5
ルノアール 41
「恋愛及び色情」 295
「ロビン・ホッド」 168, 171, 172
ロマンローラン 28, 29

わ

「和解」 207
「わが心を語る」 175
「私小説私論」 184
「『私』小説論小見」 154

【A-Z】

Edgar Allan Poe 237
John P. Kennedy 237
Mary Newton Stanard 237
Sienkiewicz 254
The Dreamer: A Romantic Rendering of the Life-story of Edgar Allan Poe 237
Without Dogma 230~233, 239~242, 252, 259, 261

## な

「内容的価値」論争 28, 126
永井荷風 59, 85, 86
中井宗太郎 33
永栄啓伸 121
中川省三 195
中勘助 284
中込重明 75, 76
中沢臨川 33
中野重治 187
長野甞一 295
中村明 204, 206
中村紀久二 281
中村武羅夫 37, 38
夏目漱石 8, 16, 17, 20, 22, 27
西宮藤朝 32, 33
『二十四孝』 287, 288
二宮金次郎 277~279, 281~283, 298
日本近代文学大系 30『谷崎潤一郎集』 22, 62
『日本近代文学の起源』 186
野川誾榮 277, 284~290
野口武彦 61, 292, 294
昇曙夢 48
野村尚吾 110, 122
「呪はれた戯曲」 122

## は

「ハインリツヒ・ハイネ」 187
萩原朔太郎 219
「萩原朔太郎君」 219
「歯車」 210~213
橋爪健 190~194, 197
畠山健 287
「はつきりした形をとる為めに」 12, 53, 54
「ハツサン・カンの妖術」 271, 291, 297
「鼻」 8, 25
「母を恋ふる記」 272, 291, 295
『ハムレット』 187
ピカソ 185, 200, 202, 203, 208, 209, 218
「美術の秋に」 33
『人及び芸術家としての正岡子規』 33
『美の哲学』 35, 54
『表現派の芸術』 198
「飈風」 80
平野謙 184, 185
広津和郎 175, 190, 192, 220
「フイリツプ一家の家風」 158
「風変りな作品二点に就て」 143, 148
「不幸な母の話」 267, 269, 274~276, 279, 290, 292, 296, 297
「再び芸術と宗教とに就いて」 33
「二人の紅毛画家」 218
『復活　前編』 56
「葡萄畑の葡萄作り」 187
フランク・ラター 199
フランス 52
フロイト 65
「プロムナアド」 22, 43, 44, 52, 55
『文学評論』 27
「文学的自叙伝」 209
『文芸作品の内容的価値』 28, 30
「文芸雑感」 28, 126, 129, 132, 143
「文芸雑談」 187, 189
「文芸的な、余りに文芸的な」 38, 40~41, 47, 158, 174, 183, 187, 188, 202, 212, 213, 217, 218, 221, 293
「文芸批評家としてのトルストイ」 33
「文壇諸主義の批判」 33
「文展と芸術」 17
「僻見」 213
「奉教人の死」 7, 125, 129, 130, 133~135, 137~142, 145~148
堀木克三 37, 38

## ま

正宗白鳥 46, 189, 239
「マダム・ボヴァリイ」 187
「待ちもうける精神異常者」 218
松尾芭蕉 188
「松島秋色」 206
マヤコフスキー 201
丸山平次郎 79
「卍」 244, 251, 262
『マンドリンを弾く女』 200
三上紀史 238
「蜜柑」 125, 143
水木京太 43
道端良秀 287, 297, 298
三好行雄 143, 145~147, 153, 154, 175, 184, 185, 225

『赤光』 213
「十五年文芸評論界大観」 190, 191, 193, 197
ジユウル・ルナアル 158, 187
「侏儒の言葉」 155, 159, 161, 173, 175
「酒虫」 25
「春琴抄」 244, 251, 262
「春琴抄後語」
227, 228, 243, 244, 251, 252, 262
「少女詩章」 218
「少将滋幹の母」 293
「小説作法（仮）」 55
「小説作法十則」 39, 188
『小説入門』 33
「小説の筋」論争 5,
6, 11, 12, 27, 37, 38, 44, 47, 160, 184, 217, 225
「饒舌録」
23, 25, 43, 44~46, 56, 188, 226~228, 232, 243
「饒太郎」 80
「少年」 271
「処女作『父』の回想」 208
「新感覚派の要点」 195
「神曲」 187
『新芸術』 202, 211
『新詩歌論講話』 32
「新詩的精神の台頭」 196
新潮合評会（八） 37, 44
「陣痛期の文芸」 194
「新文学の方向」 201, 212
吹田順助 33
「酔峰君」 206
スタンダール 38, 187
スピンガーン 28, 30, 41, 42
「西花余香」 239
「青春物語」 59, 60
「西方の人」 188
「西洋画所見」 16
関口安義 8, 56, 213, 220
セザンヌ
185~187, 202, 203, 208, 209, 218, 220, 221
瀬沼茂樹 97
「一九二五年版日本詩集総評」 219
「早春雑感」 22, 52
「続悪魔」 72~75, 77~82, 84, 89, 91~93
「続芭蕉雑記」 188

た

「大正九年の文芸界」 157
高畠夢香 74
高村光太郎 16
「滝井君の作品に就いて」
54, 188, 189, 203, 204, 218
滝井孝作 140, 153, 185, 187, 189, 203~209
「焚火」 158, 187
『妲妃のお百』 79, 81
谷口勇 31
『谷崎潤一郎　狐とマゾヒズム』 92
「谷崎潤一郎氏の作品」 85
『谷崎潤一郎必携』 244, 280
『谷崎潤一郎論』 61, 292, 294
「谷崎潤一郎論」 5
谷崎精二 59
谷崎千代 118~120, 122
「谷崎文学の神髄」 70
「谷崎文学の底流」 69~72
田山花袋 239
「短歌に於ける写生の説」 213
「誕生」 6, 59, 60
「痴人の愛」 272
「父」 208
千葉俊二 61, 92, 295
チャールズ・マッケイ 163, 166, 173
「偸盗」 125
「澄江堂雑記」 156, 160, 161
恒川陽一郎 59
『罪と罰』 259
ツルゲーネフ 48, 49
「出鱈目」 32, 35
デ・ブルリユック 201
『点心』 22
「点心」 229, 231, 234, 242, 252
東光斎楳林 79
「杜翁の音楽論」 33
徳田秋声 33
徳田進 288, 289
「何処へ」 239
「途上」 122
ドストエフスキー 259
「友田と松永の話」 273
トルストイ 48, 49, 56
『トルストイとドストエフスキー』 48

神崎清　218
「鑑賞と創造と表現」　33
『鑑賞日本現代文学　第八巻　谷崎潤一郎』　61
神原泰　203
菊池寛　28~30, 126
「菊池寛氏の『文芸作品の内容的価値』を駁す」　28, 29
菊地弘　52, 185
木下秀　201
木村荘八　199, 212
「客ぎらひ」　46
『狂気とバブル　なぜ人は集団になると愚行に走るのか』　163~169, 171, 172
「兄弟」　295
「きりしとほろ上人伝」　148
「疑惑」　126
「金一千円也」　43
「近代芸術概説」　33
「銀の匙」　284
「草枕」　22
「口の辺の子供らしさ」　25
「沓掛にて――芥川君のこと――」　139, 140
国木田独歩　187
久保田万太郎　69
久米正雄　184, 200
クローチェ　28, 30~36, 40~42
「クローチエから」　33
「軽易なる懺悔」　16
「形式と内容」　33
「芸術一家言」　20~23, 25, 26, 44, 45, 52, 55, 56, 117, 118, 253
「芸術その他」　13, 14, 22~26, 35, 45, 52~54, 154, 252, 253
『芸術の革命』　199
ゲエテ　41, 42, 188
「戯作三昧」　125
「ゲテモノ」　204, 206
「現代詩の書き換へ略説――『散文詩』は無い――」　193, 196
「建築批判」　218
『孝子説話集の研究　二十四孝を中心に』　288, 289
『黄雀風』　176
「校正後に」　24
『講談明治期速記本集覧 付落語・浪花節』　75
ゴーギャン　41, 187, 220
小島政二郎　43, 139
「骨董羹」　162, 163, 167, 168
ゴッホ　208, 220
小林澄兄　33
『今昔物語集』「住河辺僧値洪水棄子助母語」　274~276, 279, 290, 295~298

## さ

『最近科学発達史講話　近代美学講話』　33
齋藤秀三郎　237
斎藤茂吉　213, 214
「再論『文芸作品の内容的価値』――里見弴氏の反駁に答ふ――」　28
佐久間政一　198
「佐竹騒動姐妃のお百」　79
『作家の文体』　204, 206
「雑筆」　143
佐藤春夫　53, 118~120, 122, 184, 190, 192~194, 196, 197, 219, 220
「佐藤春夫に与へて過去半生を語る書」　119
佐藤康邦　220
里見弴　28, 29, 126
沢村源之助　69, 70
『三太郎の日記』　17
「散文芸術の位置」　220
「散文芸術」論争　192
「散文精神の一考察」　194, 197
「散文精神の発生」　192, 193, 220
シェンキェーヴィチ　227~232, 235~237, 239~243, 251~253, 258
「志賀さんの文学」　207, 208
志賀直哉　40, 139~141, 145~149, 158, 160, 174, 185, 187, 208, 212, 213, 240
「四季」　70
「地獄変」　125
「刺青」　6, 7, 48, 49, 60~62, 64, 68~72, 81~88, 91, 94, 187, 214~217, 221
『刺青』　83
「詩的精神の復活」　195, 197
「芝居漫談」　187
渋川驍　133, 139, 141, 146
島崎藤村　239, 240
島村抱月　33
清水康次　211, 212

# 索引


## あ

アーサー・シェローム・エツデイ　200
「愛すればこそ」　7, 48, 49, 97, 117, 118, 120~122, 214, 216, 217, 221
『愛すればこそ』　97, 121, 216
「『愛すればこそ』の上演」　117
「愛なき人々」　122
「赤西蠣太の恋」　160
「秋」　153~155
「秋深し」　207
「芥川君と私」　5
「芥川龍之介氏との一時間」　155, 157
『芥川龍之介全作品事典』　130, 171, 172
『芥川龍之介とその時代』　8, 56
『芥川龍之介論』　143, 145, 153, 154, 175, 225
「悪魔」　69, 73, 84, 89, 93
「蘆刈」　244, 251, 262, 293
「明日の道徳」　281, 298
『新しき時代の精神に送る』　203
アナトール・フランス　52
阿部次郎　17, 32, 33, 35
安倍能成　16
有島生馬　33
有島武郎　192
「或悪傾向を排す」　12~14, 24, 28, 53, 54
「あの頃の自分の事」　24
「或阿呆の一生」　188
「或る調書の一節」　97
「ある批評の立場――『芸術は表現なり』との説――」　30
「暗夜行路」　187
井川恭　15, 161
生田長江　190, 192
井汲清治　22, 43, 44, 52, 55
石坂養平　33
石田三治　33
石割透　143
泉鏡花　85, 86
「いたましき人」　225
「異端者の悲しみ」　71, 270, 271, 273
市川左団次　97
「一年間の世界の小説」　239
一流斎文雅　74
伊藤整　88
「稲村雑談」　240
井上章一　283, 298
伊福部隆輝　191~193, 195~197
今泉定介　287
今村次郎　79
「所謂内容的価値」　143
ヴイヨン　188
「魚河岸」　176
鵜沼直　35, 54
臼井吉見　184
内田魯庵　56
「永遠の偶像」　97
「エステティク」　35, 36, 53
エドガー・アラン・ポオ　27, 188
遠藤郁子　97, 121
大貫晶川　59
岡村二一　193, 196
小山内薫　239, 240
小田原事件　118~122
「お富の貞操」　126
小野十三郎　218
「おまへに出来るか」　201
「親不孝の思ひ出」　269, 271, 273, 276, 278, 281, 295

## か

「我鬼窟日録」　35
葛西善蔵　185, 187
笠原伸夫　94, 122
『艶討姐妃のお百』　74~82, 89~91
「彼女の夫」　97
「神と人との間」　122
神谷忠孝　220
柄谷行人　186, 206
「ガリヴアアの旅行記」　187
川路柳虹　201, 202, 212
河東碧梧桐　208

【著者略歴】

田鎖数馬（たぐさり　かずま）

1976年（昭和51年）7月生。

京都大学大学院文学研究科博士後期課程修了。博士（文学）。

現在、高知大学人文社会科学部准教授。

〔主要業績〕『谷崎潤一郎全集』第4巻「解題」（平27・11、中央公論社）、『芥川龍之介ハンドブック』「少年」（平27・4、鼎書房）、「関東大震災と文学――芥川龍之介と谷崎潤一郎――」（平26・12『高知大国文』）、「菊池寛『恩讐の彼方に』の改作について」（平26・3『京都大学国文学論叢』）など。

谷崎潤一郎と芥川龍之介
――「表現」の時代――


| | |
|---|---|
| 発行日 | 2016年3月30日　初版第一刷 |
| 著　者 | 田鎖数馬 |
| 発行人 | 今井　肇 |
| 発行所 | 翰林書房 |
| | 〒151-0071 東京都渋谷区本町1-4-16 |
| | 電 話　(03)6276-0633 |
| | FAX　(03)6276-0634 |
| | http://www.kanrin.co.jp/ |
| | Eメール●Kanrin@nifty.com |
| 装　釘 | 島津デザイン事務所 |
| 印刷・製本 | メデューム |

落丁・乱丁本はお取替えいたします

Printed in Japan. © Kazuma Tagusari. 2016.
ISBN978-4-87737-395-5